第六屆紅樓夢獎評論集

閻連科 《日熄》

香港浸會大學文學院

目錄

附錄

第六屆「紅樓夢獎」首獎作者閻連科先生

第六屆「紅樓夢獎」初審會議

決審委員於新聞發佈會揭曉第六屆「紅樓夢獎」結果（2016年7月19日；左起：陳義芝教授、黃碧雲女士、浸大文學院署理院長陳致教授、鍾玲教授、陳思和教授、黃子平教授、林幸謙博士）

第六屆「紅樓夢獎」頒獎禮（2016 年 9 月 22 日；左起：林幸謙博士、吳芷琴女士、
鍾玲教授、吳志華博士、閻連科先生、陳黃穗女士、錢大康校長、張大朋先生、
羅秉祥教授）

「紅樓夢獎」公開講座「現實：給想像留下的空間」，於 2016 年 9 月 24 日假香港中央
圖書館舉行。由蔡元豐博士（左）主持、閻連科先生（右）主講，康樂及文化事務署
香港公共圖書館協辦。

序論

遊、憂、幽
——閻連科的黑暗小說《日熄》

蔡元豐

> 釋放無限光明的是人心,製造無邊黑暗的也是人心,
> 光明和黑暗交織着,廝殺着,這就是我們為之眷戀而又萬
> 般無奈的人世間。
>
> ——雨果《悲慘世界》

> 真正的光明不是沒有黑暗的時候,而是不會被黑暗所
> 湮沒。
>
> ——羅曼‧羅蘭《約翰‧克利斯朵夫》

英國漢學家霍克思(David Hawkes, 1923-2009)在其《楚辭》研究中曾提出中國古典文學的兩大類型:「憂」(tristia)與「遊」(itineraria),即表達悲愁的哀歌(例如〈離騷〉)和描述旅行的遊記(〈遠遊〉、漢賦);前者主要寫實,後者多為幻想。[1]「憂」

---

1 David Hawkes, "The Quest of the Goddess," *Asia Major*, n.s., 13.1/2 (1967): 127; 黃兆傑譯:〈求宓妃之所在〉,收入余崇生編:《楚辭研究論文選集》(台北:學海出版社,1985 年),頁 583。

類文學傳承兩千餘年，及至現代，夏志清稱之為「感時憂國」
（obsession with China）。[2] 李歐梵在他晚近的魯迅研究中又再次
承接夏濟安所言周氏作品裏的「黑暗力量」，提出以《故事新編》
為首的「幽傳統」，有別於早年歸納《吶喊》、《彷徨》的「抗傳統」
（counter-tradition）。[3] 李氏斷言，這個充滿「怪力亂神」的「小
傳統」正是魯迅文學魅力之所在：「我們如果把這些鬼魂全部清
掉的話，魯迅就沒有藝術了。」[4]「憂」、「遊」、「幽」三個文學傳
統並行不悖，互相滲透。譬如「憂」類的〈離騷〉，霍克思即認為
有「遊」的成分；《山海經》既是「遊」類經典，也屬李歐梵所說
的「幽傳統」。[5] 中國古代文學的「幽傳統」表現為神話和志怪，
正是清末梁啟超倡導「小說界革命」時所唾棄的「妖巫狐鬼之思
想」。[6] 雖然本評論集作者之一孫郁認為「我們的神話與志怪傳統
很弱，尚無豐厚的土壤」，卻是自魯迅《小說史大略》以還亟待探

2　C. T. Hsia, "Obsession with China: The Moral Burden of Modern Chinese Literature," in his *A History of Modern Chinese Fiction*, 3rd edn. (Bloomington: Indiana University Press, 1999), 533-554; 丁福祥、潘銘燊譯：〈現代中國文學感時憂國的精神〉，收入夏志清原著，劉紹銘編譯：《中國現代小說史》（香港：友聯出版社，1979 年），頁 459-477。

3　李歐梵：《中國文化傳統的六個面向》（香港：中文大學出版社，2016 年），頁 253-257。

4　同註 3，頁 254、257。

5　同註 3，頁 254; Hawkes, "The Quest of the Goddess," 128, 131;〈求宓妃之所在〉，頁 585、587。

6　梁啟超：〈論小說與群治之關係〉（1902 年），收入郭紹虞主編：《中國歷代文論選》，一卷本（上海：上海古籍出版社，1979 年），頁 411。

索的支流。[7]

　　閻連科近年屢獲國際大獎，在海內外「備受觸目，是由於他的政治勇氣和人文關懷，還有他不懈地探索新穎的手法描寫鄉土中國」，包括幽冥述異的敘事。[8] 他定義其「神實主義」中的「神話、傳說、夢境、幻想、魔變」，雖云植根於「日常生活與社會現實土壤」，卻暗合中國文學的「幽傳統」。[9] 閻氏「紅樓夢獎」作品《日熄》以夢「遊」結構小說，從外在揭露社會病態的「憂」患意識，到內在挖掘人性欲望的「幽」暗意識。[10] 全書三百多頁，十八萬字左右的長篇，分十一卷，並前言及尾聲；故事從某天黃昏五時發展至次日早上九點三十分，共十六個半小時，約相當於現實中一般讀者細閱所需的時間。從卷一〈一更：野鳥飛進人的腦裏了〉開始，小說以時間之鳥為題一更半更地遞進（讓人聯想

7　孫郁：〈從《受活》到《日熄》——再談閻連科的神實主義〉，收入本評論集；本評論集所收文章，如屬重印，文末均註明原文出處，在此不贅。魯迅：《小說史大略》（西安：陝西人民出版社，1981年）。

8　Laifong Leung［梁麗芳］, *Contemporary Chinese Fiction Writers: Biography, Bibliography, and Critical Assessment* (New York: Routledge, 2017), 265: "He is a high-profile author because of his political courage and compassion for humanity, as well as his continuing search for innovative ways to depict rural China."

9　閻連科：《發現小說》（天津：南開大學出版社，2011年），頁 181-182。關於「神實主義」的討論，見潘耀明：〈試讀閻連科〉；孫郁：〈從《受活》到《日熄》〉；陳穎：〈荒誕、神實、救贖——讀閻連科的《日熄》〉，均收入本評論集。

10　關於夢遊的結構作用，見林燕萍：〈夢的小說結構——比較閻連科的《丁莊夢》與《日熄》〉，收入本評論集。「幽暗意識」與「超越意識」相對，詳見張灝：《幽暗意識與民主傳統》（北京：新星出版社，2006），頁 44-72；並參閱劉劍梅：〈荒原的噩夢——讀閻連科的《日熄》〉，收入本評論集。

到馬王堆西漢墓出土彩繪帛畫上的太陽神鳥）。漫漫長夜湧現魑
魅魍魎，農民暴動演出稱帝升官，寓意深長。直到卷十〈無更：
還有一隻鳥活着〉，時間忽然停頓在清晨六點，持續了四十頁，
至卷十一〈升騰：最後一隻大鳥飛走了〉最後一節日出東山，才一
下子跳躍到上午九時零一分，然後以政府公告維穩，作家出家作
結。期間有三個小時，天遲遲不亮，「日頭熄死」，光沒有了，時間
也就消失了。值得注意的是作者習用河南豫戲一唱三嘆的唱詞，
辭句往往反覆重疊，在這部小說中形成了夢囈和祈禱的節奏。[11]

　　《日熄》中虛構的夢遊症，像上世紀二十年代席捲歐洲感染
五百萬人的非典型甲型腦炎（encephalitis lethargica，又稱嗜睡
性腦炎），同屬流行性睡眠病，但這群中國夢遊者，並沒有如
英國臨床神經科名醫奧利佛‧薩克斯（Oliver Sacks）所著《睡
人》（Awakenings）裏記錄的二十個昏睡性腦炎患者那樣一覺長眠
四十年。[12] 這部小說不是開闊數十百年的大敘事，只講述了中國
大陸偏僻山區小鎮暑熱的八月天裏一晚一早的動亂，論者多與卡
繆（Albert Camus）的《鼠疫》（The Plague, 1947）或薩拉馬戈（José
Saramago, 1922-2010）《失明症漫記》（Blindness, 1995）中描述的
「盲流感」比較。這場仲夏夜之夢使「人變成黑暗動物」，[13] 奪去
了千百條性命，意在「國族寓言」（national allegory）甚至世界寓

11　閻連科在回顧創作《丁莊夢》時，談到深受家鄉戲曲影響。見閻連
　　科、張學昕合著：《我的現實　我的主義——閻連科文學對話錄》
　　（北京：中國人民大學出版社，2011 年），頁 26。

12　Oliver Sacks, Awakenings (London: Duckworth, [1973]); 宋偉譯：《睡
　　人》（北京：中信出版社，2011 年）。根據英文原著改編的同名電
　　影《無語問蒼天》（1990）由潘妮‧馬歇爾（Penny Marshall）執導。

13　劉劍梅：〈荒原的噩夢〉。

言：「説不定這夢遊的不只是皋田村皋田鎮和伏牛山脈呢。説不定夢遊的是整縣整省整個國家呢。説不定整個世界凡在夜裏睡的全都夢遊了。」[14] 人慾橫流的集體夢遊不僅寓言着全球化的商品經濟已植根共產中國，而且意味着有中國特色的官僚資本主義正像瘟疫蔓延全球。若説《丁莊夢》寫的是現實的愛滋病，則《日熄》便是「神實」的傳染病。

　　閻連科不僅通過農民村人、幹部土豪藉着真假夢遊偷搶打殺、姦淫擄掠的夢魘隱喻無序的社會，而且描繪了作家自身江郎才盡、殫思極慮的噩夢。按照佛洛伊德的精神分析，作家不啻是白日夢者，而閻連科正好夢遊到自己的作品中化身為小説難產的故事人物「閻伯」。《日熄》的後設主題是寫作的焦慮、作家的困境，以至調侃地把此前多部小説的題目顛三倒四（如《丁莊夢》戲作《夢丁莊》，《四書》改為《死書》等），幽憤之餘，亦幽默自嘲。誠如湯瑪斯・曼（Thomas Mann）的名句：「寫作起來比其他人都難的正是作家。」（A writer is someone for whom writing is more difficult than it is for other people.）而中國作家又比許多其他國家的作家難。[15] 劉劍梅指出這個「自我反省、自我解構甚至自我反諷的⋯⋯閻連科⋯⋯似乎無法像魯迅那樣，做一個新文

14　閻連科：《日熄》（台北：麥田出版，2015 年），頁 147-148。

15　事實上，繼《四書》（2011）和《炸裂志》（2013）遭禁後，《日熄》也只能在台灣出版。關於這些作品被禁的情況和中國作家面臨的困局，可參看閻連科：〈因為卑微，所以寫作——「紅樓夢獎」領獎演講辭〉，本評論集代序；李夢：〈禁書作家閻連科：自我審查更可怕〉，收入本評論集；及袁瑋婧的專訪報道〈閻連科新作《速求共眠》——擊碎虛實邊界〉，載《亞洲週刊》，2018 年 5 月 20 日，頁 34。《日熄》被拒於國門之外，廣大的大陸讀者難以一睹，評論文章至今亦因而屈指可數。

化的啓蒙者，一個從上往下俯視大眾的覺醒者，一個敢於喚醒沉
睡的麻木的大眾而扛起黑暗的閘門的精神界的戰士」，但筆者認
為正是這「相互矛盾的『閻連科』」繼承了「魯迅精神」背後幽暗
的一面。[16]

　　正如李歐梵指出的，「幽傳統」之「黑暗」與五四「啓蒙」
（enlightenment）之「光線」（light）其實是影形不離的一體兩
面。[17]「幽」其實並非完全漆黑無光。馬敍倫（1884-1970）按照
其金文、篆體字形，即上面兩個「幺」，底下從「火」（「山」為
譌誤），會意為「火微」。[18]「幽」雖是暗無天日，人世間卻尚有
微光。美籍猶太裔思想家漢娜‧阿倫特（1906-75）借布萊希特
（Bertolt Brecht, 1898-1956）「黑暗時代」一詞指出：「即使是在最
黑暗的時代中，我們也有權去期待一種啟明（illumination），這
種啟明或許並不來自理論和概念，而更多地來自一種不確定的、
閃爍而又經常很微弱的光亮。這光亮源於某些男人和女人，源
於他們的生命和作品……。」[19] 正是這「很微弱的光亮」，讓人們

16 劉劍梅：〈荒原的噩夢〉。通過《日熄》比較魯迅和閻連科的專論有
　　羅鵬（Carlos Rojas）：〈《日熄》——魯迅與喬伊絲〉；丘庭傑：〈從
　　魯迅到閻連科——試讀《日熄》中的隱喻和象徵〉，均收入本評論
　　集。
17 李歐梵：《中國文化傳統的六個面向》，頁 256。
18 馬敍倫：〈讀金器刻詞〉，載《國學季刊》5 卷 1 期（1935 年）；馬敍
　　倫：《說文解字六書疏證》（北京：科學出版社，1957 年），卷八；
　　均見劉志基主編：《古文字考釋提要總覽》第二冊（上海：上海人
　　民出版社，2010 年），頁 342。
19 Hannah Arendt, Preface to her *Men in Dark Times* (San Diego: Harcourt
　　Brace, 1968), ix: "That even in the darkest of times we have the right to
　　expect some illumination, and that such illumination might well come
　　less from theories and concepts than from the uncertain, flickering,

「看見黑暗」（mörkerseende，瑞典詩人特朗斯特羅默語）。[20] 瑞典
文 mörkerseende 指「夜視」的能力。魯迅的狂人在月光照耀下從
史書中讀出禮教吃人；閻連科的盲人則看見黑暗，並使人在黑暗
中看見。為人熟知的閻連科卡夫卡獎受獎演說〈上天和生活選定
那個感受黑暗的人〉介紹了作者同村那個盲人，每天日出，他都
會默默自語：「日光，原來是黑色的……」每走夜路，他都會打
開手電，好讓別人看到他，也順便幫助與他擦肩而過的人照亮前
面的路。最後，

> 為了感念這位盲人和他手裏的燈光，在他死去之後，他的
> 家人和我們村人，去為他致哀送禮時，都給他送了裝滿電
> 池的各種手電筒。在他入殮下葬的棺材裏，幾乎全部都是
> 人們送的，可以發光的手電筒。[21]

瞎子令人懷念的是他在白天看到黑暗，在黑夜堅持照明。儘管作
者坦言《日熄》「幾乎是一種黑暗的絕望」，但「黑暗中間是有光
的，絕望中也有希望，畢竟最終太陽被創造了出來。」[22] 小說中

---

and often weak light that some men and women, in their lives and their
works...." 漢娜・阿倫特著，王凌雲譯：《黑暗時代的人們》作者序
（南京：江蘇教育出版社，2006 年），頁 3。「啟明」一詞出自本雅
明（Walter Benjamin, 1892-1940）名著 *Illuminations*，阿倫特是其英
譯者。

20　Tomas Tranströmer, "Seeing in the Dark" (Mörkerseende, 1970), in his
The Great Enigma: New Collected Poems, trans. Robin Fulton (New York:
New Directions, 2006), 97.

21　閻連科：〈閻連科卡夫卡獎受獎演說〉，見《騰訊文化》，2014 年 10
月 22 日，http://cul.qq.com/a/20141022/039677.htm。

22　楊慧儀：〈閻連科：活在文學和生活的張力之間〉；羅皓菱：〈閻連
科《日熄》獲第六屆「紅樓夢獎」首獎〉，兩篇訪談均收入本評論集。

的十四歲男孩李念念以第一人稱敍事祈神,「我爹」李天保為求贖罪而終於用象徵罪孽的「屍油」自焚以製造日出效應,「我娘」邵小敏徹夜不眠給死去的村民紮花圈,還有清潔工孤兒小娟子把火葬場屍爐房裝飾成花房,都是「黑暗中非常微弱的光」。[23] 通過裝滿手電的棺材、插滿鮮花的煉屍房,閻連科的盲人和夢人分別讓黑暗時代的人們發現生活中乃至精神上的盲區與夢境。

　　這個跨世紀夢境,在毛澤東時代是十年瘋狂的「文化大革命」,鄧小平一變而為「改革開放」,習近平美其名曰「中國夢」。一如閻連科説的:「中國是從一個『烏托邦』中醒來,又走進了另一個『烏托邦』。」[24] 黃粱一夢,醒來後才驚覺,原來夢遊中的烏托邦,竟是個惡托邦。《日熄》是閻連科上個世紀九十年代後期以來繼中篇〈年月日〉(1997)和長篇《日光流年》(1998)等作品之後又一部「反烏托邦的」(anti-Utopian)黑暗小説。[25] 黑暗小説遠不如歌功頌德的「光明文學」,沒有可致日光眼炎(solar photophthalmia)的盛世驕陽,其螢螢微光終究無法驅散黑夜,只可能證「明」黑暗,「暗」示幽魂在作祟。祝修文借用德里達(Jacques Derrida)在《馬克思的幽靈》(*Specters of Marx*)中提出的「幽靈學」(hauntology)剖析《日熄》裏的幽靈「正是籠罩着

23　楊慧儀:〈閻連科〉。關於贖罪問題,見章瑞琳:〈罪與夢──《日熄》贖罪意識探究〉;陳穎:〈荒誕、神實、救贖〉,均收入本評論集。小娟子是《日熄》前半部的亮點,可惜着墨不多,在後半部中亦呼應不足。筆者曾向作者建議增加小娟子的筆墨。至今仍未出版的《日熄》修訂稿(2016)最終以尋找小娟子作結。修訂本為英譯版 *The Day the Sun Died* 底稿,羅鵬(Carlos Rojas)譯(London: Chatto & Windus; New York: Grove Press, 2018)。

24　閻連科、張學昕:《我的現實　我的主義》,頁 76。

25　Leung, *Contemporary Chinese Fiction Writers*, 268-269.

社會主義中國的混雜着激進、盲目、烏托邦、同質化的『中國夢』」。[26] 言則，中國夢是否新世紀的又一場「紅」樓夢，而其太虛幻境正在全球化為夢遊世界的「一帶一路」呢？

　　本屆「紅樓夢獎」評論集收入訪談、評論共十五篇，新增書末索引，以便檢索。感謝各位作者授權出版（特別是美國的陳穎教授專為本選集撰寫壓軸論文），區麗冰小姐及香港浸會大學文學院辦公室的其他同寅默默耕耘，還有羅國洪先生及其匯智出版社的工作人員努力排印，使本書得以順利呈獻讀者。

蔡元豐，美國科羅拉多大學比較文學博士，曾任教史丹福大學、喬治亞理工大學及文博大學（Wittenberg University），現任香港浸會大學中國語言文學系副教授。英文著作包括《重繪過去 —— 鄧小平時代的中國歷史小說》（*Remapping the Past: Fictions of History in Deng's China, 1979-1997*, 2008）及《疾病話語——書寫現代中國的身心疾病》（*Discourses of Disease: Writing Illness, the Mind and Body in Modern China*, 2016）。

26　祝修文：〈廢墟、幽靈和救贖——論閻連科《日熄》的「寓言」詩學〉，收入本評論集。

代序

因為卑微，所以寫作
——「紅樓夢獎」領獎演講辭

閻連科

女士們、先生們、同學們及尊敬的評委：

在這個莊重的場合、莊重的授獎活動中，請允許我首先說一個真實的故事：不久之前，我在香港的科技大學以教書的名譽，有了一段海邊的天堂生活。五月的一天，夜裏熟睡至早上五點多鐘，正在美夢中沉浸安閒時，床頭的手機響了。這一響，我愈是不接，它愈是響得連續而急湊。最後熬持不過，只好厭煩地起身，拿起手機一看，是我姐姐從內地——我的河南老家打來的。問有甚麼事情？姐姐說，母親昨天夜裏做了一個夢，夢見你因為寫作犯了很大的錯誤，受了嚴重處分後，你害怕蹲監，就跪在地上求人磕頭，結果額門上磕得鮮血淋漓，差一點昏死過去。所以，母親一定讓姐姐天不亮就給我打個電話，問一個究竟明白。

最後，姐姐在電話上問我，你沒事情吧？

我說沒事，很好呀。

姐姐說，真的沒事？

我說，真的沒事，哪兒都好。

末了，姐姐掛了電話。而我，從這一刻起，想起了作家、文學和寫作的卑微。——從此，「卑微」這兩個字，就刀刻在了我腦絡的深皺間，一天一天，分分秒秒，只要想到文學，它就浮現出來，不僅不肯消失，而且是愈發的鮮明和尖銳，一如釘在磚牆上的鐵釘，紅磚已經腐爛，鏽釘卻還鮮明的突出在那面磚牆上。直到七月中旬，我因訪從美國回到北京，時差每天都如腦子裏倒轉的風輪，接着，又得到《日熄》獲得「紅樓夢獎」的消息，於是，就在不息的失眠中，不息地追問一個問題：曹雪芹為甚麼要用畢生的精力，竭盡自己的靈魂之墨，來寫這部曠世奇書《紅樓夢》？真的是如他所說，是因為「一技無成，半生潦倒」，才要「編訴一集，悅世之目、破人之愁」嗎？如果是，在他這種「悅世之目、破人之愁」的寫作態度中，就不僅絲毫沒有文學的卑微，而且，還有着足夠的信心，去相信文學的尊嚴和它的堅硬與崇高。

可是，今天的作家，除了我們任何人的天賦才情，都無法與曹雪芹相提並論外，誰還有對文學的力量、尊嚴懷着堅硬的信任？誰還敢、還能說自己的寫作，是為了「悅世之目、破人之愁」？當文學面對現實，作家面對權力和人性極度的複雜時，有幾人能不感到文學與作家的虛無與卑微？作家與文學，在今天的中國，真是低到了塵埃裏去，可還又覺得高了出來，絆了社會和別人前行的腳步。

今天，我們在這兒談論某一種文學，談論這種文學的可能，換一個場域，會被更多的人視為是蟻蟲崇拜飛蛾所向望的光；是《動物莊園》裏的牲靈們，對未來的憂傷和憧憬。而且，

今天文學的理想、夢想、崇高及對人的認識——愛、自由、價
值、情感、人性和靈魂的追求等，在現實中是和所有的金錢、利
益、國家、主義、權力混為一潭、不能分開的。也不允許分開
的。這樣，就有一種作家與文學，在今天現實中的存在，顯得特
別的不合時宜，如野草與城市的中央公園，荊棵與都市的肺部森
林，卑微到荒野與遠郊，人們也還覺得它佔有了現實或大地的位
置。當下，中國的文學——無論是真的能夠走出去，作為世界
文學的組成，還是雷聲之下，大地乾薄，僅僅只能是作為亞洲文
學的一個部分，文學中的不少作家，都在這種部分和組成中，無
力而卑微地寫作，如同盛世中那些「打醬油的人」，走在盛大集
會的邊道上。於國家，它只是巨大花園中的幾株野草；於藝術，
也只是個人的一種生存與呼吸。確實而言，我們不知道中國的現
實，還需要不需要我們所謂的文學，不知道文學創造在現實中還
有多少意義，如同一個人活着，總是必須面對某種有力而必然的
死亡。存在、無意義，出版的失敗和寫作的惘然，加之龐大的市
場與媒體的操弄及權令、權規的限制，這就構成了一個作家在現
實中寫作的巨大的卑微。然而，因為卑微，卻還要寫作；因為卑
微，才還要寫作；因為卑微，卻只能寫作。於是，又形成了一個
被人們忽略、忽視的迴圈悖論：作家因為卑微而寫作，因為寫作
而卑微；愈寫作，愈卑微；愈卑微，愈寫作。這就如堂吉訶德面
對西班牙大地上的風車樣，似乎風車是為堂吉訶德而生，堂吉訶
德是為風車而來。可是意義呢？這種風車與堂吉訶德共生共存的
意義在哪兒？！

　　難道，真的是無意義就是意義嗎？

　　記得十餘年前在長篇小說《丁莊夢》和《風雅頌》的寫作之

初，面對現實與世界，我是經過自覺並自我而嚴格的一審再審，一查再查，可今天回頭來看這些作品的寫作與出版，到底還有多少藝術的蘊含呢？

《四書》、《炸裂志》、《日熄》，這一系列的寫作與出版，閱讀與批評，爭論與禁止，其實正構成了作家與現實如堂吉訶德與風車樣無休止的對峙、妥協；再對峙、再妥協；再妥協，再對峙的寫作關係。可到事情的尾末，不是風車戰勝了堂吉訶德，而是堂吉訶德戰勝不了自己的生命。戰勝不了藝術與時間的殘酷。是作家自己，懷疑自己文學中藝術量存在的多寡與強弱。事情正是如此，風，可以無休止地吹；風車，可以無盡止地轉，而堂吉訶德，終於在時間中耗盡了生命的氣力，交械給了風車和土地。生命在時間面前，就像落葉在秋風和寒冬之中；而藝術，在時間和大地面前，就像一個人面對墳墓的美麗。如此，在這兒，在世界各地，我總是面對某種文學的藝術，默默含笑，誠實而敦厚地説：現在，中國好得多了。真的好得多了。若為三十多年前，你為文學、為藝術，寫了「不該寫」的東西，可能會蹲監、殺頭，妻離子散，家破人亡。而今天，我不是還很好的站在這兒嗎？不是還可以領獎、遊覽和與你們一塊説笑、吃飯並談論文學與藝術嗎？

請不要説我這是一種阿Q精神，甚至也不要説是堂吉訶德的收穫。我清晰的明白，這是一種寫作對一種卑微的認識，對卑微的認同。更重要的，是我和我的文學，對卑微的認領──自我而主動的認領！希望通過自我、自覺的認領，可以對卑微有些微的拯救，並希望通過被拯救的卑微，來拯救自己的寫作；支撐自己的寫作。在這兒，卑微不僅是一種存在和力量，還是一種作

家與文學存在的本身。因為卑微而寫作，為着卑微而寫作；愈寫作愈卑微，愈卑微愈寫作。事情就是這樣——文學為卑微而存在，卑微為文學的藝術而等待。而我，是卑微主動而自覺的認領者。卑微，今後將是我文學的一切，也是我生活的一切。關於我和我所有的文學，都將緣於卑微而生，緣於卑微而在。沒有卑微，就沒有我們（我）的文學。沒有卑微，就沒有那個叫閻連科的人。卑微在他，不僅是一種生命，還是一種文學的永恆；是他人生中生命、文學與藝術的一切。

在《一千零一夜》中那則著名的「神馬」的故事裏，神馬本來是一架非常普通的木製馬匹，可在那人造木馬的耳後，有一顆小小的木釘，只要將那顆木釘輕輕按下，那木馬就會飛向天空，飛到遠方；飛到任何的地方。現在，我想我的卑微，就是那顆小小的木釘；我的文學，可能就是能夠帶我飛向天空和任何一個地方的木馬。當我沒有卑微的存在，當我的卑微也一併被人剝奪，那麼，那個木馬就真的死了，真的哪也不能去了。所以，我常常感謝卑微。感謝卑微的存在；感謝卑微使我不斷地寫作。並感謝因為寫作，而更加養大的那個作家內心那巨大的卑微。這個卑微，在這兒超越了生活、寫作、出版、閱讀，尤其遠遠超過了我們說的現實與世界、權令和權規的限制及作家的生存，而成為一個人生命的本身；成為一個作家與寫作的本身。它與生俱來，也必將與我終生同在。也因此，它使我從那飛翔的神馬，想到了神馬可至的另外一個遙遠國度的宮殿。

有一天，皇帝帶着一位詩人（作家）去參觀那座迷宮般的宮殿。面對那結構複雜、巍峨壯觀的宮殿，詩人沉吟片刻，吟出了一首短詩。在這首短極的詩裏，包含了宮殿的全部結構、建

築、擺設和一切的花草樹木。於是，皇帝大喝一聲：「詩人，你搶走了我的宮殿！」又於是，劊子手手起刀落，結果了這個詩人的性命。就在這則〈皇宮的寓言〉裏，詩人或作家的生命消失了。[1]可是，這是一則悲劇嗎？不是。絕然不是！這是一齣悲壯的頌歌。歌頌了詩人的才華、詩人的力量和詩人如同宮殿般壯美的天賦。而我們呢？不要說一首短詩，就是一首長詩，一部長篇，一部浩瀚的巨製，又怎能包含整個宮殿或現實世界中哪怕部分的瓦礫和花草呢？

　　我們的死，不死於一首詩包含了全部的宮殿，而死於一百首詩，都不包含宮殿的片瓦寸草。一百部長篇也難有多少現實的豐富、扭曲、複雜和前所未有的深刻與荒誕。這就是我們的卑微。是卑微的結果，是卑微的所獲。所以，我們為卑微而活着，因為卑微而寫作，也必將因為卑微而死亡。而今，「紅樓夢獎」授於《日熄》這部小說，我想，也正緣於評委們看到了一個或一代、幾代卑微的作家與寫作的存在，看到了作家們卑微的掙扎和卑微因為卑微而可能的縮命般的死亡。因此，尊敬的評委們，也才要把「紅樓夢獎」授於用卑微之筆寫就的《日熄》，授於認領了卑微的我，要給卑微以安撫，給卑微以力量，以求卑微可以以生命的名譽，生存下來，使其既能立行於宮殿，又能自由含笑地走出宮殿的大門；讓詩人既可在宮殿之內，也可在宮殿之外；可在邊界之內，也可在邊界之外；從而使他（她）的寫作，

1　編按：博爾赫斯（Jorge Luis Borges）：〈皇宮的寓言〉，收入豪‧路‧博爾赫斯著，王央樂譯：《博爾赫斯短篇小說集》（上海：上海譯文出版社，1983 年），頁 247-249。

盡可能地超越現實，超越國度，超越所有的界限，回歸到人與文學的生命、人性和靈魂之根本，使詩人及他的卑微可以繼續活着並吟唱；使作家相信，卑微既是一種生存、生命和實在，可也還是一種理想、力量和藝術的永遠；是藝術永久的未來。是藝術之所以為藝術的偉大與永恆。使作家相信卑微的生命和力量，甘願卑微，承受卑微，持久乃至永遠地因為卑微而寫作，為着卑微而寫作。

2016 年 9 月 22 日

訪談

閻連科《日熄》
獲第六屆「紅樓夢獎」首獎

羅皓菱

閻連科説這部作品寫作過程非常辛苦，經歷了無數次修改，「在這部小説裏，我有意的放棄宏大敍事，宏大的歷史背景沒有了。在這個小説裏，只寫了一個晚上，一個鎮子的生活，所有的故事發生在一個晚上，主要人物是一個家庭，其他人物有幾十個。」

第六屆世界華文長篇小説獎「紅樓夢獎」首獎今日揭曉，著名作家閻連科以其長篇小説《日熄》獲得這一獎項。評委會稱，作為「命定感受黑暗的人」，凝視時代的黑暗的光束，閻連科蘸着時代的黑暗書寫了一部堪稱當代經典的華文傑作。

閻連科在接受記者採訪時表示，「紅樓夢獎」是華語世界非常獨特的獎項，能夠獲獎非常高興，《日熄》也許不是自己最好的作品，但卻是在他寫作轉型期最重要的一部作品，「我們這一代作家的寫作總是無法擺脱宏大敍事和歷史現實的背景，在《日熄》裏我在嘗試做一些改變，這部作品裏既沒有宏大的歷史，也沒有我們今天每個人都看到的，正在發生的現實。」

閻連科蘸着時代的黑暗書寫了一部堪稱當代經典的華文傑作

　　第六屆「紅樓夢獎：世界華文長篇小說獎」由十六位香港知名作家、當代文學評論家、出版界與文學期刊資深主編等人組成初審委員會，經評審後選出六本小說進入入圍名單。分別是閻連科《日熄》、遲子建《群山之巔》、徐則臣《耶路撒冷》、甘耀明《邦查女孩》、吳明益《單車失竊記》〔和陳冠中《建豐二年》——編按〕。決審結果今日揭曉，閻連科《日熄》獲得第六屆「紅樓夢獎」首獎。

　　評委會給出的獲獎理由是：酷熱的八月天，麥收季節，一夜之間，夢遊症如瘟疫般蔓延於伏牛山脈的皋田小鎮內外。原本平常日光中隱伏的欲望，在鬼影幢幢的人群中爆發為荒誕不經的復仇、搶掠和「李闖式起義」，以及匪夷所思的自我救贖。以中原大地的「死亡儀式」（葬喪傳統及其「變革」）為發端，小說展示了道德秩序和價值的大面積崩壞，一直擴展到「日頭死掉，時間死掉」的末日奇觀。永遠的黑夜意味着夢遊瘟疫的永無休止，意味着末日救贖的無望。小說藉由敍事結構的安排，對歷史時間的扭曲和現實的變形，把小說提升到超越語言的層面。無言之隱，泣血之痛，連文本中的那位作家「閻伯」也只能希冀自己可在夢遊中與之相逢。

　　閻連科以一個十四歲的鄉鎮少年作為視角和敍述者，發明了一種如泣如歌的具有音樂節奏的敍述語言，以繁密豐富的比喻重複地「叨叨」着，向失去了靈感的作家，向虛空，向高天諸神呼號，言說這不可言說的、似醒非醒似夢非夢的「世界黑夜」。閻連科堅韌而又充滿爆發力的文本實驗，再次給華文世界的文學

讀者，帶來令人顫慄的閱讀驚喜。

　　本屆「紅樓夢獎」的決審委員包括白睿文教授（Michael Berry，中國小說英譯專家、加州大學聖塔芭芭拉分校東亞語言文化系教授）、陳思和教授（中國現當代文學研究專家、復旦大學圖書館館長）、陳義芝教授（台灣師範大學國文系教授）、黃子平教授（中國現當代文學研究專家、香港浸會大學中文系榮譽教授）、黃碧雲女士和鍾玲教授（小說家及詩人、澳門大學鄭裕彤書院院長）。

　　「紅樓夢獎」2006 年評出第一屆獎。該獎旨在獎勵世界各地出版成書的傑出華文長篇小說，以提升華文長篇小說創作的水準，推動二十一世紀華文長篇小說創作。該獎兩年一評，首獎獎金 30 萬港元。前五屆的獲獎者分別是作家賈平凹、莫言、駱以軍、王安憶和黃碧雲。

閻連科：有意放棄宏大敘事和歷史現實的背景書寫

　　杜克大學教授羅鵬（Carlos Rojas）在《日熄》的序言中指出閻連科與喬伊絲、魯迅的相似性。喬伊絲 1922 年出版的《尤利西斯》中的主要人物（以及作者的替代人）斯蒂芬迪達勒斯說他正試圖從一種被看成是一場惡夢的歷史中醒來，以便能夠擺脫一種歷史的困擾。而魯迅，在其 1922 年的《吶喊‧自序》中，曾問過他是否應該試圖把自己的同胞們從睡夢中驚醒，使得他們能夠重新進入一種歷史的意識。與此種辯思和詰問相似的是閻連科最新的長篇小說《日熄》。

　　小說《日熄》罕見的以夢遊進入、展開和鋪陳。小說的全部，就是描寫伏牛山脈中的皋田小鎮，在酷熱辛勞的夏夜，幾乎全鎮和鎮外的人們，都開始了夢遊。以此，使各色的人在日光中從不展現的靈魂，在夢遊中都盡情地展覽。最後，夢遊中有幾百人都由於各種原因而死去。

　　小說的敍述者，是一個叫李念念的十四歲男孩。他家裏的生意是經營一所冥店，當夢遊者開始連續不停地死去，冥店的生意就因此更為興隆。故事神秘、詭異，讓人難以想像。而且，這部長篇的故事，像《尤利西斯》的故事一樣，都發生在一天之內——而《日熄》的故事時間，則更短為一夜之間：一更至日出。

　　閻連科說這部作品寫作過程非常辛苦，經歷了無數次修改，「在這部小說裏，我有意地放棄宏大敍事，宏大的歷史背景沒有了，為甚麼改了十次以上，全部都是因為這一代作家寫作全部都無法擺脫宏大敍事和歷史現實的背景，在這個小說裏，這一點對我而言非常重要，就是只寫了一個晚上，一個鎮子的生活，所有的故事發生在一個晚上，主要人物是一個家庭，其他人物有幾十個。」

　　寫作過程中，最困難的部分就在於如何真正進入一個個人化的敍述，擺脫宏大的敍事，「時間不會再成為一個故事的長河，就是一個晚上，這麼多人，這麼長的一個長篇小說裏面沒有回憶、插敍，這些都沒有，對於我們這一代作家，非常困難。現在年輕人的寫作都在試圖和中國歷史結合起來，恰恰《日熄》在擺脫這件事情。」

閻連科的作品構成了中國文學結構與文本的奇觀

　　羅鵬認為從文本上說，今天的中國作家，再也沒有誰可以像閻連科那樣，總是那麼堅韌而又充滿着爆發的力量，在進行着文本的實驗。《日光流年》、《堅硬如水》、《受活》、《風雅頌》、《四書》和此前的《炸裂志》，構成了中國文學結構與文本的奇觀。

　　在《日熄》中，敘述者李念念的鄰居，竟然是那位真實的作家閻連科。他讀了閻的許多小說，因此在他向「神們」講述故事時，他會經常引用和評論閻的小說。羅鵬指出，這不僅有着「元小說」〔編按：後設小說〕的意義，更有着故事的驚奇。真實的閻連科，在小說中不承擔任何敘述的任務，而是故事中的一個被別人敘述的極其怪異、詭異的小說人物。這也讓人想到莫言的《酒國》（1992）與董啟章的《時間繁史》（2007）中的作家本人。可又是那麼不同，那裏的作家，有作家的任務：講故事。而《日熄》中的作家，他不講故事，卻被講故事的人審視和敘述。

　　而且，他提到（真實的或虛構的）作者的其他著作時，又總會因為自己的「傻」，而把閻連科原來的書名篡改一下。比如《風雅頌》（2008）被改成《頌風雅》；《丁莊夢》（2006）被改成《夢丁莊》；《四書》被改成《死書》；《堅硬如水》（2001）被改成《如水之硬》或《既堅又硬》；《日光流年》（1998）和《受活》，被改成《流年日光》、《活受》、《活受之流年日光》或《活受之流水如年》等。

　　與此同時，《日熄》中多次提到江郎才盡的作家閻連科，也在寫《日熄》的故事，書名叫《人的夜》，可閻連科卻又因為江郎才盡寫不出來。因此，《日熄》的講述者李念念，在向世界所有的神們祈禱時，希望神們保佑他的「閻伯」能在「三朝兩日就把

他那《人的夜》的故事寫出來」。這樣看來，虛構性的閻連科所寫的故事就是我們面前的作品。而小說的結尾卻又是那個真實的作家閻連科因寫不出他的《人的夜》，就「從這個世界消失了」。

對話

問：得知獲得「紅樓夢獎」的第一感受是甚麼？

答：首先，這個獎已經是第六屆了，在華語世界是非常獨特的一個獎，《日熄》也許不是我最好的作品，但是在我的轉型期卻是最重要的一個作品，能得到這個獎是一件非常開心的事情。就故事本身而言，《日熄》是神實主義的一種延伸，這部小說探索性更大，獲獎也會更開心。《日熄》這部作品裏既沒有宏大的歷史，也沒有今天我們每個人都看到的、正在發生的現實。

問：能談談《日熄》的創作過程嗎？

答：我少年時期生活在農村，就會經常遇到夢遊的事情。每年夏天，特別熱，大家收完麥子，都會睡在打麥場上，幾乎每年都會有一兩個人夢遊，夢遊的時候，一拍就拍醒了。在〈年月日〉小說裏也寫過一個老人在夢遊，所以這不是一個偶然的創作，它到來得非常緩慢。試圖擺脫歷史，試圖把握中國人精神上更內在的東西時，我想到了夢遊。任何人想的東西，一生都在想的事情，因為道德問題或者別的問題一生都不去做它，這些東西永遠藏在我們內心，無法發現它，無法付諸去做它，但是在這個故事中，所有人

每天想的，不能做的，在夢遊狀態中都可以去做了，實現了，於是美好的、醜惡的、善良的，最終都會在這個狀態裏實現。

但是這個小說中間，一個非常大的問題是寫了一個人的懺悔。整個中國在二十年前，實現土葬改火葬的時候，農村發生了無數的故事，比如一個人告密別人土葬，是可以獎勵錢的。當特殊的天氣到來，當人都在特殊的夢遊狀態醒不過來的時候，這一天太陽出不來的時候，是這個懺悔的人用他的生命創造了一個太陽，使人都醒過來進入一個正常的生活軌道，這是一個蠻奇特的故事。

問：聽說這部作品經歷了大量的修改？

答：修改在十次以上，列印的稿子摞起來比人還高，從來沒這麼修改過自己的作品，每一次修改都是加一個情節，或者減一個情節，總體沒有推倒重來的過程，每個地方過一段時間都可以完善一點。

為甚麼不斷地改有兩個原因：第一，故事後面沒有了歷史的長河；第二，這是一個晚上的故事，有很多人參與，但是真正貫穿的是一個家庭，他們創造太陽，拯救整個小鎮。其他的人可能都出場一次，我希望這個人物的性格、語言和別人不一樣，過一段時間就會發現修改不在主要人物，都在次要人物。

比如最後一個修改，就是修改一個特別次要的人物。所有人在夢遊中都在偷東西，這個人物偷了一個菩薩，神，

那個地方有賣神的，他碰到人說我不是去偷的，我是去請的，我在那裏燒過香。前面寫的有一個人偷菩薩，是為了賣錢，現在我就改成是請回來。當然最後，這個人用全部積蓄蓋了一座廟，在火葬場被推翻之後，他在那裏蓋了一座廟。每一個次要人物都表現非常少，但前後聯繫，都有變化。

另外，我這個年齡寫作是在退化的時候，我特別願意給大家看，初稿給創意寫作班的同學們看，大家給了很多建設性的意見。

問：你在小說裏調侃了中國作家「閻連科」的寫作狀態，你希望講故事的人是那個小孩，而不是閻連科，閻連科在小說裏寫不出來，特別痛苦，你現在的寫作狀態是甚麼樣的？

答：這部小說意味着一種轉型，下一部應該也不太會去寫宏大的歷史了，我的寫作會發生一個忽然的轉折，不會再去依賴一段歷史，重大的現實，會去關心，但是寫作不會依賴。談到神實主義，真真假假，它確實讓你對故事、對人物的理解完全進入另外一個層面，下一部小說可能特別清楚，每一步故事情節可能站在中關村立交橋上看一看，故事就發展了，現在腦子裏故事都有了，情節也有了，推動也有了，只是還找不到講故事的不一樣的方法。

問：這種轉變是如何發生的呢？

答：這個世界上所有的偉大作家都對世界文學有創造性。陀思妥耶夫斯基為甚麼了不起，全部的俄羅斯文學在他這裏發

生了變化，托爾斯泰是在常規的情況下做得最好最偉大，但是陀思妥耶夫斯基有驚人的變化。二十世紀每一個偉大作家都是對世界文學有革新的東西。基於這些有點瘋狂的想法，我想去嘗試一些完全不合常規的寫法。而且我認為當你有了神實主義這樣一個真真假假的理論，確實對你的思路打開是有幫助的。我最近在整理十九世紀二十世紀文學講稿，這種感覺越來越清晰，二十世紀是天才的世紀，他們也清楚自己是天才。十九世紀的作家幾乎是盲目地走在同一條道上。托爾斯泰和巴爾扎克沒有根本的差別。二十世紀的大作家都和別人不一樣。我們需要給文學提供新的可能性。

問：這部小說人不斷地死亡，幾乎寫盡了人世間所有的絕望，你在卡夫卡獲獎演講中也說過你是那個「感受黑暗的人」。

答：我是希望所有的絕望中是有溫暖的，有希望的，這本書裏寫盡了人的絕望，但是有一點在絕望中寫了很多希望，比如「請菩薩」那個修改的細節。黑暗中間是有光的，絕望中也有希望，畢竟最終太陽被創造了出來。人在夢中有時會極端的善良，但是醒來以後可能就不是這樣了，小說裏面寫到很多善良的事情。

原文刊於網上媒體《騰訊文化》，2016 年 7 月 19 日

羅皓菱，資深文化媒體人。

閻連科：
文學可以存在於現實生活和
想像之外

曾平

內地作家閻連科憑藉小說《日熄》獲得第六屆「紅樓夢獎」首獎。他近期在香港接受中新社記者採訪時表示，在寫《日熄》這部小說時才非常清晰地認識到，文學可以存在於現實生活和想像之外。

《日熄》主要情節之一是村子裏部分人患上了夢遊症。閻連科將現實生活稱為故事的第一空間，想像是第二空間，而夢遊這種講故事的方式既不是第一空間，也不是第二空間。

他這樣形容自己眼中的夢遊：它是想像的，但都付諸了行動，都在生活中發生了，但也不是像我們談話這樣的現實空間，也許是第三、第四空間。

「文學不一定都發生在生活，發生在想像，還有許多地方都可以是有文學存在的。」這是《日熄》帶給閻連科的文學寫作思考。

最開始有寫這部小說的想法源自六年前閻連科在鄉村火葬場的一次經歷。親戚告訴他要給火葬場的人送點煙送點酒，否則就會燒得不乾淨或者將時間推遲。這讓他感慨「原來火葬場也這

麼複雜」。

　　加之聽過一些關於火葬場的「血淋淋的細節」，閻連科由是想到用火葬場作為故事的一條線索，再用以往小說中沒有大篇幅寫過的夢遊作為講故事的方法。有了這兩者，然後對人物在故事情景下的內心世界、靈魂狀態等加以抒寫。

　　閻連科用近半年時間完成了這部約十八萬字的小說。接下來便是對局部情節的不斷修改。

　　「這是我所有小說中改的次數最多的。」閻連科說，這部小說脫離了歷史長河背景下的宏大敍事，沒有像之前作品那樣有戲劇性，也沒有人與人之間的巨大矛盾，因此寫作起來「蠻有挑戰」。

　　中國人民大學創造性寫作研究生班的作家、出版社、朋友和他自己都參與了小說的修改，甚至小說在台灣出版後仍然改了五、六次。「我想如果現在看一遍，還會想修改一部分。」他說。

　　「紅樓夢獎」決審委員會主席鍾玲在給閻連科的頒獎詞中說道，小說的結構完整而嚴謹，時間處理精準而有創意（整篇故事的時間不足二十四小時），不只寫人性的黑暗面，也寫人性的光明面。

　　這也是這部小說令閻連科最着迷的地方：罪惡之外，那些最善意、最本能、最人道主義的部分。

　　多次修改也圍繞於此中細節。他說，人物變得更加清晰複雜了，每一個人物都有非常細小的、善良的、美好的、質樸的一面。

　　受聘於香港科技大學，閻連科如今每年會有半年時間在香港教書。他透露，下一本小說是一個純美的愛情故事〔《速求共

眠》（2018）──編按〕，故事已經有了，還在想講故事的方法，準備明年春天在科大時開寫。

「小説的結構和講故事的方法每一次都不一樣，不一樣才會有寫作的激情。」他説。

原文刊於網上媒體《中國新聞網》，2016 年 9 月 23 日

曾平，中國新聞社香港分社記者，香港浸會大學國際新聞碩士畢業。

閻連科談《日熄》：
我想擺脫宏大敍事的約束

李夢

　　長篇小説《日熄》是作家閻連科最艱難的一次寫作經歷，沒有之一。

　　出版前，改了七、八次；去年底由台灣麥田出版社推出，到今年七月獲華文長篇小説獎「紅樓夢獎」，半年間又改了四、五次。不要説主要角色，幾乎全部次要人物的命運和經歷都有改動。

　　他向身邊朋友請教，向學者和評論人請教，甚至向他在中國人民大學文學院教的一班「九〇後」學生請教。

　　「《日熄》可以説是一場集體創作，只是最後署了我的名字而已。」閻連科説。

　　新小説之所以難寫，是因為五十八歲的閻連科想嘗試一種全新的寫作方法，一種「擺脱歷史長河，擺脱宏大敍事」的寫作方法。

　　「中國內地的當代文學有宏大敍事的傳統。」閻連科告訴我。小説，尤其是大部頭的長篇小説，通常要放在歷史背景中講述，每每以真實歷史事件與虛構人物故事相結合的方法講述。

　　相似的作品，閻連科也寫了很多。《日光流年》關乎發生

在上世紀六十年代初的三年自然災害，《堅硬如水》講文化大革命，《受活》和《炸裂志》則談到改革開放三十多年來中國社會文化景狀的種種變遷。

「當然，我還可以寫土改，寫辛亥革命，或者北洋軍閥。」但閻連科覺得，那些離他太遠，「在寫作上不會帶來更新鮮的東西」。作為一個半生以寫作為職業的作家，如今的閻連科希望自己筆下的文字可以「更細緻地、更細膩地深入到人的內心」，而不是「沿着歷史那條河流走來走去」。

「我很早就試圖擺脫時間對小說的束縛。」閻連科說：「我一直在等一個合適的、舒服的故事。」

直到遇見《日熄》中那場聲勢浩大，綿延整個鎮子的夢遊。

夢遊發生在一個炎夏，在伏牛山脈一座名叫皋田的小鎮。鎮子坐落在中國中部一個名叫河南的省份。那是閻連科的老家。他的幾乎所有小說，講的都是那個地方以及生活在那個地方的可憐、可鄙或可愛的人們。

小說中，人們在夜間夢遊時，將白天不敢說的話、不敢做的事，統統說了，也做了。漸漸地，開始有偷盜搶劫了，有傷人甚至殺人了。在理性離場、秩序缺席的狀態裏，人性中的美善也好，罪惡也罷，似乎看得更真切了。

夢遊，或者說半夢半醒的狀態，對於熟悉中國現當代文學的讀者來說，並不陌生。魯迅曾在小說集《吶喊》的自序中，提到「鐵屋」這一概念：

「假如一間鐵屋子，是絕無窗戶而萬難破毀的，裏面有許多熟睡的人們，不久都要悶死了，然而是從昏睡入死滅，並不感到就死的悲哀。」

　　美國杜克大學副教授羅鵬（Carlos Rojas）在《日熄》序言中，提到魯迅筆下「昏睡的人」與《日熄》中夢遊者的相似之處。鐵屋中昏睡的人，有待為數不多的幾位清醒者將其喚醒；《日熄》中夢遊的群體，則等待日出，以沖散黑夜與夢境帶來的無序、詭異與乖張的景狀。

　　閻連科雖說推崇魯迅，卻並不認為自己在《日熄》的寫作中，受到魯迅所謂「鐵屋」意象的啟發。

　　「有人問我，你是不是寫了中國今天的人心啊？你是不是寫了對中國現實的焦慮啊？其實這些都不是我寫作時想到的。我只是希望講一個不一樣的故事，寫出一些不一樣的人的內心世界。」

　　之所以「不一樣」，是因為這部數十萬字的長篇小說並沒有依循慣例，講述數年、數十年甚至數百年間的人事更迭，而是將所有的背叛、復仇與懺悔都凝縮在一夜之間，從下午五時太陽即將落山的時候，到翌日清早六時太陽就快出來的時候。

　　經過一夜的掙扎揪鬥後，人們期待的日出並未到來。當這個一共分為十一卷的故事進入到第十卷「無更」的時候，時間停滯了，停在早上六點鐘不動了。時間的流動被人為阻隔了，人們開始慌亂，找不到從夢境逃離的出口。

　　這無疑是閻連科一個十足大膽的想像。在全書末尾，皋田鎮上的所有男女，上千個「和螞蟻一模樣」的男女，夢遊的、沒夢遊的或假裝夢遊的男女，都聚在一起了。在時間凝止的狀態中，他們完成了一場充斥着搶砸燒殺、暴力以及血腥的盛大狂歡。直到書中男主角李天保在不知是夢遊還是清醒的狀態中將自己點燃了，燃成一團太陽，終於將整個鎮子的人都從迷濛中叫醒了。

這看起來是一個偉大的殉道者的故事，但閻連科告訴我：李天保在自焚的時候後悔了。

「火燒起來的時候，他一下子就（從夢遊中）醒了。他想往回跑，但往回跑的過程中，他發現，已經來不及了。」

救贖也好，懺悔也罷，初衷或許並不像我們慣常想像得那樣光明且美好。同樣，那些看上去無知無情的偷盜者，偷的物件竟是神像，是要將神像請回家去供起來。

「我想寫出人性的豐富以及複雜。」閻連科說：「善的人物，有他荒誕的一面；罪惡的人，也有善的一面。」

閻連科曾將初稿拿給自己的朋友看。有人看完後直說「太黑暗」。不論是書中對於火葬場的描寫，還是那些慘無人道的欺騙與傷害伎倆，讀過後總會令人覺得極不舒服。閻連科聽了這建議，在後來一次次的改動中，「加上了很多美好的東西」。

比如小娟子。這個小女孩在故事的後半段出現，她將那個充滿陰暗壓抑的死亡之地種滿了鮮花。最初，她種花的時候，是在夢遊裏；後來，她醒了，醒來之後依然不停在種花。

「陀思妥耶夫斯基的作品中充滿了人心的黑暗，但仍然有美好在其中。」閻連科說：「當一部小說寫到人的內心去了，寫到人的靈魂中去了，它會給很多人一些新的想像。」

原文刊於網上媒體《橙新聞》〈書局街〉，2016 年 9 月 30 日

李夢，女，雙子座。大眾傳播（香港中文大學）及藝術史（多倫多大學）雙碩士，曾供職於本地報刊文化版，現任職於聯合出版集團。專欄作者，譯者，藝評人，文章散見於香港、北京及多倫多等地報刊及網站。

閻連科寫《日熄》 夢裏真實知多少

尉瑋

早前，著名作家閻連科憑藉小說《日熄》獲得紅樓夢獎首獎。書中十四歲少年口中所講述的夜裏的夢境，或是夢中的黑夜，看似奇幻，卻從想像照進現實，成為了對中國現實亂象的巨大隱喻。

酷熱的夏夜，伏牛山脈的皋田小鎮，人們在一夜之間集體患上了夢遊症。人們在夢境中偷搶打殺，日頭底下隱匿在人心中的欲望蠢蠢欲動，善惡互相纏鬥，分不出勝負。夜更黑了，時間濃稠得似乎沒有盡頭，夢也更加荒唐，人們以為回到明朝追隨李自成後裔，要起義兵變……天就快亮了，夢魘會終止嗎？

一次困難的嘗試

「我的所有小說都離不開那塊土地。回到那塊土地，寫甚麼都得心應手。」但《日熄》讓閻連科覺得「很艱難」。難的不是人物行為方式和形象的描寫，而是講故事的方式、角度和試圖突破的小說結構。「我這一代人，尤其中國內地的寫作，特別注重宏大敍事，人物和社會的重大事件聯繫起來。這是整個中國的寫作傳統，也是這個國家的一個特殊性——所有人物的命運可能

都逃脫不了歷史的限制。我希望這次的寫作能擺脫這種宏大敍事，但是又不失人們閱讀中的深刻和複雜的東西。也希望徹底進入人本身，描述人物深層的內心世界，那些靈魂的東西、黑暗的東西，來自於最深層的我們看不到的人文的東西。」從宏大敍事回到人的敍事外，他也希望將故事延宕到第三空間。「比如第一空間就是我們的生活，見面、說話……這是一個實實在在的空間。另外一個空間是想像。我試圖去獲得第三空間和第四空間，讓人物的活動範圍更廣闊，比如夢遊就提供了這個契機。你說它是真的，它一定是夢；你說它是夢，它又是人在行動中。它既不屬於這個空間，又不屬於另外一個空間，純粹是第三空間的東西。但我仍要保持它和中國現實和人之間的密切聯繫，這些都和以往的寫作不同，結構、敍述、人物都有變化，這些對我是一個難度。」

小說從去年春天開始寫，只用了半年就完成，但之後卻修改了至少十次以上，「每天都在改，打印出來的稿紙堆起來和寫字枱的高度差不多。」修改得最多的是對各種人物的描述，每一個小人物的線條都被修剪得更加清晰明瞭，更加強了內心的光明和善的閃現。是不忍心故事過於黑暗殘酷而刺痛讀者？

「作家也不應該只是向讀者提供一味的黑暗吧。」閻連科說，「這也不符合我的文學觀的要求，哪怕僅僅為了故事更起伏動盪更感動人，也是需要兩方面更複雜，善和惡不會那麼清楚的。大體上，這個小說就是黑暗的世界黑暗的社會，但是恰恰寫了很多小人物那種善良的東西，這比較符合自己對於文學的認識。」

故事發生在一晚之間，這對長篇小說的書寫來說，也是一種困難。閻連科說，我們老說要書寫「歷史的長河」，他卻有意

識地要寫一個局限在幾個小時或是一個晚上的長篇小說，甚至讓時間在其中都消失掉。藉助夢遊這個狀態，他把故事限制在那個特別的晚上，時間的死亡，太陽的死亡，人們在夢中回到明朝……他得以重新書寫對時間的認識。至於這其中的人物，是身處歷史之間還是遊蕩在歷史之外，他沒有點明。「人醒着的時候，被理性壓抑的時候，所有的欲望想法都是不可能實現的，但在夢中就能獲得。我希望小說更豐富，給讀者更多的想像，也許他就在歷史和現實之間，也許他在歷史之外，難以說清。而整個故事本身也可能只是一個夢。」

夢遊與神實主義

夢，在閻連科的小說中時常出現，比如《丁莊夢》，比如〈年月日〉，到了《日熄》，更成為了包裹所有詭譎故事的外殼，說它是書中的絕對主角也不為過。「走在北京的街上，人們的那種匆忙很容易讓你想到殭屍電影中殭屍走來走去的感覺。就像在夢中一樣，飄忽、匆忙，彼此之間沒有聯繫，擦肩而過。那個場景給你一個夢遊的感覺。我突然覺得可以讓故事完全置身於一個夢遊的世界中，這樣故事就擺脫了以往讀者對真還是不真、合理還是不合理的要求。我似乎永遠在擺脫我們所說的現實主義的邏輯關係，尋找一種新的邏輯關係。」閻連科說，夢遊這個設定恰恰幫他解決了問題。

夢遊中，世界顛覆失序，宛如退回蠻荒時代。這樣的故事很容易被評價為魔幻現實主義的、荒誕的、黑色幽默的……事實上，這也是我們談論中國當代作家時最喜歡使用的標籤。

「中文或者全世界對這個的理解都非常狹隘。」閻連科卻説：「好像如果事情超出了我們生活的邏輯，要麼是魔幻的，要麼是荒誕的，再找不出別的解釋了。至於甚麼是魔幻，甚麼是荒誕，沒有任何人去做過認真的分析，不合理的都是荒誕的，誇張的想像就都是魔幻的，這是個非常簡單籠統，乃至於粗糙的説法。」他對放在自己身上的標籤也不甚滿意，荒誕大師、魔幻現實、黑色幽默、夢魘……他覺得粗疏的定位非常不準確，乃至於寫了一本書來仔細分析。在這本叫做《發現小説》的書中，他不僅闡釋了自己的文學觀，亦重新界定了現實主義，更分析了不同層面的真實是如何呈現的。他提到「神實主義」：「只關注內真實，不關注外表合理不合理」。在他看來，現實主義關注事情本身，一加一只可能等於二；魔幻現實雖然有着誇張的想像，但和現實有着一定的聯繫，一加一不一定等於二，但必須有着一加一的存在，這是基礎。至於神實主義，就連一加一這個現實的基礎都可拋開，「內真實，是完全心理的真實和靈魂的真實，抓住了這個邏輯，其他可以不管。」夢遊就是一個巨大的神實主義，「只要抓住了夢遊這一點，寫夢遊中的任何事情都是合理的。包括《日熄》、《炸裂志》、《四書》，在這個方面會越來越清楚這一點。」

神實主義不需要真實這個基礎，反而是從想像走向真實。閻連科説，這才是今天中國最重要的理念，對文學更是。「因為中國今天的事情，中國人知道一件事發生的原因，但是對於漢語以外的人來理解，是找不到任何邏輯關係的。在這種情況下，神實主義恰恰是最好的解釋現實的文學方式。」

原文刊於《文匯報》〈讀書人〉，2016 年 10 月 31 日

尉瑋，傳媒編輯，讀書版與藝術版主筆。

閻連科：
活在文學和生活的張力之間

楊慧儀

2016 年 9 月 22 日，中國作家閻連科憑長篇小說《日熄》獲得第六屆世界華文長篇小說獎「紅樓夢獎」首獎。決審委員會稱讚「作者堅韌而又充滿爆發力的文本實驗，再次給文學讀者帶來驚喜。」「閻連科蘸着時代的墨書寫了一部堪稱當代經典的華文傑作。」這是閻連科繼 2014 年度卡夫卡文學獎後，獲得的又一個重要文學獎項。有人說，他是莫言之後離諾貝爾文學獎最近的中國人。

一個作家到底是怎樣煉成的？有人說大時代出大作品，也有人說長期穩定繁榮的時代能孕育作家成長。無論怎樣，個體本身拒絕既定思考框架的限制，無論面對怎麼樣的素材，都從基本人道和人性立場想像人的處境，就是說：能不失本心地觀察生活，那應該是成為作家的好材料吧。而往往，這是一種品性，不是技巧，也不是能教出來的，總之有些人就是這樣。閻連科就是這樣的人。

閻連科說，在他的青年時代，跟同代人一樣，他也看《英雄虎膽》，也聽《沙家浜》。善良的讀者觀眾都希望故事中可愛可敬的人物最後能幸福愉快地生活，於是，他一天到晚最關心的，

就是替人物配姻緣。他希望《紅燈記》的李鐵梅和《奇襲白虎團》的嚴偉才結婚；希望《紅日》中的江姐與許雲峰結婚；希望《智取威虎山》裏的小白鴿跟楊子榮結婚；最希望的是《紅色娘子軍》中的娘子軍都嫁給《沙家浜》裏的一群英雄。他也跟世界上所有青少年一樣，有心儀的女神；在西方，這叫 pin-up girl，就是男生們在房間牆壁上貼滿自己喜歡的女歌星或女明星的海報；青年閻連科也有 pin-up girl，也是他同代許多男生的夢中情人——《英雄虎膽》裏穿軍裝皮靴顯得特別帥的王曉棠。

後來，他自己進入了部隊。不過，他從沒有在任何公開場合寫過或說過自己穿起軍裝軍鞋的神氣。反而，他與莫言（另一個同樣曾經有部隊經驗、同樣在部隊裏開始寫作的作家）一樣，都異口同聲說到自己因為農村貧窮而加入部隊，又異口同聲寫過自己在部隊的時候為了進城、為了吃一頓好飯而開始寫作。對於自己早期的作品，閻連科很少提及，有人問起，他一般都說那些作品很幼稚，不值得看；即使問及他近十年的作品，他也會說哪一部哪些地方怎樣寫得不好。因此，跟他討論他的作品，是挺容易的。不過，他一般更願意談的，是自古至今不同文學傳統中別人寫的作品。他的文學天地，是很廣闊的。有一次，我們聊到翻譯，他提起一些海外文學專家向他表示驚訝於中國文學市場上外語文學翻譯的蓬勃。說的時候，他是興奮的。

如果跟閻連科聊到他自己的作品，你會發現，他對自己作品裏或生活中觀察到的人群的苦，感受得很深，說到這些事情，他會很動容，並毫不掩飾地流露。對於與他對話的人，也許博大的文學和廣闊的文學世界的確是更容易處理的話題，因為，對於我們這些不善於流露情感的（也許因此才成為）評論家或學者而

言，在他誠實赤裸的同情心和同理心面前，我們的理性會顯得冷漠。

記憶最深刻的一次，是他在香港的牛棚藝術村，前進進戲劇工作室改編他的《丁莊夢》作工作坊演出，他出席了首演當天的演後與觀眾交流。講到他在「丁莊」的原型村落裏做田野考察，看到的一幕幕真實，因為太悲慘而無法寫進小說裏。他淡淡地說，但話裏的悲傷變成了聲音裏的顫抖，整個劇場都感受到，頓然鴉雀無聲。我記得在場的人那徹底的沉默，讓人隱隱聽到外面街上的交通聲。

閻連科對他筆下民眾的同理心，來自他自己的生活經歷。他並非來自有能力栽培文化名人的家庭，1958 年出生於河南嵩縣田湖鎮田湖村一個農民家庭，高中就輟學，外出打工，1978 年入伍。他在河南大學和解放軍藝術學院進修過，但沒有正規上過大學。除了小說，他寫過很多散文，尤其是他多次得獎的發言，經常提到他早期的農村生活，寫到飢餓，寫到在漆黑村裏小徑照出一道微弱光線的手電筒，寫到農村家人面對生活純真的無助。如果沒有這些親身且親心的生活經歷，即使現實看在眼裏，也會對它缺乏心靈的體會。

在部隊的歲月，閻連科是多產的，其實他與八十年代尋根作家群一樣，從 1979 年發表第一篇短篇小說〈天麻的故事〉起，1979 年至 1986 年之間，他發表了十一部短篇小說和一部獨幕話劇。可是，他是個遲熟的作家，最成功的作品均創作於九十年代中期之後，包括《日光流年》（1998）、《堅硬如水》（2001）、《受活》（2003）。尤其在他 2005 年退役轉到人民大學文學院任教授前後，有了更多時間、心力更集中地創作；他這時期的作品包括

《為人民服務》（2005）、《丁莊夢》（2006）、《風雅頌》（2008）、《四書》（2011）、《炸裂志》（2013）、《日熄》（2015）等。也是由於他是個遲熟的作家，最好的作品都成於中年，因此，他小說的品性亦避免了少年成名的尋根作家群寫作中不時見到的「衝」。（在戲曲中，比如說一個武生翻跟斗的時候力度整體過大，總給人一種翻完還會衝出去再翻一個的感覺，那叫很「衝」。）

　　在退伍後這十年，的確看到閻連科的作品每一部都更有力量，尤其在結構上，《受活》中歷史虛構與現實虛構相交，結織出並不一般的質感；《丁莊夢》中意識和潛意識在生死界面上交錯，對「現實經驗」的探究詰問又比《受活》深刻；《四書》在結構上是以四本書的局部組構成，但這局部與重組的內涵牽涉着「神聖」的外表和它內裏的腐朽。從文學批評的角度，更有理由預言未來文學史回顧閻連科的作品時，會斷言《炸裂志》和《日熄》的重要性是他之前的作品不能企及的，因為在這兩部作品裏，他徹底離開對歷史的依附，勇敢地直面當世當代，並且為了總括最難掌握的當下，動員了文學最本質的寓言結構，試驗他稱為「神實主義」的寫法，嘗試把對生活現實的觀察以文學最本質的性質呈現出來。在閻連科的寫作裏，文學和生活體現出非常複雜卻又直接的關係。

文學要寫出人本身的光明
文學和生活是甚麼關係？

今日中國（以下簡稱「今」）：您心目中一個作家理想的生活是怎樣的？

閻連科 **(以下簡稱「閻」)**：對我來説，最理想的生活確實就是一
　　個人少的地方，山清水秀的地方，過田園的生活，讀書、
　　寫作，非常安靜地過日子。這是我的田園夢想吧，這樣的
　　生活環境本身就有助於寫作。當然，最好又不要離城市特
　　別遠，因為你需要去看電影，你需要跟人交流，你需要不
　　脫離這個社會。簡單來説就是：能亂中取靜、動中取靜那
　　種地方。這些年因為工作走遍全世界，到哪裏我都不太有
　　興趣看那些人文的景觀，就是特別想去看自然的景觀。我
　　去旅遊也一樣，最喜歡的是去看自然的景觀，不是人文類
　　的。中國那麼多古寺廟，我都毫無興趣。

今：無論在國內或海外，您經常要出席研討會或別的場合，在
　　那些時段內您一般喜歡做甚麼？

閻：如果自然環境非常好，我會願意出去走一走、看一看。如
　　果去一個超大的城市，自然環境不太好，我倒最希望是一
　　個〔待〕在賓館裏，吃飯就下樓，吃完飯就上去房間。也許
　　看電視，也許非常慵懶地躺在那睡覺，也許拿起本書，就坐
　　在那裏。坐在一個房間裏，能夠一天兩天待在那兒不出來。

今：您怎樣理解您的寫作和您生活之間的關係？您主要在生
　　活，裏面包括寫作？還是主要是寫作，但同時也不能避免
　　生活？

閻：我是把寫作和生活相對能分得開的一個人。我想今天很多
　　所謂中國年青作家，就是我們説的「文藝青年」，常常不能
　　把生活和文藝分開。確定一個文藝青年的特點，就是這人

不能把文學、文藝和日常生活分得開來。分不開的人，就
會變得特別的文藝青年、文學青年。分得開的人，就會更
理智一點。因為在內地的生活非常的世俗，但是我們在內
地的人似乎已是與生俱來地非常適應。我們的生活並不接
近文學，而是世俗的。我們如何在這世俗中走近文學呢？
我想這就像我們如何從一條繁榮的大街上一抬腿就跨進書
房。你怎樣走進去是沒有局限的，但是書房永遠不會在大
街上擺着。所以，對我來說，進入文學的時候，那完全就
是文學的世界；進入世俗，那就完全是世俗。當然，這與
家庭有關係，比如我的家庭是一個相對世俗的家庭，我不
會跟家人討論文學，我家裏沒有任何人跟我討論文學，這
就讓我把文學和生活分得非常清楚。文學是我一個人的事
情，日常是和家庭的、許多朋友之間的事，這樣分清楚，
對我來說非常重要。

今：您願意把生活跟文學完全分開，跟您的作品不採取批判現
　　實主義寫法，之間有沒有關係？

閻：可能是這樣：從世俗走近文學的時候，有兩個方向。最初
　　寫作的時候，更多的是偏向現實主義，就是生活是甚麼樣
　　子，你從生活中寫作，作品就是甚麼樣子。這時候，文
　　學和生活沒有分得那麼清楚，現實主義就是把生活寫成生
　　活。但隨着年齡的增長，對文學的認識不一樣了，這時候
　　抱持的現實主義，內裏包含一種懷疑的態度，往往變成從
　　文學進入生活，而不再是在生活中找文學。到了從文學進
　　入生活的階段，你會知道很多對文學的想法和觀念，並以

自己在生活中走過來的經驗證實這些東西，看看它們是否正確、是否可以用來寫作。這跟以前不一樣，比如說，以前要講一個故事、寫一個人物，可能就是生活中有這樣一個故事，有這樣一個人物，考慮的是如何把它作文學的概括和總結。按內地的說法，就是使它「高於生活」，把這樣生活中的一件事情、一個人物發展，或擴展為一個文學的故事、一個文學的人物，乃至於擴展為一部長篇小說。我想這是兩個不同的進入點，現在我一般是從文學進入生活，而不是從生活進入文學。

今：那您小說裏人物的生活跟您的生活又是怎麼樣的關係呢？

閻：有人說我的小說非常接地氣，非常接近現實生活，接近農民，非常鄉土，其實是因為我打開文學的大門走進這塊土地的生活時，有很多過去生活的積累。任何文學、想像，只要是我熟悉的生活，只要把我放回到這塊土地上去，我就能迅速把思路打開，寫作就沒有任何障礙，能天馬行空，能去想像。對我來說，最典型的例子就是寫《風雅頌》的時候。小說開頭我是寫得非常謹慎的，因為寫的大學校園的生活，我一生中沒有讀過大學，寫那部小說的時候，我還不是大學老師，對於大學裏的情況，只是道聽途說而已，所以我當時寫得非常謹慎。但是寫到那小說的後半部，那個大學教授離開大學，回到老家，就是所謂逃離城市，逃離學校，逃離一切社會最骯髒齷齪的東西，回到他青少年生活的那塊鄉村土地的時候，我的寫作就再也沒有那種謹慎感，我想要甚麼，那東西就會迅速來到我的腦子裏。

又以《四書》為例，《四書》寫的是一批知識分子，無數知識分子勞動和改造的過程，那是我熟悉的，因為在勞動和改造的過程中，最日常的東西都是我熟悉的。他們要種地，每畝地要生產一萬斤、二萬斤、二十萬斤、五十萬斤的糧食；要所謂的「大煉鋼鐵」，這是我少年時期不斷經過、看過的東西。所以，寫《四書》時，我並不是去研究那些事情。寫《風雅頌》的時候我不是真的要去理解怎樣教書，也不是要去和學生一起生活。我想，這些小說的意義是真正讓那些知識分子生活在某塊土地上，像黃河岸邊，寫這個我就非常得心應手。所以直到今天，如果真讓我寫知識分子的校園生活，我還是蠻擔心的，幾乎沒有膽去嘗試，懷疑自己是否有這樣的能力。所以我看我的人物，一定是非常生活化的，我的經驗跟他們生活的場景、地域，一定有相同或相似；甚至於在北方相同的東西，與南方又可能不一樣。

把「閻連科」這人物寫進小說

今：在《炸裂志》裏，您把「閻連科」這人物寫進去了。在《日熄》中，「閻連科」這個角色在小說裏有一個特別重要的位置。這兩部小說裏的「閻連科」和現實生活中的「閻連科」，關係是怎樣的？

閻：那是不能截然分開的。在小說中把作家本人寫進去，在三十年前，我就有嘗試，我最初有一本寫鄉村的小說，就像路遙的《人生》那樣的小說，叫「瑤溝」系列，有五部中

篇小說，裏面的主人公都是一個叫「連科」的人。那是最早的嘗試，但那時候寫得非常幼稚，很多生活的影子。後來「瑤溝」系列以一部長篇小說的形式出版，叫《情感獄》，有人說那是我的青少年自傳。我認為那不算是自傳，只算是情感的自傳，生活裏沒有發生那麼多事情，但情感的經歷確是真實的。

但是到了《炸裂志》，「閻連科」這個人物有了別的作用。一方面當然是為了結構的方便，為了敍述的方便，但也多少有些個人的經歷。比如說如果《炸裂志》最後還是被封掉沒有出版，那一方面是敍述上的作用，是那個地方志的編輯委員會的人請他回去寫這本書；另一方面，也有些是自己對文學、對今天文學處境和個人對此應對的描寫。至於在《日熄》裏，「閻連科」這人物已經發展到一個像中晚年的作家，一個晚年「閻連科」的狀態被寫進去了，雖然寫的是現在。這個「閻連科」已經江郎才盡，甚麼都寫不出來，這不再是能不能出版的問題，而是他自己本身已經寫不出東西來。我想這是我早晚要面對的一天；而對這一點，我是有點神經質的，經常想到自己最終有一天會江郎才盡，再也寫不出東西來，那時候這個作家會是一個甚麼樣子呢？因《日熄》裏的「閻連科」寫的是對未來的「閻連科」這個作家的焦慮和不安。

這三部書出現的「閻連科」都不同：第一部《情感獄》是帶有紀實性的，一是一，二是二，大家會說有點「傳」的感覺。第二部《炸裂志》裏的「閻連科」是一個比較成熟的作家，寫

作的、出版的東西很多。第三部《日熄》寫他江郎才盡，而且小說裏的「閻連科」不再是一個講故事的人，而是一個被講述的人，這中間有非常微妙的差別。最初那本小說《情感獄》中，是閻連科在講述「閻連科」。到第三部《日熄》，閻連科已經不再講述「閻連科」了，而是「閻連科」被故事裏的一個人物——一個小孩子——在講述。這些微妙的差別，可能並不是讀者能體會到的，但我自己卻非常清楚；如果沒有這一點變化，我的寫作就沒有那一點點的新鮮感；這一點的變化，也是我考慮了很久才寫出來的。

《日熄》這部小說，我修改得非常多。最初的想法是孩子這個「我」要讓「閻連科」講故事，講他們村莊發生的故事、夢遊的故事，但是「閻連科」告訴他說自己已經江郎才盡，寫不出來了，這樣的故事只有一個人能寫，你去找這個人。這人是誰呢？就是魯迅。孩子到了北京，找到今天真實的魯迅博物館，在一個沒有人的時候看到魯迅，給魯迅講他們村裏的事情。這樣我寫了很長，但是覺得有件事情說服不了讀者，真實感不存在了。我寫着寫着，忽然覺得讀者會問一個非常簡單的問題：你寫的是一個真實的故事，怎麼講故事的人物和方式卻是虛假的？那我就迅速打住，停了好久，才忽然想到：孩子跟魯迅講故事，這是不對的，他應該是跪在那裏，對所謂的神靈講。中國神靈有很多，我們懺悔也好、有宗教信仰的人也好，沒有宗教信仰的人跪在那裏向神唸叨也好，生活中這種事是每個人都可以做的。

今：能不能這樣説：「閻連科」作為角色進入您的小説，很大程
　　度上，是您把注意力引到寫作主體上去，或者是您自己對
　　寫作主體的關注不斷地強化？

閻：我覺得主要是為了結構和敍事的方便，這是最重要的原
　　因。對我來說，每個故事怎麼去講，是非常重要的。有的
　　時候，比如說《四書》，我找到一個很好的結構，就是四本
　　書這樣交叉並重新拼接，成為一本書；《受活》是用正文和
　　附文注釋組成；《日光流年》則是一個逆敍，從四十歲、
　　三十九、三十八，一直講到一歲；《丁莊夢》是把現實和白
　　日夢一起寫，夢也在中間交叉。至於《日熄》，我是為了敍
　　述的方便，讓那個叫李念念的孩子在敍述，讓「閻連科」進
　　去他的敍述，這樣就有一個「元小説」〔編按：後設小説〕的
　　結構。元小説結構出現的時候，我就覺得新鮮，讓元小説
　　也變成不再是原來那樣，不再只是告訴讀者我是怎麼去寫
　　這個故事，而是讓這個屬於元小説範疇的人變成敍述裏的
　　一個人物；我希望這樣能對元小説有所豐富。

　　另外，這裏還有一個原因；因為這部小説總體來説比較黑
　　暗，比較沉重，我希望把「閻連科」加進去，可以有點情
　　趣，不光推動故事敍述，還讓大家讀到這裏，會讀到一種
　　輕鬆感，讓故事變得更可讀一點，當然也更真實。我在這
　　小説裏寫了我的家鄉，那個孩子——講故事的人——是我
　　的鄰居；小説裏所有地理位置、建築位置，都是我家鄉的
　　情況，就是我出生那個鎮上的地方。凡是在《日熄》中出
　　現的環境地理，在我家鄉都有對應，沒有一個地方是虛構

的。我想在小說裏敍述的東西，其實是「閻連科」和那個孩子共同完成的一件事。

只要肉體允許，我不會停止寫作

今：您剛才講到您自己對年老寫不出東西的那種焦慮。其實，即使寫不出東西，那又怎麼樣？

閻：當然，從生活層面看，人的生命就是這個樣子，到了一定歲數，必然會中斷，必然會停止寫作，一步一步走向衰老，走向死亡，這是不可逃避的過程。但其實我對衰老一直是非常恐懼的，它是不可阻擋的。對衰老恐懼，就會自然產生一種對停止寫作的不安。停止寫作不僅是說少寫一、兩部作品，它更根本地意味着生命的結束。文學生命的結束和自然生理生命的結束，對我來說是不可分開的事情。更複雜的原因是：停止寫作不光是文學的停止，這是我非常清楚意識到的，它是你作為一個人的生命的終止；不安正產生於這裏。但我特別相信，只要肉體允許，我不會停止寫作；當停止寫作的時候，那一定是我的肉體生命已經衰老到不能再允許的時候了。

今：記得您的孫女出生的時候，您自然沐浴在莫大的喜悅之中，但您也表示過，那也給了您莫大的打擊。

閻：對我來說，兒子談女朋友、兒子結婚、孫女出生，這都是生命的新開始和延續。我看到他們當然非常歡喜。但他們生活的開始、新生命的到來，每時每刻都在提醒我：你

的年齡多大了？你進入了怎樣的生命狀態了？我一個人的時候，經常拿出小孫女的照片看，我非常愛她，她非常可愛；但是我知道，隨着她的成長，我的生命也漸漸消失。我清晰地從世俗的角度認識到：我的生命轉移給我的兒子，我兒子的生命轉移給他女兒，他女兒的成長也是她爺爺的生命的延續。他們每成長一歲，你必然要衰老一歲。這是一個說起來非常無奈的話題，所謂巨大的喜悅必然隱藏着巨大的傷悲吧。

今：這種對生命結束的感覺，與您寫完每一部小說結束的時候，是很不一樣的感覺吧？很多作家都說，尤其是寫長篇小說，要結束的時候，有一種不捨，有一種焦慮。

閻：我沒有這種感覺。我最近兩、三年確實非常感嘆，覺得我的生命——或者說年齡——衰老得過快，創作力減弱得過快；這是因為我最近漸漸明白——而我以前完全不明白——甚麼是小說。雖然我現在不能概括甚麼是小說，但我特別相信：只要我的身體好，我的小說還會有一個台階、兩個台階可上，還是能夠有新的創造。這純粹是生理的因素。而不是智商、智慧、頭腦的因素；我覺得將會完全是肉體的原因使我無法創造。以閱讀為例，我對閱讀越來越有興趣；很多作家進入高峰期的時候，基本就停止閱讀，閱讀對他們而言，已經不是一件重要的事情了，最重要的是寫作。我最近幾年，卻是對閱讀越來越有興趣，因此對小說的理解也越來越不一樣。

如果身體不允許，思維就會停上，創造力就會退減。這

說起來可能有點盲目，但最近二、三年，我的確漸漸明白了，某一種小說已經在我眼前飄忽不定地出現。我可能抓不到，說不出來；但我隱約覺得，總是有那麼一種全新的小說在我面前飄忽不定地出現。我相信我只要留在某一種文學狀態中，不要出來，時間越久，有一天我會抓住那種飄忽不定的、和我現在寫作不一樣的文學來。這可能是一種盲目的自信，但也許是一種真實的可能。當我有一天抓住它的時候，我特別相信我能寫得比現在更好、更好。

把黑暗以外另一面的東西寫出來

今：我們轉一個話題，我發現您每一部小說出版的那段時間，在您訪問中，您會對某一些命題談得特別多。例如《炸裂志》出版的時候，在好幾個訪問中您都講到「其實沒有誰人是高尚的」。《日熄》出版之後，您沒有做特別多的訪問，但是我發現在您最近的講話裏面，「人的卑微」是一個很重要的命題。

閻：那是因為我和其他中國作家都處在一個特別不一樣的環境裏。無論現實也好，時代也好，都不是一個像歐洲一樣相對穩定的社會環境。中國的社會環境真的是一天一個樣子，甚至是一日千里的變化。在這樣一個不穩定的環境裏，一個人的生命、一個人對社會的認識，都會瞬息萬變。在捷克演講的時候我講到「黑暗」的問題，《炸裂志》裏講到很多焦慮於現實發展的問題，今天你會發現人的卑微、作家的卑微的問題。當然這是每一部作品、每一個作

家在每一階段，對人、對所處的每一個時代的環境認識的不一樣。處在這樣的環境，我想每個人——無論他自己是否意識到——即使你有多少金錢，你也是卑微的：你有多大的權力，你也是卑微的；你有多大的名聲，你也是卑微；你有多大的才華，你也是卑微的；乃至於即使你就是托爾斯泰，在這個時代，你也會是卑微的。這是一個特殊的時代。

寫《炸裂志》的時候，儘管非常瘋狂，你也會覺得有某種衝動在那個小說中湧動，那種衝動、那種激情是那個社會賦予他的。但在《日熄》裏，那種衝動並不存在。你會發現《炸裂志》非常瘋狂，但你要相信，那種瘋狂、那裏邊的人物，都充滿着一種盲目的理想。在《日熄》裏，那種盲目的理想已不存在了，幾乎是一種黑暗的絕望。我說的那種卑微，就來自於此；也來自於一個作家的處境吧。其實仔細分析這些小說，也許人物在某些地方有重複，但小說的基調變化非常大。《受活》和《炸裂志》荒誕、離奇，但充滿着一種怪誕的激情和希望。但是《日熄》和《四書》，尤其到了《日熄》，則是充滿着人的內心的絕望。我想《四書》充滿的絕望更多是那個時代的絕望，對時代的絕望；而《日熄》則是人本身的絕望，就是人對這世界的絕望，來自人心的死亡。

今：人心的死亡不也是來自時代嗎？

閻：對，我覺得這個時代，人面對着它是無能為力的。在《受活》和《炸裂志》裏，人是可以與時代對抗，乃至於改變的。

但在《日熄》裏，人是不能改變現狀的。這是兩者很大的差別。

今：您最感到絕望是甚麼？

閻：我想最絕望的就是今天人在現實中間的黑暗感、無能為力和無奈，人不能改變現實。人們經常說，在「毛時代」，無論發生的是甚麼事情，他是相信「人定勝天」的。今天當然無數事實證明了人並不能改變天地，要改變天地可會帶來另一些更可怕的事情。但是有一點不能不說，在《日熄》裏，人連日常生活也無從改變，一切都被那個社會安排好了，被命運安排好了，被遺傳安排好的；所謂遺傳，就是祖祖輩輩流傳下來的文化。所以我覺得《日熄》其實是寫盡了我對絕望和黑暗的感覺。

今：那麼個人意志呢？

閻：這其中當然有個人意志的存在，在那黑暗中間，有非常理性的東西，顯露了非常微弱的光。《日熄》中那就是李念念一家。那就是我想僅懷着文學的理想寫作，寫那種文學的理想，一家人用最本能的生命照亮了那黑暗，拯救了在黑暗中的人。其實這是蠻浪漫、蠻理想化的，它是那種黑暗中非常微弱的光，就像拿着一個手電筒而已。《日熄》後來改了很多，在台灣出版之後，最少改了四次、五次，改的也都是這一方面。除了絕望之外，可能總需要看到那種善的、美的、非常微弱的東西。純粹是站在文學的立場上，總要寫出人本身的光明、人道的東西來。我想這一點，無

論是契訶夫或是陀思妥耶夫斯基等偉大作家，都不會讓文學的光明最終在文學中徹底熄滅。

我們看到作品中，無論多麼黑暗，總還是有光明。《卡拉馬佐夫兄弟》裏，總是有那個老三像聖人一樣的存在；《罪與罰》中，總是有個索尼婭的存在，使那個大學生發生轉變，我們總會看到陀思妥耶夫斯基寫到人類之間的愛。我想是基於這樣的東西，不斷地改，讓小說裏每一個細碎的小人物，都不純粹像最初原稿那樣一味地骯髒，一味地黑暗，而是或多或少把黑暗以外另一面的東西寫出來。

原文刊於《今日中國》，2016 年 11 月號，頁 13-21

楊慧儀，香港浸會大學翻譯課程副教授，研究興趣包括中國當代文學和獨立電影、香港戲劇，以及中國境內文化多元和跨文化現象。

禁書作家閻連科：自我審查更可怕

李夢

中國著名作家閻連科雖說在國內外屢獲文學獎項，卻在中國內地的文壇處於某種被邊緣化的位置。他的不少小說作品，比如《四書》和《丁莊夢》等，因為涉及敏感政治題材或包含大量露骨性愛描寫，要麼無法在內地出版，要麼在出版之後迅速被禁。

　　不久前，閻連科來香港，領取香港浸會大學頒發的華文長篇小說獎「紅樓夢獎」。頒獎禮的翌日清早，筆者在浸大附近的九龍仔公園見到他。這位現年五十八歲的中國作家告訴筆者，他在 2011 年寫成的長篇小說《四書》儘管獲得今年國際布克獎（Man Booker International Prize）提名並最終入圍短名單（short list），卻因為以敏感的六十年代中國大饑荒為題材，至今無法在內地出版。

　　「哪怕是我的那些曾經在內地出版過的長篇小說，如今再版，恐怕也是一件非常困難的事情。」閻連科說，初初進入二十一世紀的前五年，對他而言是寫作上相對比較少限制的一段時間。最近二三年，內地的言論自由空間正在收窄。「不但我感覺到了，十三億中國人都能感覺到。」

今年是文化大革命爆發五十周年。官方媒體《人民日報》屬下網站人民網在 5 月 17 日凌晨刊發題為〈以史為鑑是為了更好前進〉的評論文章，稱「文化大革命是我們黨和國家發展進程中的一個重大曲折」，又說改革開放三十多年來，「我們的道路越走越寬闊，不會也決不允許『文革』這樣的錯誤重演」。

「文革」在內地是敏感題目

《人民日報》關於文革的這篇評論遲了一日才刊出，[1] 且官媒以外的其他媒體大多對於這一發生在半個世紀之前、席捲中國的浩劫緘口不提，可見「文革」在如今中國的政治及文化語境中，仍是一個相當敏感的話題。不過，閻連科說，民間對於反思文革仍有發聲，只不過採用了某種較為間接的方法：「比如有人並不會直白地寫我們該如何反思『文革』，而是講到老舍之死，講到五十年前知識分子的命運，等等。」

閻連科過去創作的小說中，也不乏直面文革之作，其中最具代表性的，是 2009 年面世的長篇小說《堅硬如水》。書中講述夏紅梅與高愛軍這一對革命愛侶，在文革年代進行的種種張揚、瘋狂甚至殘忍的「革命」行徑。

兩人因為共同的革命理想走到一起。其人生步調的一致性，反映在工作上，是兩人都崇敬並熱愛毛主席，且不遺餘力

1　中共中央政治局於 1966 年 5 月 16 日擴大會議通過了毛澤東主持起草的指導文化大革命的綱領文件〈中國共產黨中央委員會通知〉，史稱「五一六通知」，揭開了文革序幕。

地、不惜運用陰暗甚至卑劣的手法從他人手中奪取權力；反映在私生活裏，則是兩人在不同時間及場合無休無止地做愛，並將這樣瘋狂甚至變態的性行為，當作昇華革命熱情的光輝舉動。

用狂歡式筆法寫文革

在中國當代文壇，特別是生於 1950 及 1960 年代的作家筆下，文革從來是被反覆描摹且頻繁講述的題目。有人從下鄉接受再教育的城市「知青」角度審視這場革命，有人將運動鬥爭中被侮辱與被損害的學者與文人的經歷鋪陳開來，而閻連科卻偏偏安排革命鬥爭中的「革命者」充當主角。而且，與大多數以文革為題材的作品通常以沉暗陰鬱的筆調寫成不同，閻連科的《堅硬如水》探用了一種調侃兼具狂歡式的寫作方法。

「我一直對所謂的『紅色語言』着迷。」閻連科說。在《堅硬如水》中，作家大量引用《毛澤東語錄》中的章節，且頻繁運用口號式的排比句式：以至於文字讀來若行軍一般，有激烈的、不容反抗的壓迫感。他一直期望以所謂的「文革語言」──那種囂張的、天不怕地不怕的語言──寫一本小說，直到多年前因為一個偶然的機緣，讀到文革期間地方保衛部門的一些審判卷宗。

文革十年的性壓抑

「百分之八十至九十的案件與男女關係有關。」閻連科從那些卷宗中，找到了一處細節。一男一女同坐一個車廂，由北京回河南。兩人在車上一句話也沒有講過，下車之後，鬼使神差一

般，雙雙去了玉米地，完成了一場事先毫無預兆的偷情。這宗真實事件背後的離奇與神秘，引來閻連科的好奇，最終成為《堅硬如水》的靈感之源。「你可以想到，那十年裏，中國人的性壓抑到了何種地步。」

被禁錮壓抑的情欲，以直白且赤裸的方法鋪陳出來，這無疑是極其大膽的書寫文革方法。作者將性與革命與權力勾連的手法，讓人想到另一位中國作家王小波在 1990 年代發表的長篇小說《黃金時代》。兩部作品的筆法都恣意大膽，也都充斥着鋪天蓋地的性愛描寫。其中的黑色幽默也好，嬉笑怒罵也罷，都包含了寫作者本人對於過去時代的回顧與反思。

文革印象：革命和飢餓

「每個人筆下的文革，都是自己內心對文革的認識。」閻連科說。1966 年，他八歲。整個少年時代，便與那場革命相伴。「印象中只有兩件事：革命以及飢餓。」

正如姜文在電影《陽光燦爛的日子》中講述的那樣，小孩子眼中的文革通常是彩色的。因為可以大張旗鼓地逃課，那些動盪的日子在他們眼中，變得分外有趣。閻連科的童年也不例外。要麼彈彈玻璃球，要麼罵罵老師，要麼上街喊喊口號，所謂的「革命」，竟成了相當喧騰熱鬧、不管不顧的事情。長大後的閻連科回憶起當年的日子，才發覺那根本就是某種「狂歡」，只是身處其中的人不自知——或者說假裝不自知——罷了。

文革十年，被視作文化斷層的十年。除去「又紅又專」的樣板戲，鮮有批判現實類的文藝作品面世。白色恐怖時期的蘇聯，

尚有《古拉格群島》和《生活與命運》等偉大文學作品，中國的學者及知識分子，在混亂的、言論不自由的年代，由於種種原因，卻只得選擇集體噤聲。

「我常常說，不要怪罪審查制度；相較於審查制度，寫作者的自我審查，那種奴性的『自覺』與『配合』更加可怕。」閻連科說，在自由有限度的出版環境中，如何「尋找寫作主動性的可能」，從來都是作家的職責所在。

原文刊於《信報財經月刊》〈文化品味〉，2016 年 12 月號，頁 140-141

李夢，女，雙子座。大眾傳播（香港中文大學）及藝術史（多倫多大學）雙碩士，曾供職於本地報刊文化版，現任職於聯合出版集團。專欄作者，譯者，藝評人，文章散見於香港、北京及多倫多等地報刊及網站。

評論

《日熄》
——魯迅與喬伊絲

羅鵬（Carlos Rojas）

「歷史，」斯蒂芬説，「是我正努力從中醒過來的一場噩夢。」

——詹姆斯·喬伊絲《尤利西斯》

喬伊絲（James Joyce）1922 年出版的《尤利西斯》（*Ulysses*）中的主要人物（以及作者的替代人）斯蒂芬·迪達勒斯説他正試圖從一種被看成是一場噩夢的歷史中醒來，以便能夠擺脱一種歷史的困擾。而魯迅，在其 1922 年的《吶喊·自序》中，曾問過他是否應該試圖把自己的同胞們從睡夢中驚醒，使得他們能夠重新進入一種歷史的意識。魯迅這是在回憶他當年如何反駁他的朋友錢玄同——當錢氏在勸説魯迅要給當年新出版的期刊《新青年》寫文章時，魯迅説出了一個關於人的存在方式的比擬：給《新青年》寫文章，就相當於試圖把正在熟睡在鐵屋子裏的人們喚醒，讓他們意識到國家和社會正在面臨的危機。換言之，魯迅認為鐵屋子裏正在熟睡的人們，處於一種生死之間的狀態。他們還沒有真正死去，不過也無法真正地活着。而因此，他們就一直在死前

的昏睡之中。所以,他思慮如果確實能夠把他們「大嚷起來,
驚起了較為清醒的幾個人,使這不幸的少數者來受無可挽救
的臨終的苦楚,你倒以為對得起他們麼?」如果我們用魯迅的
話重讀喬伊絲當年的小說,可以看到迪達勒斯的夢想,其實不是
從被當作噩夢的歷史醒來,反而是希望進入像鐵屋子的人一樣的
一種熟睡。

　　與此種辯思和詰問相似,閻連科最新的長篇小說《日熄》,
罕見地以夢遊進入、展開和鋪陳。小說的全部,就是描寫伏牛山
脈中的皋田小鎮,在酷熱辛勞的夏夜,幾乎全鎮和鎮外的人們,
都開始了夢遊。以此,使各色的人在日光中從不展現的靈魂,在
夢遊中都盡情地展覽。最後,夢遊中有幾百人都由於各種原因
而死去。小說的敍述者,是一個叫李念念的十四歲男孩。他家
裏的生意是經營一所冥店,當夢遊者開始連續不停地死去,冥店
的生意就因此更為興隆。故事神秘、詭異,難以讓人想像。而
且,這部長篇的故事,像《尤利西斯》的故事一樣,都發生在一
天之內——而《日熄》的故事時間,則更短為一夜之間:一更至
日出。(巧合的是,前者發生在陽曆的六月十六日,而後者發生
在農曆六月六日夜)。《日熄》雖然是以一種嚴格的時間性的結構
構成,可作品中的時間,卻不僅模糊,而且作家可以寫出時間的
停止和時間的死亡。如故事到了卷十的第一節開始,直到卷十一
的第三節,時間永遠停止在「6:00~6:00」裏。為甚麼?因為「日
頭熄死了。時間死掉了。世界永遠黑暗了。所以,時間和日
頭都死在日將東升的六點上。」這裏,時間之死,正寓示着故
事對時間的超越和人類使正常時間的扭曲。同時也暗示小說情節
超越了歷史和歷史的順序。換言之,小說表面描寫的是一個具體

的歷史時刻，而它的實質，則是寫人類隨時會出現的歷史扭曲的時間和現實。

出版於 1922 年的《尤利西斯》，從 1918 年 4 月開始連載於《小評論》期刊。小說第一章的情節是從早晨開始，斯蒂芬・迪達勒斯在懷念剛過世的母親，而且不停地抱怨晚上沒有睡好，因為同屋的一直連夜噩夢（一場關於要射殺一隻黑豹的噩夢）。連載到第八章時，即 1919 年 1 月的「萊斯特呂恭人」（上部），剛好是小說被美國郵政總局沒收了的第一章，就預測作品將會遇到許多審查的干擾（像閻連科幾部作品一樣）。而且，「萊斯特呂恭人」一章的題目，剛好是來自於《奧德賽》（Odysseia）中描寫奧德修斯曾遇到過一個愛吃人肉的巨人部落。雖然萊斯特呂恭人表現的不算是一種真正的「同相嗜食」的行為，因為他們吃的不過是普通人而不是像自己一樣的巨人。然而，喬伊絲還是借用了這個同相嗜食的比喻，來剖析了當時社會的諸種存在。這裏，比較反諷的是該連載被美國郵政總局沒收，也可以被看成是一種比喻性的同相嗜食的行為，因為是印刷世界在吞沒自己的一部分。

回到魯迅 1922 年年底寫的《吶喊》的〈自序〉，是為下一年出版的《吶喊》所寫，而《吶喊》所收集的第一部短篇小說是原來發表於 1918 年 5 月份的〈狂人日記〉，描寫的是主人公覺得周圍的人都是要吃人肉的，而且都想吃掉他。與此類似的《吶喊》中的第三篇，發表於 1919 年 4 月份的短篇小說〈藥〉，描寫的是一個父親給他兒子買了一個浸了人血的饅頭以治其兒子的癆病，不過因為治療無效，所以兒子很快就死去了。這兩部作品都用一種「人吃人」的母題來批判當時中國社會的一些自我毀滅的傾向。而同時又試圖用這種驚人的情節，來驚醒其讀者（即半睡半醒的

中國百姓），讓他們敢於面對社會的黑暗與現實。換言之，魯迅的這兩部小說，像作者許多其他作品一樣，都以同相嗜食的題材作為一個描述的物件，而同時也作為一種試圖把「昏睡的人」驚醒的可能。

像喬伊絲的《尤利西斯》跟魯迅的《吶喊》這兩部同時「連載」同時出版的作品一樣，閻連科的許多作品中，也經常出現一些同相嗜食的行為。比如〈耙耬天歌〉（1999 年）中女主人公把自己的骨頭留給子女以食藥；而《四書》（2011 年）中被迫成為「育新區」中的一批知識分子（作家），竟用自己的血來灌溉必須豐收到畝產萬斤的莊稼。除了這些直接或間接的同相嗜食的行為，在閻連科的其他作品中更經常出現——尤其到了今天的中國，當身體在被商品化的過程中——《丁莊夢》中的農民賣血致富而染愛滋病；《日光流年》中男人通過把自己的皮膚賣給醫院而試圖獲得生命延長的可能；到了《日熄》，這種想像（寫實），則登峰造極到了恐怖和令人顫慄。複雜的情況是，這種同相嗜食/同相商品化現象——《日熄》中的「人油」或「屍油」既是一種商品，又是拯救人類「日出」的必需。這就是閻連科與魯迅的不同，是閻連科的複雜，更是今天中國和人類的複雜，也是喬伊絲無法想像的人類在今天不可理喻又無法擺脫的境遇。

從文本上說，今天的中國作家，再也沒有誰可以像閻連科那樣，總是那麼堅韌而又充滿着爆發的力量，在進行着文本的實驗。《日光流年》、《堅硬如水》、《受活》、《風雅頌》、《四書》和此前的《炸裂志》，構成了中國文學結構與文本的奇觀。讀者對他小說結構和敍述的爭論和等待，是他在今後寫作的敍述和結構上，總是讓人志忑擔心。可是，《日熄》的出現，再次讓人放下

了這等待的忐忑。文本本身那種比擬性的同相嗜食的行為——甚至是自我嗜食——現象，即作品敘述者李念念的鄰居，竟然是那位真實的作家閻連科。他讀了閻的許多小說，因此在他向「神們」講述故事時，他會經常引用和評論閻的小說。這不僅有着「元小說」〔編按：後設小說〕的意義，更有着故事的驚奇。真實的閻連科，在小說中不承擔任何敘述的任務，而是故事中的一個被別人敘述的極其怪異、詭異的小說人物。這也讓人想到莫言的《酒國》（1992 年）與董啟章的《時間繁史》（2007 年）中的作家本人。可又是那麼不同，那裏的作家，有作家的任務：講故事。而《日熄》中的作家，他不講故事，卻被講故事的人審視和敘述。而且，他提到（真實的或虛構的）作者的其他著作時，又總會因為自己的「傻」，而把閻連科原來的書名篡改一下。比如《風雅頌》（2008 年）被改成《頌風雅》；《丁莊夢》（2006 年）被改成《夢丁莊》；《四書》被改成《死書》；《堅硬如水》（2001 年）被改成《如水之硬》或《既堅又硬》；《日光流年》（1998 年）和《受活》，被改成《流年日光》、《活受》、《活受之流年日光》或《活受之流水如年》等。與此同時，《日熄》中多次提到江郎才盡的作家閻連科，也在寫《日熄》的故事，書名叫《人的夜》，可閻連科卻又因為江郎才盡寫不出來。因此《日熄》的講述者李念念，在向世界所有的神們祈禱時，希望神們保佑他的「閻伯」能在「**三朝兩日就把他那《人的夜》的故事寫出來**」。這樣看來，虛構性的閻連科所寫的故事就是我們面前的作品。而小說的結尾卻又是那個真實的作家閻連科因寫不出他的《人的夜》，就「**從這個世界消失了**」。這樣看來，我們應該怎麼理解《日熄》作品的來源？

　　詭異、怪異，像血一樣遍佈在《日熄》中間。該怎樣來理解

這部太為神奇的小說？閻連科 2014 年接受卡夫卡文學獎的演講中，他提到過自己村莊的一個盲人：「從年輕的時候起，（這個盲人）就有幾個不同的手電筒，每走夜路，都要在手裏拿着打開的手電筒，天色愈黑，他手裏的手電筒就愈長，燈光也愈發明亮。於是，他在夜晚漆黑的村街上走着，人們很遠就看見了他，就不會撞在他的身上。而且，在我們與他擦肩而過時，他還會用手電筒照着你前邊的道路，讓你順利地走出很遠、很遠。」閻連科認為自己像這個盲人一樣，因為他「沒有能力推開窗子看到世界的光明，沒有能力從混亂、荒謬的現實和歷史中，感受到秩序和人的存在的力量。我總是被混亂的黑暗所包圍，也只能從黑暗中感受世界的明亮與人的微弱的存在和未來。」這，是不是我們走進《日熄》感受光明的一把鑰匙？然而，又可以從相反的方向去說，閻連科的這個寓言中的盲人的手電筒，他自己看不到它的光明，可它會讓別人看見周圍的黑暗，而《日熄》又剛好相反，因為作品中一直沒睡的敍述者能夠看見其周圍半夜的黑暗，而別人都在黑暗之中。因此，敍述者把自己從黑暗中看到的一切都講給他的鄰居「閻連科」，希望閻伯會把這些寫成一部小說。不過其故事／小說非常明顯的虛幻性，卻提出了另外一種可能，即：也許敍述者自己本來也在夢遊之中，而且故事中所有的一切，也許都是他做過的一場夢。這樣看來，所謂的夢遊者，是可以被看成是當代老百姓的一種置換象徵——暗示他們處於喬伊絲所謂的歷史性的噩夢以外，而又在魯迅的「鐵屋子」之中。所以，怎樣理解《日熄》這部小說的難度，也正可以從中國的魯迅和西方的喬伊絲那兒開始吧。

原文刊於《日熄》〈序論〉（台北：麥田出版，2015 年），頁 3-9

羅鵬（Carlos Rojas），美國哥倫比亞大學博士，現為美國杜克大學中國文化研究、性別研究與影像藝術教授。著有《裸觀：中國現代性的反思》、《長城：文化史》、《離鄉病：現代中國的文化、疾病、以及國家改造》。同時也是譯者，譯有閻連科、余華、賈平凹、黃錦樹等當代作家的作品。

從魯迅到閻連科
——試讀《日熄》中的隱喻和象徵

丘庭傑

一、引言

　　《日熄》講述伏牛山脈皋田鎮在一夜之間發生的一場噩夢。就在酷熱的三伏天，農曆六月初六龍袍節當日入夜後，鎮上居民逐一出現夢遊症的徵狀，把各種日常不為人見的、齷齪的、瘋狂的欲望與秘密表露無遺，搶劫、打殺、通姦等事件令全鎮陷入失序的狀態之中，人們受傷喪命，市貌面目全非。經歷漫長的一夜之後，本以為在日出之時，夢遊人便會蘇醒過來，一切自可回歸正常，卻又因「晝暗」的天文現象，整天將如同黃昏般暗無天日，最後只能由人類自行造日。透過「日熄」，閻連科以一則夢遊的寓言呈現「人的夜」（小說中《日熄》另一書名），嚴肅地思考中國前途命運的問題。

　　故事以十四歲的李念念（又叫傻念念）為單一敍述者。他的父母李天保和邵小敏經營鎮上唯一的冥店，售賣花圈、壽衣等冥具。他們雖然從事死人行業，卻不盼人死，也不為賺錢。當火葬場總經理的舅父邵大成則完全不同，他早年推動鎮上以火葬取代土葬，炸墳燒屍，及後更私售煉屍油圖利。另外，小說中亦出現一位鄰居閻連科（閻伯），與真實的閻連科同為作家，在故事

中他陷入創作的瓶頸期，一直尋找和等候靈感的降臨。傻念念讀過很多他的著作，「前言」的部分就是由傻念念向神明「説叨」，冀求神明保佑，讓他能三朝兩日就把故事寫出來。

羅鵬（Carlos Rojas）在《日熄》的序論提出魯迅和喬伊絲（James Joyce）可作為理解這部小説的切入點，頗具見地。[1]對中國讀者來説，《日熄》中「夢遊」、「屍油」、「花環」、結局出現的「野草」等隱喻和象徵並不陌生，它們馬上喚起我們曾在魯迅作品中讀過的片段。以此切入，或許我們可以更理解這部作品如何繼承中國現代文學中自魯迅以降的人文關懷和社會批判。

二、從昏睡到夢遊

在五四時期，錢玄同為籌辦《新青年》而向魯迅邀稿，魯迅講出了「鐵屋子」的比喻，以試驗青年的決心：「假如一間鐵屋子，是絕無窗戶而萬難破毀的，裏面有許多熟睡的人們，不久都要悶死了，然而是從昏睡入死滅，並不感到就死的悲哀。現在你大嚷起來，驚起了較為清醒的幾個人，使這不幸的少數者來受無可挽救的臨終的苦楚，你倒以為對得起他們麼？」[2]他認為當時大部分人民都在「昏睡」之中，未對中國社會困局有所體認，因此也沒有悲哀與苦楚。假若如此，知識分子的啟蒙事功不但最後

1　羅鵬：〈《日熄》——魯迅與喬伊絲〉，載閻連科：《日熄》（台北：麥田出版，2015年），頁3-9；收入本評論集。
2　魯迅：《吶喊·自序》，《魯迅全集》卷一（北京：人民文學出版社，1981年），頁275。

徒勞無功，更可能害人白受活罪。他在晚年寫成的〈起死〉則講述莊子見及路邊的髑髏，便將逝去五百年的漢子起死，但漢子回生後竟倒過來怪責莊子，既不相信莊子將他起死，又向他取回衣服、食物和金錢：「就是你真有這本領，又值甚麼鳥？你把我弄得精赤條條的，活轉來又有甚麼用？」[3] 莊子最後狼狽而逃。這些關於知識分子要否喚醒民眾的思辯，確實可以在《日熄》裏找到，例如小說寫道：「死在夢裏邊，連一點活罪醒罪都沒受。」[4] 又：「（傻念念）可又覺得夢遊也許對人家是一樁美事呢，幹啥要把人家從夢裏弄出來。」[5] 然而，在這些相似的反詰之外，更應留意的是《日熄》中「夢遊」隱喻對鐵屋子中睡／醒的隱喻有明顯的轉化和拓新。魯迅筆下的庸眾／啟蒙者的對立，在《日熄》中未有出現，甚至沒有從負面／正面的對立去寫。夢遊者不一定就壞事做盡，亦有夢中救人的天保、夢中造花圈的小敏等；非夢遊者也不一定高人一等，孫大明就是特意結同親戚來趁火打劫的。當中更有夢遊時叫人別叫醒自己的人、為逃生而裝夢遊的人。

　　在小說中，夢遊是中性的，它不是某種使人發狂的傳染病，而只會誘發人們做出他們醒着不敢做的事情，把他們的欲望一一揭示出來。《日熄》小說原型來自於閻連科一位去世後火葬的大伯，他形容大伯「艱難的一生，就是被夢想和夢境牽着行走的一生。」[6] 在閻連科眼中，夢有其積極意義：「夢想，是我們活

3　魯迅：《魯迅全集》卷二，頁 474。
4　閻連科：《日熄》，頁 25。
5　同註 4，頁 190。
6　閻連科、張學昕合著：《我的現實　我的主義——閻連科文學對話錄》（北京：中國人民大學出版社，2011 年），頁 76-78。

着並擁有希望的理由。……我們歷朝歷代都在為夢境而奮鬥，為
烏托邦而奮鬥。恰恰是一個烏托邦的破滅和另一個烏托邦的建立
在引導人類向前的精神。」⁷昔日中國懷着共產主義之夢度過困
難的文革、三年「自然災害」等，八十年代起懷着大國富國之夢
走向廿一世紀，夢確是支持民族進步的動力來源。小説中閻伯知
道人醒來並不再寫作，即使活得更好，他也情願死在夢中，這也
説明夢於人的重大價值。但閻連科又對當下的中國夢有所質疑：
「我隱隱地感覺到，中國是從一個『烏托邦』中醒來，又走進了另
一個『烏托邦』。……這種必然和今天中國當下的唯經濟論，和
十三億人口的『致富』的烏托邦夢境，有沒有關係呢？是不是一
種新的烏托邦夢的病症，在一個民族身上發作的開始呢？」⁸《日
熄》通過夢遊的隱喻，揭示當代中國民眾缺乏道德信念或理想，
他們的夢只追求權力、色欲與財富，因此一旦歷史契機容許欲望
浮現，全鎮便淪為煉獄般的罪惡場所。

三、吃過人的人

　　李天保在年輕時曾經當告密者，每到入夜後便到火葬場向
大成舉報鎮上私下土葬的人，每次賺四百元，希望能圓奶奶的心
願，建瓦房娶媳婦。直至有一次，天保親眼目睹楊家墓地被炸開
燒屍的慘況，才驀然醒覺，此後他就不再向大成告密了。不久在
母親死去的契機下，天保從火葬場員工的口中得知大成把火化的

7　閻連科、張學昕：《我的現實　我的主義》，頁 76-78。
8　同上，頁 259。

屍體煉出人油，賣至各地：「所有的城市工廠都要這種油。……
這是天好地好的工業油。說不定當作人的食用也是上好哪。三
年大災時，人吃人也不是啥兒稀奇事。」[9] 天保此時方醒悟，一直
以來自己糊裏糊塗為這場烹人的盛宴擔當副手，如今竟親手將親
娘送上烹鍋。自〈狂人日記〉、〈藥〉以降，「吃人」的意象又再次
出現，但《日熄》卻把重點落在「吃人的人」──天保身上。

　　天保為彌補自己種下的禍根，便向大成買下屍油，一桶一
桶地儲到鎮旁的寒洞裏。告密的事，他一直藏在心底，後來在
夢遊時向鄰居和盤托出，只獲少數人原諒，大部分人「盯着我爹
（天保）像盯着吃了人肉的一條狗」，部分更對他拳打腳踢。天保
曾經間接協助於「吃人」，其罪如何得赦，則成為小說的一道主
線。他買下屍油，以免售至各地作工業油、食油，專心經營冥
店度日，又在日熄的夜晚跟妻子向夢遊人包括曾告密的家戶送上
解睡意的茶葉，甚至因為背着沒有救活的死屍回村而白白被打
……天保竭力贖罪，但此罪卻永未贖盡。最後，天保把寒洞裏儲
下的所有屍油全都滾到東山點上火，抱着柴草樹枝引火自焚，點
燃油坑，成為太陽，終結一生。

　　天保一再抱持贖罪之心做好事，卻久久未能脫離苦難、報
應，背後也有其原因。他渴望得到原諒，因此在夢遊時告白，醒
後卻始終沒有勇氣承認責任和正視過錯，依舊賴皮否認一切。作
家藉以對中國當代歷史有所投射的意圖，也是顯而易見的。天保
不管如何否認，畢竟騙不了自己的良心，寬恕與宣赦自然遙遙無
期。最終，他只能連同寒洞裏儲下的屍油──象徵着他永未還清

9　閻連科：《日熄》，頁72。

的債、生命中不可告人的秘密，同歸於盡，熄掉的時間才重新活過來。

四、造花圈者

邵小敏因瘸腿而走路不便，但有出色的剪紙手藝，早年曾剪過喜慶，又在哥哥的火葬場裏造過壽衣。就在天保向大成辭去告密工作那天，她主動「提親」，後來兩人也就開了「新世界」冥店。一整夜裏，小敏連夢遊時也繼續造花圈，為的並非捉着難得的商機，而是對死者的尊重和為家人贖罪。當大成瞧不起賣花圈冥物賺來幾個零碎錢的時候，她卻在夢遊裏喃喃自語：「人死了總得讓墳上有個花圈呀。」[10] 小說對花圈着墨甚多，應該不是偶然的。這讓人聯想到另一位造花圈者，正是魯迅：「這墳上草根還沒有全合，露出一塊一塊的黃土，煞是難看。再往上仔細看時，卻不覺也吃一驚；——分明有一圈紅白的花，圍着那尖圓的墳頂。……花也不很多，圓圓的排成一個圈，不很精神，倒也整齊。」[11] 魯迅「在〈藥〉的瑜兒的墳上平空添上一個花環」，既是出於鼓勵「正做着好夢的青年」，[12] 也是對烈士秋瑾的悼念。從這個角度閱讀，魯迅藉〈藥〉展示了「文學」面對「歷史」的一種方式，代表了文學為逝者（歷史）的紀念和見證。回到《日熄》，大成「節約耕地提倡火化」並物盡其用煉屍油取利，小敏卻把為死

10　閻連科：《日熄》，頁 41。
11　魯迅：〈藥〉，《魯迅全集》卷一，頁 308。
12　魯迅：《吶喊‧自序》，同上書，頁 275。

者造花圈視為人生價值的一部分，他們反映兩套截然相反的價值觀。[13] 前者象徵資本市場之下商業利益最大化至容不下先人（歷史）的位置，後者則以人文價值和關懷為依歸，堅持金錢以外的量度準則，重視良心和人性的價值。從魯迅為夏瑜墳上造花圈，到閻連科筆下造花圈的小敏，《日熄》中「造花圈」象徵着五四以來的人文關懷和道德信仰的延續。

小敏在天保犧牲後便沒有再造花圈了，原因在小說中未有明言，但或許就如天保死前最後說的，「這一下咱們李家是真的把所有的帳都還了」，又或者純粹是出於個人的決定。不論如何，《日熄》的結局是人文關懷在當代的失落，尤在文藝方面。從小說中穿插出現角色小娟子身上，我們可以印證這一點。小娟子與傻念念年紀相近，在火葬場當清潔工，「活在一個死的屍的世界裏」。她喜愛把煉屍爐佈置成花房一樣，並讓桂花香遍及房內，相信「人一從那邊世界走過來，就走進滿是桂花香的世界了。覺得身上火化也不痛。煉屍燒骨也不痛。油從身上流了出來也不痛。那桂香的味兒就是人家說的迷你草。人一聞就昏了忘了一切了。和麻醉一模樣，忘了痛和世界了。」[14] 她為逝者獻花的心意，與小敏造花圈的用心是一致的。小說結尾寫小娟子在鎮南街上擺攤賣剪紙的情節，除了提示小娟子、小敏二人的互通性外，也透露冥店「新世界」將改為專賣剪紙藝術的「新世界」。

13　閻連科：「表面看，這是土葬與火葬，現代文學與固有傳統的問題，而實際上，這裏有一個文明對人性的巨大的壓迫的問題、擠壓的問題。」見《我的現實　我的主義》，頁 21-22。

14　閻連科：《日熄》，頁 87。

連結閻連科在演講中一再提及「重寫作」與「輕寫作」的關係，《日熄》的結局呈現出造花圈者之失落，「重寫作」後繼無人，連小敏、小娟子也轉行投身於「純粹意義上去擁抱溫暖、美好、溫情」的、「輕」的剪紙藝術。[15]

五、野草又生

上文提到，天保犧牲性命救世，諷刺的是夢醒後的世界竟恍如一頁新紙。皋田鎮一夜發生的事件在官方報道裏被定性為「不實之謠傳」，鄰居對天保的感恩之情很快變為質疑、嘲諷，最後成了淡忘。小說這樣描述半個月後鎮上的生活：「鎮子就在安靜裏恢復它的往日景況了。慢慢恢復它的往日境況着。該買的買，該賣的賣。和不曾發生過啥兒事情樣。……鎮外的田野上，小麥收割後落了一場連陰雨。雨後天晴綠草旺成黑顏色。所有

15　閻連科曾提到「嚴肅文學的空間在縮小，但另一種文學突然畸形地發展繁榮。這種繁榮下培育出一種特殊的『審美』，它不包含審視黑暗、審視醜惡，純粹意義上去擁抱溫暖、美好、溫情。這種文學會像中國山水畫一樣，畫一棵樹、一隻麻雀、一隻蝦米就可以成為世界名作，賣一個億、兩個億。畫山水花鳥能賣幾千萬，只有中國畫家中會出現。這在全世界其他地方是不可想像的。」錄自〈閻連科談寫作：我是中國文學的唱衰者〉，香港科技大學 2016 年 4 月 19 日「文學‧空間‧記憶」演講筆錄，https://theinitium.com/article/20160501-culture-creativewriting-yanlianke/。他又提到「我們必須意識到，所有的作家都不關注現實的時候，現實主義就一定出了大的問題。我想，中國有一兩個魯迅足夠了，但如果沒有一兩個魯迅，你說我們的現實主義會是甚麼樣子的呢？……無論如何，現實主義文學中不能缺了魯迅那種現實主義的精神。」見《我的現實　我的主義》，頁 56-57。

萬千的新墳黃土上，都被新生的野草覆蓋着。除了草的顏色淺些嫩些稀薄些，也看不出它和老墳有更多的區別在哪兒。」[16] 昔日魯迅在《野草》期望以野草之腐朽與死亡換來新的世界。一個上世紀二十年代的願望，經歷了大大小小的中國夢，一場大夢過後野草又一次長來，跟以前沒有多大的區別，人們繼續以買和賣為生活的軸心。人們活着彷彿沒有經歷過那些浩劫般，在一片光明溫暖中活着。曾被夢遊症揭露出來的各種欲望又潛伏到人的心裏去，等待下一次的再爆發。

　　透過《日熄》中的隱喻和象徵，我們可以發現閻連科嘗試在這些中國現代文學的符號之上作出變革與拓展。隨着歷史環境的改變，當代中國已非昔日魯迅面對的鐵屋子，從一個夢走向另一夢，在追尋更理想的夢想／烏托邦的同時，小說是否還能「新一國之民」，又該如何以「真之心聲」喚醒十三億夢遊人？[17] 要解答這些問題並不容易，或許就從傻念念的說叨開始。

原文刊於《字花》第 64 期，2016 年 11-12 月，頁 121-126

丘庭傑，香港中文大學中國語言及文學系博士候選人，研究興趣包括魯迅研究、現代小說、香港文學等。

16　閻連科：《日熄》，頁 318。
17　「新一國之民」出自梁啟超〈論小說與群治之關係〉；「真之心聲」出自魯迅〈摩羅詩力說〉，原文載《魯迅全集》卷一，頁 65-120。

試讀閻連科

潘耀明

老實説，讀閻連科還是劉再復極力推薦的。

最初讀的是他的《為人民服務》，是十足十的荒誕小説。但這部荒誕小説又紮根於挖空心思發財致富的現實中國社會，使這一荒誕，變得不是天馬行空。

套閻連科的話，這是他在追求當代文學中的神實主義。

甚麼是神實主義？

閻連科寫道：「神實主義，大約應該有個簡單的説法。即：在創作中摒棄固有真實生活的表面邏輯關係，去探求一種『不存在』的真實，看不見的真實，被真實掩蓋的真實。神實主意疏遠於通行的現實主義。它與現實的聯繫不是生活的直接因果，而更多的是仰仗於人的文學，就是當代文學中的——神實主義。」

神實主義，就是作者「在日常生活與社會現實土壤上的想像、寓言、神話、傳説、夢境、幻想、魔變、移植等等，都是神實主義通向真實和現實的手法與渠道。」[1]

簡言之，神實主義植根於現實社會，它洞悉現實社會的真

1　編按：閻連科：《發現小説》(天津：南開大學出版社，2011 年)，頁 181-182。

實內在根源所在，在這個基礎上，加以作者的想像，通過寓言、神話、傳說、夢境、幻想、魔變、移植等等手法予以表達。表面上看似荒誕不經，其實是現實社會本質的反照。

劉再復說：「閻連科的真實，乃是人性深處的真實和生存大環境深處的真實。更具體地說，是人性的昏暗、混亂、無序、變態等複雜性的真實，是人際大環境被政治破壞後的污濁、卑鄙、虛妄、虛偽、無望等荒誕的真實。這是內裏的真實，核心的真實，出奇的真實，也就是閻連科所說的『神實』。」[2]

現實生活已不是按照原來的因果邏輯與必然邏輯運行（即外因果），文學當然也不能僵硬地按照原先的政治經濟邏輯、現實主義邏輯去反映生活，用零因果、內因果取代全因果與外因果。

這就是閻連科所提倡的從「現實」中進入「神實」寫作的境界了。

閻連科小說之進入國際文壇，已是多年前的事。由二十多位海內外知名學者、編輯投票而獲選入《世界當代華文文學精讀文庫》（香港明報月刊出版社、新加坡青年書局），閻連科是得票較多的一位。

2014 年，閻連科作為首位華人作家獲卡夫卡文學獎，《閻連科獲獎自選小說集》（大山文化出版社），收入我策編的《名人精讀文庫》，劉再復在〈序言〉中，對閻連科備極稱許，認為閻連科的作品，是「世界文學大森林裏的奇花異果」。

原文刊於《明報月刊》〈明月〉，2016 年 10 月號，頁 1。

2　編按：劉再復：〈世界文學大森林裏的奇花集〉，載閻連科：《閻連科獲獎自選小說集》（香港：大山文化出版社，2014 年），頁 v。

潘耀明，筆名彥火、艾火等。現職《明報月刊》總編輯兼總經理、文學雜誌《香港作家》社長。擔任香港作家聯會會長、世界華文旅遊文學聯會會長、香港世界華文文藝研究學會會長。出版評論、散文二十五種，分別在內地、港台及海外出版。

荒原的噩夢
——讀閻連科的《日熄》

劉劍梅

> 看看他們吧，我的靈魂；真恐怖！
>
> 他們像木頭人，略略有些滑稽；
>
> 可怕，像那夢遊者一樣怪異；
>
> 陰鬱的眼球不知死盯在何處。
>
> ⋯⋯
>
> 看啊！我也步履艱難，卻更麻木，
>
> 我說：『這些盲人在天上找甚麼？』
>
> ——波德賴爾〈盲人〉[1]

一

　　閻連科創作的活力實在驚人。僅長篇小說，就一部接一部，《日熄》已是他的第十二部長篇小說了。更讓人驚歎的是，他不重複自己，每一部都挺進到「現實」的更深層次，但又給人以全新的感覺。

---

[1] 波德賴爾著，郭宏安譯：《惡之花》（上海：上海譯文出版社，2016 年），頁 223。

他最近在台灣麥田出版的長篇《日熄》，再一次進入新的思想深度，抵達至人類的潛在意識。太陽熄滅了，黑暗覆蓋一切，人變成黑暗動物，變成生活在金錢夢幻中的夢遊者。這些夢遊者欲望燃燒，精神麻木，神經全被金錢所抓住。他們其實全是患有迷狂症的「瞎子」，但陰鬱的眼睛還盯着天空，好像在尋找甚麼，又不知道在尋找甚麼。整個人類，尤其是處於所謂「商品」社會時代的人，正在變成怪異的「夢遊者」，完全處在喪魂失魄的混沌裏，卻又全然不自知。面對這種「大現實」與大麻木，閻連科以不同凡響的聲音給予道破，給予呼號。這是呼喚人類覺醒的世紀性的大呼告，名副其實的「振聾發聵」的吶喊和告白。

我閱讀過閻連科的許多長篇，其中《受活》、《四書》都帶有極大的隱喻性，而《日熄》更是一個大隱喻，而其隱喻的高處，是作者的大視野。他看到了這個時代的最黑暗也是最真實處是人類喪失了靈魂，集體地變質，集體地加入驚心動魄的夢遊的劫掠。

二

《日熄》是一個關於夢的巨大的寓言。故事發生在一個酷熱的夏晚，伏牛山脈中的皋田小鎮和鎮外的居民，突然都得了夢遊症，集體加入到混沌的夢遊中，於是，小鎮陷入燒殺搶劫的無政府狀態。整個混亂不堪的黑夜裏，鎮上的人們，有的在不知不覺中釋放平日裏壓抑的欲望，有的趁火打劫，有的良心未泯，逐一展示着他們形形色色的靈魂或是「失魂」的過程。這樣獨特的頗具實驗性的構思，就像拜倫在他的詩歌〈黑暗〉中所寫的：

　　　　我作了一個夢，卻不僅僅是夢境。

　　　　光明的太陽熄滅了，星辰們也在

　　　　無盡的天空中黯淡，

　　　　昏暗、無路而又冰凍的大地

　　　　盲目地搖擺在昏黑無月的空中；

　　　　清晨來了又走──從未帶來白晝，

　　　　人們在對悲傷的恐懼中

　　　　忘記了激情；他們的心全都

　　　　僵冷成一個自私的祈求，祈求光明……[2]

　　然而，《日熄》中的大部分人卻連祈求光明的想念都沒有，他們從黑暗走向黑暗，享受黑暗，享受地獄。他們沉浸於昏暗的黑夜中，無論是夢遊的，還是沒有夢遊的，都被可怕的欲望驅使着，肆意地掠奪他人的財物，無恥地欺凌弱者，赤裸裸地暴露着人性最惡的一面。雖然在小說中，夢遊症只發生了一夜，但是通過這一夜恐怖的地獄般的黑暗，作者似乎揭示着一種驚人的「末世」的場景，處處瀰漫着死亡的氣息。故事的開始，在夢遊症發生之前，小說中的場景和人物就都跟「死亡」有着絲絲縷縷的關係，而死亡和金錢之間又有着令人匪夷所思的關聯。《日熄》的主人公李天保夫妻倆做着跟死人相關的生意，經營着一家冥店，而他的妻哥則是火葬場的場長，不僅因為國家的土葬改為火葬的

2　Lord Byron, *Lord Byron: Selected Poetry,* ed. Jerome J. McGann (Oxford: Oxford University Press, 1997), 72. 此處的中文翻譯引自喬治·R·R·馬丁的《熱夜之夢》中文版中對拜倫詩歌的翻譯，參見喬治·R·R·馬丁著，王予潤譯：《熱夜之夢》（重慶：重慶出版社，2016 年），頁 156。

政策而大發橫財，而且連人的「屍油」也堂而皇之地拿去變油為金。如此，金錢讓人心頹變為康拉德所說的「黑暗的心」，紛紛墜落深淵。當夢遊症突然爆發後，鎮上和鎮外的人們更是為了金錢而不惜踩着別人的柔弱和生命而行，比如村長為了二奶，想毒死自己的老婆，火葬場的場長試圖毒死平日裏看不起他的富人社區的居民，鎮上的各個店鋪各個家庭，都被惡盜搶劫一空，鎮街上血流成河，屍體遍地，而鎮上的領導卻在此時正上演着皇帝君臣的美夢，因此，小鎮沉淪，末日到來，世界走向了死亡。

　　這種「末世」場景的設置，讓我們不由得想起艾略特的《荒原》。艾略特所描述的現代世界中的芸芸眾生，在遭受戰爭的劫難後，被充滿污濁的商業化和工業化的氣息侵蝕，喪失了信仰和寄託，生活在精神的荒原和廢墟中，只剩下散發着死亡味道的空殼：「虛幻的城市，／在冬天早晨的棕色煙霧下，／人群流過倫敦橋，那麼多人，／我沒有想到死神竟報銷了那麼多人。／偶爾發出短促的嘆息，／每個人眼睛都盯着自己的腳尖。／他們湧上山岡，衝下威廉王大街，／那兒聖瑪麗·沃爾諾斯教堂的大鐘／沉重的鐘聲正敲着九點的最後一響。」[3] 如此末世般的黑暗，我們在波德賴爾的〈從深處求告〉中也可以看到：「我求你憐憫，你呀，我唯一的愛，／從陰暗的淵底，心已掉了進去。／鉛色的天際，是個愁悶的地域，／黑夜裏恐怖和褻瀆遊去蕩來；⋯⋯所以世界上沒有恐怖能超出／這冰一樣的太陽寒冷的殘酷／和太古混沌一樣的黑夜茫茫；／我羨慕最卑賤的動物的境況，／它們能沉入渾

3　艾略特著，湯永寬、裘小龍等譯：《荒原：艾略特文集·詩歌》（上海：上海譯文出版社，2015年），頁82-83。

渾噩噩的睡眠，／可時間的線團倒得如此之慢！」[4] 即使波德賴爾
詩中的「冰凍太陽」還在頭上晃動，卻已經失去了光明的意義，
而是跟黑暗一般冷漠與殘酷，直指現代人的內心世界。顯然，
「光明的消逝」——末世學的指向，是為了揭示現世的瘋狂混亂
和現代人內心的空虛，表現詩人和小說家對世界精神淪喪的焦慮
與擔憂，有警示和啟示的作用。

　　類似這種末世感的情緒以及災難性的小說設定，我們不僅
在卡繆（Albert Camus）的《鼠疫》（La Peste）中可以看到，而且
在薩拉馬戈（José Saramago）的《失明症漫記》(Blindness) 也同樣
可以見到。《失明症漫記》中，薩拉馬戈以末世寓言為開端，寫
一個無名的城市，一個人突然發現自己莫名其妙地失明了，於是
去醫院看病，後來失明症居然成了急具威脅的流行病，從病人傳
到醫生，再傳到越來越多的人。開始當局把所有失明症患者隔
離到曾經是瘋人院的廢棄大樓裏，後來就逐漸失控，失明症不可
阻擋地蔓延到整個城市，除了醫生的妻子以外，幾乎所有的居民
都得了令人恐懼的失明症，而整個城市陷入癱瘓和混亂的狀態，
人類失明之後最可怕的是被自私、殘暴、虛偽等人性的幽暗所圍
困。

　　《失明症漫記》和《日熄》的相似之處，就是都以卡夫卡式突
如其來的自然災難以及人為的災難為開端，在令人崩潰的黑暗和
嚴酷的極端境遇中，現實的日常生活突然被打破，理性的秩序被
瓦解，無論是現代文明還是人的尊嚴都難以維繫，人性的複雜
暴露無遺，從而使善與惡、光明與黑暗，信仰與幻滅、生存與死

4　波德賴爾：《惡之花》，頁 74-75。

亡、沉淪與救贖等命題皆蘊含其中。將《日熄》與《失明症漫記》相比較，兩部小說都是當代寓言，無論是「失明」還是「夢遊」，都跟「光明的消逝」相關，即跟指引人們的信仰或精神支柱的坍塌和自我的洞察力的喪失相聯繫——人變得盲目無知。蘇珊·桑塔格在《疾病的隱喻》中指出：「疾病是生命的陰面」，但疾病已經從「僅僅是身體的一種病，轉變為道德判斷與政治的態度。」[5]然而，在《失明症漫記》和《日熄》中，「失明症」和「夢遊症」不僅包含道德與政治層面的含義，而且與靈魂有關。「光明的消逝」有着宗教般的含義，與其說是外部的肉眼看得到的太陽和光明的消逝，不如說是內心的精神之光的熄滅。這種書寫，一方面抒發着對現實層面或現代文明社會的「憂患意識」，反映了作家的社會責任感，另一方面對人類的「幽暗意識」，也有着深刻和冷靜的審視。張灝教授在《幽暗意識與民主傳統》中，指出古希伯來宗教和基督教的「幽暗意識」，都認識到人性的「雙面性」和「居間性」——一方面對人性中的神靈和理性的肯定，但另一方面正視人與生俱來的一種墮落趨勢和罪惡潛能——由此促進了西方近代自由主義對權力的警覺。可以說，薩拉馬戈和閻連科都書寫了人性的「雙面性」，通過對「幽暗意識」的探究，進而正視人的罪惡性和墮落性，使其對人性有着更加深刻的瞭解，同時又看到了人的自我救贖的可能。

　　就這兩部小說而言，不同的是，《失明症漫記》的空間設置是模糊的，薩拉馬戈故意不交代具體的城市，可能發生在歐洲，

5　蘇珊·桑塔格著，程巍譯：《疾病的隱喻》（上海：上海譯文出版社，2003 年），頁 5。

也可能發生在亞洲，以此來象徵這是一場現代文明社會的災難；
而《日熄》則非常清晰地把地點設置在中國的伏牛山脈中的皋田
小鎮，直指當下商品化的中國現狀，顯示出全球化視野下的本土
意識，但是在閻連科看來，這個小鎮其實就是「世界的中心」：
「這是上天賜給我的最大的禮物，如同上帝給了我一把開啟世界
大門的鑰匙。它使我堅信，我只要認識了這個村，我就認識了
河南，中國，乃至全世界」，[6] 也就是說，雖然閻連科寫的是他的
家鄉小鎮，但卻是跟全人類最基本的人性相通的，這個小鎮跟全
中國，乃至全世界一樣，都被瘋狂的物慾和金錢緊緊地抓住了神
經，拜金教成了唯一的宗教。

　　除了沒有明確的地域方位，《失明症漫記》的時間設置也是
模糊的，我們只知道這場災難發生在現代文明時期，而沒有更具
體的世紀年月；而《日熄》在時間的設置上與此異曲同工。故事
發生的時間是一個晚上，同樣沒有更大更準確的時間交代，只是
其中的描寫為「當代」，但這個「當代」，時間不僅是「黑色」的，
而且是「回轉」和「死亡」的。美國學者羅鵬（Carlos Rojas）指
出，喬伊絲的《尤利西斯》把故事的時間設置為一天，是為了逃
脫惡夢的歷史，逃脫歷史的困惱，而魯迅則是為了「喚醒歷史意
識」，喚醒還在「鐵屋」中沉睡的人們的歷史危機意識。羅鵬指
出，閻連科在《日熄》中的尤利西斯似的一夜的設置，以及描寫
到的時間之死，「正寓示着故事對時間的超越和人類使正常時間
的扭曲。同時也暗示小說情節超越了歷史和歷史的順序。換言

6　閻連科、蔣方舟合著：《兩代人的十二月》（新北：印刻文學，
　　2015 年），頁 149。

之，小說表面描寫的是一個具體的歷史時刻，而它的實質，則是寫人類隨時會出現的歷史扭曲的時間和現實。」[7] 除此以外的死亡時間，在《日熄》中，閻連科還設置了「回轉時間」和「未來時間」——人們在現實的黑夜，有人要回到「李自成和太平天國」，有人要迅速進入「未來的天堂」，而唯一不要的就是「現在」。這種在時間上的精心構思、描寫的「時間之戰」，正讓讀者看到人的欲望對時間的佔有，由此可以看出，閻連科一方面繼承了魯迅的直面殘酷現實的態度，以及批判國民性的精神，是「民族國家」話語的延續，也是喚醒歷史現實意識的延續；但在另一方面，閻連科在小說形式和「抽象時間」上的大膽實驗，又可以看到他試圖超越魯迅的「民族國家」話語，使其小說更有寬廣的人類意識。而這種意識，又不脫離小小的皋田鎮中複雜人性的體現，一樣可以延伸到普世的複雜人性，而且他也試圖超越歷史和現實的危機意識，試圖跨越真實與虛幻的界限，「摒棄固有真實生活的表面邏輯，去探求一種『不存在』的真實，看不見的真實，被真實掩蓋的真實」[8]。那一夜發生的「夢遊症」，其實就是喬治·奧威爾《1984》中的烏托邦的崩潰，只不過這種崩潰是借助了夢遊，在現實中不可能發生，彷彿只存在作家的夢裏，然而卻極其真實地展現了當下商品化社會的一種精神面貌。

7　羅鵬：〈《日熄》——魯迅與喬伊絲〉，載閻連科：《日熄》（台北：麥田出版，2015 年），頁 4-5；收入本評論集。

8　閻連科：《發現小說》（天津：南開大學出版社，2011 年），頁181。

三

　　《日熄》的敍述者是一個傻子李念念,他是主人公李天保的傻兒子,也是真實的作家閻連科的鄰居。從他的眼裏,我們看到整個小鎮如何陷入荒誕的夢遊症的過程,而在這一過程中,也看到「作家閻連科」同樣在小說中成為夢遊者,成了故事中被人敍述的小說人物之一。通過敍述者李念念的觀察和審視,「閻伯」正在為自己江郎才盡而焦慮和煩惱,當「夢遊症」爆發時,他曾經狂喜,不願被母親喚醒,希望自己可以在夢中寫出《人的夜》來,而小說的結尾,他來拜祭李天保——

> 　　他把這些東西禮品放下後,看看我爹的遺像沒說話。半天沒說話。一月沒說話。一年一輩子都沒說話樣。到末了,他從他的箱裏取出很多書。一堆書。一大堆的書。是《活受之流年與如水》,《風雅與日光》,《夢丁莊》和《死書》啥兒的。還有《日月年》和《我的皋田與父輩》。把這些書放到爹的像面前。點了火。燒了這些書。沒有跪。也沒有在我爹面前燒上幾炷香。只是那麼看着火,看着我爹那團圓臉的黑白像。等火的光亮在屋裏滅了暗淡了,最後睬睬娘,拿手在我臉上頭上摸了摸。——我要寫不出你爹讓我寫的那本書,寫不出冬天裏邊有火爐,夏天裏邊有個電風扇的書,以後我就不再回這鎮上了。(頁 320-321)

　　最後,傻子李念念不知道「閻伯」是否寫出了《人的夜》,也沒有再見過他,閻連科既不在皋田他的老家寫書,也不在北京寫書,「就這麼,這麼着,不知他去哪兒了。就從這個世界消失

了。杳無音訊如那書在我爹的面前點火燒了樣。再也沒有蹤跡
了。沒有他的一點音訊了。」《日熄》已經寫出來了,並出版了,
還獲得了「紅樓夢文學獎」,可是《日熄》中的小説人物「閻連
科」,卻還是被寫作的焦慮折磨着,並沒有寫出《人的夜》,而且
從這個世界上神秘地消失了。

　　這裏面的元小説〔編按:後設小説〕的意義非常明顯,一般
後現代「元小説」具有強烈的自我反省意識,而且常常跨越現實
和虛構的界限,探討小説的創造過程,可以説屬於作者探索小説
創作的最直接的方式。帕特里莎‧渥厄(Patricia Waugh)在她的
著作《元小説——自我意識小説的理論和實踐》中就強調元小説
的「自我意識」以及通過把注意力吸引到作家創作本身,使得小
説本身成為對寫作過程的反省,成為與讀者之間交流和對話的場
所,從而探討虛構與現實之間的關係。⁹趙毅衡在他的文章〈中
國元小説的興起〉一文中,談到中國的先鋒派小説對元小説的文
本策略的運用,指出他們的元小説不只是對西方後現代小説的模
仿,而是深深地根植在中國的語境中。¹⁰

　　在許多元小説中,作者還以真名出現,作為人物或是敍述
者參與整個故事,而且加入很多對故事的評論,對傳統敍述模式
大膽地戲仿和諷刺。馬原的《虛構》、莫言的《酒國》和董啟章的
《時間繁史》也都讓作者本人出現在小説中,成為作品中的一個

9　Patricia Waugh, *Metafiction: The Theory and Practice of Self-Conscious Fiction* (London & New York: Methuen (New Accents, 1984).

10　Zhao Yiheng, "The Rise of Chinese Metafiction," *Bulletin of the School of Oriental and African Studies*, 55. 1 (1992): 90-99.

人物，質疑小說敍述的真實性。西方小說中的這種現象更是不勝
枚舉，約翰·巴斯的《生活故事》把自己當作是小說中的一個人
物，而馮內果（Kurt Vonnegut）在《五號屠宰場》中，也同樣把
自己變為一個次要人物的身份出現：「靠近畢利的一個美國人哭
訴着說，他除了腦漿沒拉掉以外全拉空了……那人就是我，本
書的作者。」博爾赫斯（Jorge Luis Borges）在他的短篇小說〈另
一個人〉，讓上了年紀的博爾赫斯在 1969 年麻塞諸塞州的劍橋突
然遇到了日內瓦時期的年輕的自己，他們的邂逅如同夢境，經過
一番對話，他們發現由於半個世紀的年齡差異，他們兩個興趣完
全不同，讀過的書也不相同，互相根本無法理解，後來他們雖然
約定再見一次，可是兩人都不約而同地失約了。類似這樣的情
節還出現在博爾赫斯的另一篇短篇小說〈1983 年 8 月 25 日〉，
六十一歲的博爾赫斯在一家飯店的十九號房間遇到了八十四歲的
博爾赫斯，他們既是兩個人又是一個人，八十一歲的博爾赫斯
臨死前對六十一歲的博爾赫斯說：「當你再次做夢時，你將是現
在的我，而你則成為我的夢。」這兩個不同年齡的博爾赫斯邂逅
時，似乎是夢境，但是他們夢中的談話卻又那麼清醒，充滿哲理
和神秘的氣息，讓讀者分不清楚夢境與現實的界限，也分不清到
底是哪一位博爾赫斯在做夢。

　　跟這些小說一樣，《日熄》中的閻連科的出現，首先是對傳
統的現實主義的反映論的質疑，其次也是對小說家的「權威性」
的一次自我深刻的反省和質疑，甚至像博爾赫斯一樣，不僅寫出
了「夢中夢」，而且寫出了作者自身的「雙面性」。《日熄》中的閻
連科顯然是小說中的一個次要人物，當小鎮的人在混亂盲目地夢
遊時，他只是其中夢遊者的一員，被自己所謂的「江郎才盡」和

文學理想折磨着，充滿着焦慮，對外界的世態冷暖和末世現象似乎無知無覺，顯得既無用又無為，不僅無法像李天保那樣用生命去喚醒麻木的民眾，也無法把這樣的故事寫出來——與閻連科在其作品如《日光流年》、《丁莊夢》、《受活》、《風雅頌》、《四書》、《日熄》中表現出的批判現實的「魯迅精神」和救世情結形成了一種張力和對話，其中自我反省、自我解構甚至自我反諷的色彩很濃。那個在卡夫卡文學獎的發言裏，試圖「照亮」他人的盲人，試圖「從黑暗中感受世界的明亮與人的微弱的存在和未來」的閻連科，在《日熄》中卻讓人看不到一點可以照亮別人的光芒，而是過於執着於自己的寫作和敍述能力，執着於自己個人的「作家夢」。這種元小說的寫法，把作家自我的雙面性和內心的糾結展示在讀者面前：讓自己作為一個故事中的人物被「審視」，讓跨越真實與虛構之間的「閻連科」無所作為，隨着夢遊的人群無目的盲目地遊走，他似乎無法像魯迅那樣，做一個新文化的啟蒙者，一個從上往下俯視大眾的覺醒者，一個敢於喚醒沉睡的麻木的大眾而扛起黑暗的閘門的精神界的戰士，而是成為一個與另一個自我——頗有憂患意識和批判現實精神的自我——相互矛盾的「閻連科」。

四

　　《日熄》中末世的場景並不是一點生機都沒有，人性中那點微弱的善良的光，最後往往會帶來重生，讓人在絕望中看到希望，就像卡繆的《鼠疫》用主人公里厄醫生來代表那些在荒誕中敢於奮起反抗而綻放出人性的光輝的一批勇者，薩拉馬戈的《失

明症漫記》也塑造了醫生的妻子作為唯一的一位沒有「失明」的人而引領人們堅強地生存，閻連科的《日熄》中的李天保，也一樣讓人看到人性沒有完全泯滅的希望。不過，《鼠疫》中的里厄醫生和《失明症漫記》的醫生妻子是有意識地反抗黑暗，而《日熄》中的李天保則是本能的、無意識的。而這種本能和無意識，在閻連科看來，卻是更深刻、更人性和更為「中國的」。

　　早在《四書》中，閻連科就開始探尋「懺悔意識」，塑造了一個性格複雜的作家形象，這位專門在《罪人錄》裏寫告密信的作家，後來用自己的血來哺育稻穗，甚至割下自己腿上的肉來救贖自己的罪，以免讓自己沉淪到丟失靈魂的黑暗的深淵。《日熄》中的李天保，是一個普普通通的小鎮居民，早年為了掙錢而偷偷向火葬場場長告密鄰人死亡的消息，導致鄰人無法土葬，本來無人知曉，可是他卻一直受着良心的折磨，在離奇詭異的夢遊症爆發之夜，他用各種方式來自我救贖，就連夢遊時也不忘去各家坦白道歉，後來從夢遊症中醒來之後又幫助了許多鄰人，最後用平時從火葬場買來的屍油點燃自己，以其最無意識和本能的人道主義，來驅散黑暗，救治死去的時間，喚醒黑暗夢遊中的人們。這是一個充滿原罪感的靈魂，因為自己負疚的良心，而深刻懺悔，時時尋找着靈魂解脫的途徑，最後甚至不惜犧牲自己的生命來淨化心靈，拯救自己的靈魂——這樣的形象，不僅在隨波逐流的追逐金錢夢的時代是少見的，而且在中國現當代小說中也是少見的。

　　李天保最後的自我犧牲的贖罪行為，跟《日熄》中那個隨波逐流地夢遊而無所作為的作家「閻連科」形成了強烈的對比。劉再復和林崗在《罪與文學》中曾經談到，中國現當代文學的譴責

文學比較多，對社會惡的抗議和批判讓他們具有根深蒂固的「戰鬥」意識，但是「良知的內在性內容則比較薄弱，不少作家在深層自我面前顯得無能為力，他們不敢面對自身的黑暗面而展開靈魂的對話和自我批判。」[11] 他們認為，「這種模式都沒有擺脫『世俗視角』，都把罪惡歸於外在的力量，因此，也都擺脫不了尋找『誰是兇手』，『誰是罪魁禍首』（不管是前世還是今世），『誰是肇事者』等問題，而不是尋找人類靈魂的普遍性缺陷和尋找這種缺陷在自己身上的投影。在作品中，作家均是訓誡者、法官、局外人，而絕對不是『罪人』，也不是局內人類普遍性缺陷的承擔者。」[12]

薩拉馬戈在《失明症漫記》的眼光是看天下的眼光，而閻連科在《日熄》中有兩種眼光：既有看天下的眼光，也有往內看自己的眼光。作為夢遊症患者之一的作家「閻連科」，在小說裏有自己無法走出的「地獄」，有自己做不醒的夢，他希望寫出一個偉大的文學作品的執着，對自己江郎才盡的焦慮，一樣是一種「病症」。而敢於如此內省自我，嘲諷自我，面對自我「地獄」的閻連科，不是一個高高在上的批判國民性的啟蒙者，不是一個審判他人的法官，也不是一個「救世主」，而是把自己當作時代的局內人，一個時代潮流「共犯結構」中的「罪人」在進行懺悔。面對李天保的遺像，他把自己以往的著作燒掉了，這種焚燒的行為，像是祭祀，更像是懺悔。通過這種懺悔，他讓自己和他人一

---

11 劉再復、林崗合著：《罪與文學》（北京：中信出版社，2011年），頁 157。
12 同上。

同承擔人性普遍的缺陷，一起尋找靈魂自救的力量；他在小說最
後的「消失」，在我看來，正是象徵着閻連科已經走出了「自我的
地獄」。

2016 年 9 月 5 日 於香港科技大學

劉劍梅，美國哥倫比亞大學東亞系文學博士，現任香港科技大學人文學
部教授。英文專著包括《革命與情愛：主題重複、女性身體、文學史》、
《莊子與中國現代文學》等。中文學術專著與散文集有《莊子的現代命
運》、《革命與情愛》、《徬徨的娜拉》、《共悟紅樓》(與劉再復合著)等。

廢墟、幽靈和救贖
——論閻連科《日熄》的「寓言」詩學

祝修文

> 過去不再照亮未來，人心在幽暗中徘徊。
>
> ——托克維爾

一、從「本雅明」到「閻連科」——歷史頹敗的廢墟

閻連科在他的《沉默與喘息》一書中，對於中國當代的現實，曾經這樣寫道：

> 經濟是高速發展的，建設是一日千里的，可人和人心的變化也是瘋狂到不可思議的。今天，作家必須看到，中國現實那充滿朝氣的蓬勃和那種蓬勃到不可思議的扭曲；必須看到，有股盛世強大的發展力量，正在掩蓋着人的精神被撕裂的焦慮和憂傷。人是活着的，都在各大城市和鄉村，正為金錢、虛妄和美好的未來在忙碌，而人們的靈魂，卻正在朝着黑暗幽深之處墮落和下滑，正朝着死亡奔跑和追趕。[1]

1　閻連科：《沉默與喘息》(新北：印刻文學，2014 年)，頁 89。

這樣充滿着痛苦、焦慮的文字曾經無數次出現在閻連科的文章和演講之中。在卡夫卡獎獲獎儀式上，閻連科同樣說到：

> 我看到了當代的中國，它蓬勃而又扭曲，發展而又變異，腐敗、荒謬，混亂、無序，每天、每天所發生的事情，都超出人類的常情與常理。人類用數千年建立起來的情感秩序、道德秩序和人的尊嚴的尺度，正在那闊大、古老的土地上，解體、崩潰和消散，一如法律的準繩，正淪為孩童遊戲中的跳繩和皮筋。今天，以一個作家的目光，去討論一個國家的現實，都顯得力不從心、捉襟見肘；然而對於那個作家言，因為這些本無好轉，卻又不斷惡化、加劇的無數無數——人們最具體的飲、食、住、行和醫、育、生、老的新的生存困境，使得那裏芸芸眾生者的人心、情感、靈魂，在那個作家眼裏，從來沒有像今天這樣焦慮和不安，恐懼而興奮。他們等待着甚麼，又懼怕着甚麼，如同一個垂危的病人，對一劑虛幻良藥的期待，既渴望良藥的盡快到來，又擔心在它到來之後，虛幻期待的最後破滅，而隨之是死亡的降臨。[2]

現實對於閻連科來說，分裂、扭曲、難以名狀。他作為一個作家，既看到了在進步神話之下的時代精神的衰敗，社會的過度物化，同時也看到了「再現」現實的困難，「作家批判、諷刺、

2　閻連科：〈閻連科卡夫卡獎受獎演說〉，《騰訊文化》，2014 年 10 月 22 日。下載自騰訊文化網，2017 年 6 月 16 日。網址：http://cul.qq.com/a/20141022/039677.htm。

揭示或者一味地悲憫與愛，充滿熱情的擁抱和保有寒冷的距離，似乎都是簡單的、偏頗的和以偏概全的。」[3] 換句話來說，作家寫作和現實是斷裂的，而現實自身，更是分裂、混沌和黑暗的。正是在這種困局之中，閻連科不斷探索他創作的詩學，也展現了他驚人的創作能量。

閻連科的思想和視界，喚醒了另外一個本文——那就是本雅明的「寓言」（allegorical）世界。從一種「比較詩學」的角度出發，我們或許可以在世界歷史的辯證過程中重新審視閻連科筆下的當代中國現實和歷史。「寓言」是一個文體學或風格學的概念，它對立於「象徵」。古典的象徵藝術包含着一個完整的意義體系，符號有固定的指涉意義，象徵與被象徵者的關係是完美契合的。如果說「象徵」代表着一部黑格爾式的理想歷史世界，「寓言」則指涉了一種衰敗的、分裂的歷史。本雅明在《德國悲劇的起源》一書中曾寫到，德國巴洛克時期的藝術家面對的一個崩潰消解的廢墟世界：

> 巴洛克戲劇所知曉的歷史活動就只是陰謀策劃者那可鄙的運作行為。僵化於基督受難姿勢的君主所面對的不計其數的叛亂並沒有一絲一毫的革命氣息。不滿——這就是那些叛亂的經典動機。[4]

現實由毫無意義的歷史事件組成，時間被徹底僵化。這一

3　閻連科：《沉默與喘息》，頁 97。

4　Walter Benjamin, *The Origin of German Tragic Drama* (London: Verso, 1998), 88.

切破碎、衰敗、混亂的事物以「悲悼劇」的形式出現在舞台上。在這個舞台上，信念同作品分裂開來，傳統的悲劇衝突在此被演化成為毫無意義的行為。在這個世界中，每個人喪失了靈魂，現實成為了過度異化的物的堆積。有機整體的世界已經分崩離析，物和意義以及自身的存在已經斷裂。巴洛克劇作家們也因此喪失了對現實的認同，拋棄了古典的象徵藝術，轉而採用了「寓言」的形式。寓言的表達拋棄在形象背後固定指涉的象徵性本質。在他們看來，整體性已經徹底消解，「寓言」對象分裂、異質，內涵和外延無法確定，意義瓦解成為廢墟。在廢墟上，每一個碎片都具有高度意指的功能，所有的符號表象都成為「寓言」，「任何人、任何客體、任何關係都可以絕對地指向另外的東西」。[5] 在這個世界中，「意象是一種碎片，一種廢墟。……總體性的虛假現象被清除了」。[6] 這種修辭的解體使寓言不再具有象徵的完美指向，而是展示出現世的破碎，歷史的頹敗衰微：「在寓言中，觀察者面臨着作為石化的原始風景的歷史『死亡面向』」：[7]

> 當歷史隨着悲悼劇進入展演場地時，它是作為文本進入的。在自然的臉龐上，歷史表現為反映過去的符號文字。自然歷史的寓言的面目通過悲悼劇被放置在舞台上，這面目作為廢墟而真實存在。歷史以這種廢墟讓自己發生變形而進入展演場。如此形態的歷史展現出的並非是一種永恆生命的歷程，而是不可挽回的墮落過程。[8]

5　Benjamin, *The Origin of German Tragic Drama*, 175.

6　同上，頁 176。

7　同上，頁 166。

8　同上，頁 177-178。

這種由現實的廢墟所衍生出的「寓言」世界，正如卡夫卡筆下的甲蟲、鼰鼠等異化的世界，甲蟲、鼰鼠已經不再表述自身，也不再局限於單一人物，牠們成為了資本主義世界中普遍的「寓言」的意象，漂浮，游移，刺透整個世界。又如薩特在《噁心》描述的充滿骯髒的無賴的世界，一切事物都含糊、不透明，世界處於分裂之中，每一件事情的發生，已經喪失了固定的內在邏輯。

當我們再來看閻連科在發表卡夫卡獲獎演說一年後的新作《日熄》就會發現其中隱含的混沌、瘋癲、絕望、憂鬱以及破碎，已經無法用一一對應的象徵意義來表達，時代在閻連科筆下成為了一個寓言式的廢墟。在《日熄》中，「世界」被抽象成為一個「村莊」，頹敗、荒涼和恐怖。敘述者李念念看到的是一個陰森、混雜而墮落的世界。這個世界裏的人物在一個晚上突然全部「夢遊」，他們喪失了任何清醒的意識，內心深處的陰暗、隱秘都暴露出來，部分人更揭開了現實的面具，暴露出面目可憎的一面。假裝「夢遊」的人借機躁動、騷亂，放縱他們的私欲。他們如行屍走肉般，癔症的面龐和一系列過激的反應在念念身邊設置了一個殺機四伏的機關，而激發「夢遊」的「幽靈」在他們之間穿梭：

> 我知道天下大亂了。知道一世界都在夢遊夜裏躁動了。沒有夢遊的藉着夢遊翻天了。假夢遊的比真夢遊的人還多。多得多。人都藉夢遊開始出門躁着劫財了。和起義征戰樣。和征戰發財樣。我想幾步就回到鎮上回到我家裏 ……[9]
>
> ……

9　閻連科：《日熄》（台北：麥田出版，2015 年），頁 227。

　　　　一場劫搶陣戰已經漫在鎮外漫在鎮上了。

　　　　一場殺戰已經急急迫迫不及待等在鎮外了。[10]

　　所有的人喪失了他們的面孔，世界的秩序已經瓦解成一片廢墟，事物的象徵性結構不復存在。在這樣的世界中，傳統的「進步」的神話被揭開面紗，復古的衝動、現世的欲望、未來的幻想都一一還魂。李念念通過他的「看」，把這個顛倒世界變成了一個「寓言」世界。「夢遊」在「寓言」的世界中，已經蛻變成為了一個漂移的能指，一個盤桓的幽靈，帶領我們看到了在「進步」、「發展」的風暴之下，隱藏着的「同質」、「空洞」的歷史性的野蠻、暴力和盲目。

二、幽靈、夢遊和寓言的形式

　　德里達在《馬克思的幽靈》一書提出了他的「幽靈學」（hauntology），藉以反駁福山的「歷史終結論」。在德里達看來，「馬克思」及他的思想註定是個無法驅散的幽靈，不會因為冷戰對峙的結束和社會主義政權的崩潰而完結，而是會不斷以幽靈的形式與當下產生對話。幽靈既不在場，也不缺席，「幽靈總是已在歷史之中……但它難以捉摸，不會輕易地按照時序而有先來後到之別」。[11] 幽靈不只來自於過去，也預告了在未來的不斷盤

10　閻連科：《日熄》，頁 228。

11　Jacques Derrida, *Specters of Marx: The State of the Debt, the Working of Mourning, and the New International,* trans. Peggy Kamuf (London and New York: Routledge, 1994), 4.

桓出現，幽靈「將自己再現出來，但它並不呈現」。[12] 德里達曾以《哈姆雷特》中「躲藏在盔甲裏的鬼魂向哈姆雷特說話」這一場景來解釋幽靈的「纏繞」：盔甲是不透明的，而鬼魂在其中到訪，還將轉換為另外的東西，駐紮在其他地方，而我們無法看到「幽靈」的存在。幽靈總是作為某些東西的「再現」，但我們從來不能說把握住了它的「出現」或本真的呈現。在時代脫節（out of joint）之時，出於往昔的復歸（return）、當下的律令（imperative）和對未來的期望，「幽靈」一次次地現身。

在《日熄》之中，激發夢遊的「幽靈」鑽入每個人的腦中，在他們的腦內盤桓，同時也喚起復古的衝動、現世的欲望、未來的幻想。閻連科試圖將其賦形為「鳥」（見小說目錄），但在全文之中都沒有真正的鳥，他似乎也意識到了「幽靈」出現卻無法被呈現的困境。那麼，被召喚的「幽靈」究竟是甚麼呢？當我們進一步聯繫語境和文本的時候，便會意識到閻連科的深遠之思。在我看來，「夢遊」所賦形的，正是籠罩着社會主義中國的混雜着激進、盲目、烏托邦、同質化的「中國夢」的「幽靈」，是在意識形態宣傳之外的被壓抑、驅逐的幽靈。也正如此，當中國夢的幽靈在現時政權被再一次招魂之時，所有的人都似乎被其統攝，整個社會充盈着「幽靈」的軌跡，其作為一個「所指」，喚起了一片「能指的海洋」。如若從寓言角度來讀解「幽靈」，便會發現兩者之間的契合。「幽靈」可以纏繞於任何一個地方，我們卻無法將客觀物和幽靈一一對應。它作為一個所指，可以喚起任何一個能指。

12　Derrida, *Specters of Marx*, 6.

幽靈「將自己再現出來，但它並不呈現」，[13] 能指不斷變化，所指與能指無法一一契合。對於「寓言」來說，其所指與能指已經徹底分裂，「寓言」的對象是廢墟世界的一個「碎片」（或者說是一個「能指」），但是其可以指代任何一個其他的東西，能指「指涉它們所表徵或所再現之物的非存在」。[14] 能指所表示的，恰恰是如幽靈一般無法確定的所指，而在「寓言」的世界裏，能指們也同樣被變形、肢解，漂移不定。換句話來說，「幽靈」的「再現」會呈現在「寓言」的「能指」或者「物件」之上，但是由於「寓言」的特徵，我們無法把握「寓言」的「物件」指涉的對象，亦即無法把握「幽靈」的本源。「幽靈」纏繞的狀態帶來了重新闡釋「夢遊」的新契機，「寓言」的特徵提供了重新切入「夢遊」的形式索引。在時代的霧霾之中，閻連科再一次以他不凡的筆法，揭示了一幅現實的「寓言」。

在寓言世界裏，由於對象和意義分裂，失去意義的物件成為了漂移的「物的標誌」。在整體結構中喪失了位置的「寓言對象」由此變得可以替換，所指多變。在我們進入閻連科的寓言世界的時候，就會發現在文本中，「寓言對象」已經承認自身形式的混亂、紛雜和分裂，它作為一個「能指」的標誌，讓我們看到了整個世界的無精神性和反歷史性。「夢遊」是一個寓言的物件〔object〕，它分裂，飄移，無法被意義化。它已經脫離了任何醫學、生理的科學知識，也不僅僅只是用來象徵性地批判人們的迷失，它複雜而不可解決。夢遊者不知道自己是夢遊者，不是夢遊

13　Derrida, *Specters of Marx*, 6.

14　Benjamin, *The Origin of German Tragic Drama*, 233.

者卻拼命偽裝成夢遊者。然而，夢遊者在自己的夢境中堅信一種真實，不是夢遊者卻在混沌與曖昧中喪失了道德與信念；有人在夢遊中欲望不斷膨脹，有人卻在夢遊中獲得了道德和信念的救贖。「夢遊」對於夢遊者來説，成為他們進入自己內心隱秘欲望的一個途徑；對於非夢遊者來説，成為他們發洩內心欲望的一個偽裝。同時又因為敍事者李念念的「傻」，我們更無法把握文本中的「夢遊」。更重要的是，官方反覆把「夢遊」嵌入某種意義秩序或者象徵界（the symbolic），試圖寫入另一種意義：

> 聽眾們……從昨晚九時三十分作業，我市部分地區因天氣燥熱和季節性過渡疲勞出現了百年不遇的集體夢遊事件後，政府機構已派出大量人員到各縣和鄉鎮山區實行並推廣了叫醒自救的措施……通俗地講，就是今天部分地區將有如同日蝕般的畫暗現象存在，使得白天如同黑夜，從而導致人的長時間睡眠和夢遊症的延續和擴展，使得那些因一夜夢遊而疲勞的人，不自覺地沉入睡眠後，又因沉入睡眠而延續夢遊症的繼續和擴展。（頁 249）

又如：

> 本報訊：近日，因今夏酷熱和麥收繁忙，加之天氣與地理造成的季節性畫暗現象，使我市部分山區，如西部川北縣水黃鎮一帶的村莊和街道，有人出現在疲勞後的活躍性跳動思維的轉移式夢遊。（頁 315）

官方試圖以「科學」、「準確」的話語來解釋夢遊，把夢遊寫入一個象徵界的意義之中，但是閻連科的文本揭開了象徵界的一

個僵局：夢遊無法被象徵化或意義化，也不能簡單地還原為一系列真實的行為。「夢遊」在指出現實整體性的崩塌的時候，它自身也變成了一種無法意義化的硬核，變成了一種真正的寓言對象：「夢遊」無法落實到意義秩序中，漂移的能指無法找到具體對應的所指。更為反諷的是，報紙和電台又以「良好的社會生活秩序」來抹殺掉夢遊地區的暴力、混亂、殘酷。因而，不僅是「夢遊」，現實也和象徵界分裂開來。正如漢娜‧阿倫特在《黑暗時代的人們》中說的那樣，「公眾性的光把一切都弄得昏暗了」。[15]

　　官方相信「夢遊」是可以科學合理地解釋的，而李念念和他的父母想像「夢遊」是可以挽救的，比如說喝茶和咖啡、洗冷水臉以及李天保在小說結尾的救贖。他們的行為所暗示的是，「夢遊」的幽靈是有被驅逐走的可能。但是，又是甚麼維持着此種「夢遊」並讓源源不斷的人加入「夢遊」的行列？僅僅只是因為許多假裝夢遊的人加入嗎？閻連科要問我們的是這個問題。神秘的幽靈依然在盤旋糾纏在「夢遊者」中間，閻連科也並未給我們提供答案。這恰恰透露出閻連科整個思想的深刻性、複雜性和開放性。這種複雜在作為敘述對象的「閻連科」身上體現得更為明顯。不同於《炸裂志》中作為敘述者出現的「閻連科」，在這部作品中，他成為作品的內容，是被敘述的人。他是作品敘述者李念念的鄰居，而李念念在講述的過程中還會大量引用他的作品，但是又因為李念念的「傻」，關於「閻連科」的內容被大量顛倒過

15　漢娜‧阿倫特著，王凌雲譯：《黑暗時代的人們》（江蘇：江蘇教育出版社，2006 年），頁 9。

來。所以，一方面，我們可以看到，李念念的「傻」正是閻連科敘述打破象徵秩序和象徵性意義的一種方法，同時，這種「傻」又使得「閻連科」成為一個始終模糊的形象。小說中的「閻連科」正在寫《日熄》的故事——《人的夜》，可是卻提到他因為江郎才盡而寫不出來；小說最後「閻連科」因為寫不出《人的夜》而「從這個世界消失了」，那麼我們現在閱讀的《日熄》又是從何而來？閻連科讓自己的形象在小說文本中成為一個無法被捕捉的「物」的外殼，一個破碎的「寓言」。「人油」也是寓言的物件之一。「人油」既是焚燒屍體之後的殘留物製成的商品，卻最後成為了拯救人類的光的來源。那麼我們又如何去定義它？閻連科由此提供了一個多層次、多維度的解讀途徑，在這個途徑中我們才得以理解現實的內在關係、互動和對話，而不是僅僅局限於單一維度，以至於削弱了這部作品的美學形式與思想內涵：現實的秩序已經歪解，「正常」和「荒誕」之間已經變得不再可分。這種高度緊張的希望／絕望辯證法構成了閻連科歷史意識的內在特徵。由此，我們進一步思考在這種曖昧、含糊、多義的背後的閻連科的救贖觀念。

三、絕境、廢墟和救贖

寓言表達的破碎、不連續從整體性斷裂開來，打開的卻是另一個彌賽亞的救贖的世界。對於本雅明來說，唯有站在破碎的廢墟，從歷史的整體中掙脫開來，將現實虛妄的圖景否定辯證地轉換為寓言式的世界，才有可能從廢墟中找到救贖的光亮。在歷史的廢墟中尋找寓言的碎片，重新審視歷史的本文和存在，此即本雅明的救贖觀念。

在《日熄》中，「閻連科」作為災難和廢墟的見證者，最後在燒完了他所有的書離開了這裏，「從這個世界上消失了」；而小説結尾，李念念又看到一個既像「閻連科」又不像「閻連科」的出家人。無論是徹底地消失，還是出家，都是「閻連科」與現實絕斷的一種選擇，然而寫作者閻連科卻又始終給現實含糊地引入了一個救贖的結局。最後「李天保」的救贖，是為了自我的救贖，還是為了整個村莊？他是清醒的行為，還是夢遊的行為？「人油」是救贖之物，還是商品化時代一種畸變的商品？[16] 這種模糊不清的救贖，正反映了閻連科一種絕望/希望辯證的救贖觀念。一方面，他向我們書寫了傳統秩序、經驗被瓦解，被異化的恐懼，讓現代人陷入絕望之中；另一方面，他又以一個曖昧不清、含糊分裂的角色設置了一個救贖的結局，沒有指向任何確定的希望。在這裏，與其説是「救贖」，毋寧説是一個發願。本雅明曾在〈弗蘭茨・卡夫卡——紀念卡夫卡逝世十周年〉中引述了一個信仰猶太神秘宗教的村莊，一個乞丐在混亂世界中逃亡，不正常、不幸的逃亡生活使他免去了祝願：「他以發願代替願望的實現。」[17] 正如本雅明在《歷史哲學論綱》中所描繪的保羅・克利的《新天使》，歷史天使處於歷史的碎片廢墟，處於過去和未來、絕望和希望、死亡與復活、絕境和未來之間。天使在面對「進步」的風暴力量的時候，他抗拒，卻無法阻攔。這場風暴將他刮向無限空間的未

---

16 羅鵬（Carlos Rojas）：〈《日熄》——魯迅與喬伊絲〉，載閻連科：《日熄》（台北：麥田出版，2015 年），頁 6；收入本評論集。

17 Walter Benjamin, "Franz Kafka—on the Tenth Anniversary of His Death," *Selected Writings*, vol. 2, 1927-1934, ed. M. W. Jennings, H. Eiland, and G. Smith, trans. R. Livingstone et al. (Cambridge: Harvard University Press, 1999), 813.

來，在失去拯救和修補機會的同時，卻又透露了希望，因為他在
廢墟中看見復活與救贖的願望，在災難中尋求救贖的使命。恰是
因為沒有希望，希望才召喚我們的思想救贖。救贖是一場在無限
空間中不斷進行的經驗實踐，歷史因而不斷展開而更新。在漫長
的、連續的歷史中，正是在對立、衝突之間的崩潰、瓦解中，我
們才得以不斷地進行否定辯證，不斷跨越，從當中尋求未來的啟
蒙，獲得歷史的救贖。

　　對於閻連科來說，他以決絕的姿態面對荒誕與黑暗，在拯
救與滅亡、希望與絕望中不斷進行否定的辯證，在被抗拒的過程
中召喚一個實現救贖的可能，這便是他的偉大之處。「寓言」的
碎片和「廢墟」的世界，正是他在面對整體性的風暴時所勾畫的
救贖之路：廢墟的美學透過寓言得以表達，在歷史進程中窺見破
碎、黑暗和災難，以此召喚一個救贖的許諾。因此，再當我們閱
讀他的卡夫卡受獎演說的時候，我們便會理解他的掙扎與信念、
救贖與希望：

　　　它愈是黑暗，也愈為光明；愈是寒涼，也愈為溫暖。
　　它存在的全部意義，就是為了讓人們躲避它的存在。而我
　　和我的寫作，就是那個在黑暗中打開手電筒的盲人，行走
　　在黑暗之中，用那有限的光亮，照着黑暗，盡量讓人們看
　　見黑暗而有目標和目的閃開和躲避。[18]

　　在不斷的對立、衝突、破碎和瓦解的過程中，閻連科一步
步地帶領我們去辯證地否定，去投影救贖的希望。在《日熄》的

18　閻連科：〈閻連科卡夫卡獎受獎演說〉。

臨近結尾之處：

> 我只知道我們皋田鎮上死的人的名單被政府統計了整整九十五頁紙。像是一本書。像閻連科的一本書。好像家家都有人死着。戶戶都有人傷着。死屍扔在街面上，如秋葉鋪在路邊上。落穗掉在田邊上。（頁 314）

這個場景如此接近本雅明描述的「新天使」的畫面，死屍堆積，一片廢墟；然而，小說又寫道，新聞如同「進步的風暴」很快地將瓦礫的廢墟掩蓋修飾過去：

> 政府已派出大量的國家機關幹部和公安人員去進行調查和制止，並幫助人民群眾，盡快恢復生產和良好的社會生活秩序。（頁 315）

同時，人們對整件事情語焉不詳，也正是因為他們在整件事情裏參與的角色的含糊與曖昧。如果說，《日熄》村莊裏的人最後又恢復了一種喜悅的麻痺之中，「大街上人山人海哩。日光充裕呢。秋陽讓街上的房子牆壁發着光……就化在那暖裏光裏的世界裏邊了」，正如當代中國集體沉浸在「中國夢」的美好前景幻夢之中；那麼，《日熄》中「閻連科」逃避的姿態以及寫作者閻連科曖昧的救贖便可以理解了：個人的絕望的姿態召喚着希望，以召喚希望來代替希望的實現。當我們看《日熄》的標題的時候，我們會發現，「日熄」中的「熄」，既是「熄滅」，陷入黑暗，又依然殘留「餘燼」，在黑暗之中也並不是沒有點燃的可能。這種「救贖」，折返於遺忘與記憶、幽暗與光亮、歷史與未來，而現實和歷史的兩難亦於焉呈現。閻連科的創作不得不讓我們想到阿倫特

在《黑暗時代的人們》中所期待的在「黑暗時代」的「啟明」：

> 我們也有權去期待一種啟明，這種啟明或許並不來自
> 理論和概念，而更多地來自一種不確定的、閃爍而又經常
> 很微弱的光亮。這光亮源於某些男人和女人，源於他們的
> 生命和作品，它們在幾乎所有的情況下都點燃着，並把光
> 散射到他們在塵世所擁有的生活所及的全部範圍。像我們
> 這樣長期習慣了黑暗的研究，幾乎無法告知人們，那些光
> 到底是蠟燭的光芒還是熾烈的陽光。[19]

四、閻連科的詩學憂鬱

閻連科的小說中充滿了黑暗、痛苦、驚恐和絕望，從文本
中滲透出來的，正是他自身和現實不斷搏鬥的焦灼，是他作為
黑暗中的清醒者的一絲渴望。在《丁莊夢》後記中，閻連科曾寫
道：

> 我……頹然地坐了下來，兩行淚水無可遏制的長瀉而
> 下，人就如被抽取了筋骨般癱軟無力，那種被孤獨和無望
> 強烈壓迫的無奈，如同我被拋在了一個杳無人煙的大海、
> 一座不見鳥飛草動的孤島。
>
> 那時候，樓下的汽車仍然在現實中川流不息，而擺了
> 幾樣傢俱家裏顯出的空蕩，卻宛若荒漠的原野，我獨自坐

19　阿倫特：《黑暗時代的人們》，頁 3。

在客廳的沙發上，木呆呆地盯着對面雪白的牆壁，彷彿望
着小說中那「飄動的一群雪白的孝布」和「堆滿了白雪樣
的家家都貼着白色門聯的胡同」；還彷彿我在望着已經「杳
無人煙的平原，蒼茫着的平原」。內心的那種無所依附的
痛苦和絕望，在 1997 年年底寫完《日光流年》時曾有過，
2003 年 4 月寫完《受活》時也有過。[20]

　　閻連科的寫作肩負太多痛苦。如若佛洛伊德所言，面對情
感客體的失去，主體不能以哀悼（mourning）的形式排遣悲哀，
只能自我貶低，將失落的悲哀內化，從而形成了自我無法排遣的
憂鬱的循環。[21] 那麼閻連科反覆書寫黑暗、荒誕和絕望，不斷回
訪歷史的創傷，正是他無法排遣悲哀，反而留駐揣摩、不得安寧
的憂鬱表現。現實的困境、黑暗、暴力等傷疤在他的書寫過程
中一次又一次地被揭開，而歷史的疼痛也在書寫中被一次次地舔
舐。即使自我否定，自我沉沒，心中仍有着千絲百縷的牽掛。
　　本雅明曾說，客體只有在「憂鬱的注視」下才會變成寓言：

　　　當客體〔object〕在憂鬱的注視的籠罩下變成寓言，讓
　　生命從中湧出，那客體自身便落在後面，死去了，它是為
　　不朽把自己保存起來；它把自己陳放在寓言者面前，把自
　　己毫無保留地交給了他……物件〔object〕自身是不能把
　　任何意義投射到自己身上的；它只能接受寓言者願意給它

20　閻連科：《丁莊夢》（香港：文化藝術出版社，2005 年），頁 329。
21　Sigmund Freud, "Mourning and Melancholia," *A Freud Reader* (London:
　　Penguin, 1988), 213.

的意義。寓言者把自己的意義灌輸給寓言對象〔object〕，他自己則沉入其中。[22]

　　現實在憂鬱者眼中變成碎片。在世界的不斷下滑、沉淪之中，正是憂鬱者憑藉憂鬱，清除了對客觀世界最後的幻覺，賦予了自身內在反思的意義。憂鬱的人也因此擊碎了外界世界的包圍，並把世界變成寓言的材料——即歷史的廢墟。詹明信曾感嘆道：「寓言是我們這個時代享有特權的模式。」[23] 閻連科在面對黑暗、絕望、荒誕的歷史（抑或是現實）的時候，憂鬱和痛苦使得他清除了一切象徵界完整的、偉亮的意義，世界於他變成廢墟，而他在無望中也沉浸於廢墟之中。閻連科在分裂、衰敗的現實的斷壁殘垣中敏銳而準確地捕捉思想的物件〔object〕——不論是夢遊者，抑或是知識分子、殘疾人、病患者，而他的「憂鬱」也瓦解了虛假的完美，把寓言對象的破碎和虛無放置在一個坍塌的世界中，並讓自己的痛苦和哀傷沉入其中，化為輓歌，在悲哀的大地上空徘徊、遊蕩。他不讓這些現實物件寫入任何象徵體系中，而把對現實的不可彌合的焦慮提升為一種批判的內在精神。在《日熄》中，一切都成為了漂浮的寓言對象，成為空殼，而在它們的分裂和破碎之中，也正寫入了閻連科自身的思考。

祝修文，香港科技大學人文學部哲學碩士研究生，研究興趣為中國現當代文學。

22　Benjamin, *The Origin of German Tragic Drama*, 183-184.

23　Fredric Jameson, *Marxism and Form* (Princeton: Princeton University Press, 1971), 72.

罪與夢
——《日熄》贖罪意識探究

章瑞琳

第一章　緒論

　　《日熄》以夢囈般的詩化語言，描述人類因夢遊而混亂失序的故事。八月天的酷暑讓皋田小鎮的鎮民陷入夢遊之中，失去意識的身體將他們內心深處的欲望一一實現，也有清醒的人趁亂偷搶打殺。夢裏的世界如此荒誕，鎮政府的幹部以為自己回到太平天國，追隨農民軍闖王起兵造反，想要成為大順朝的開國元勳和功臣；農民想要奪下皋田鎮，想要富貴繁華，變成擁有房屋、商鋪、大片田地的新地主。然而，人性並非如此單純地腐朽不堪，小說全篇穿插着念念父親李天保的拯救或贖罪行為，夢醒時他想方設法喚醒鎮民，夢遊時他一一向自己虧欠過的人家叩頭懺悔，故事最後李天保為了喚回眾人的意識，平息這場晦暗不明的群戰殺戮，毅然自焚，變成一柱火人，讓眾人誤以為日出，回復為平靜的日光時間。李天保奇異的贖罪意識和荒誕的拯救行為結合在一起，以身體作為抗衡人心欲壑的力量，至此故事來到了最為怪誕和高潮的部分。

　　從結構上而言，夢遊不但是敘事主題，更是敘述的主體，它不應該只作為推動故事發展的邏輯或母題來看，因為夢遊本身

已經建構出一個巨大而獨立的敍事空間，正如閻連科所言：「比如第一空間就是我們的生活，見面、說話⋯⋯這是一個實實在在的空間。另外一個空間是想像。我試圖去獲得第三空間和第四空間，讓人物的活動範圍更廣闊，比如夢遊就提供了這個契機。你說它是真的，它一定是夢；你說它是夢，它又是人在行動中。它既不屬於這個空間，又不屬於另外一個空間，純粹是第三空間的東西。」[1] 作者所考慮到的是空間敍事學的問題，而羅儂（Ruth Ronen）提出了敍事作品中空間的三種組織結構形式：連續空間（文本包含多個毗鄰的連續空間，人物可以自由地在多個空間內穿行）；彼此中斷的不同質空間（在特殊情況下允許跨空間交流）；不能彼此溝通的不同質空間（只有通過轉喻才能溝通，會嵌入敍事之中，包括敍事中的夢境、童話故事、書中書等）。[2] 閻連科對故事中的現實空間和想像空間的理解是上述第三種空間關係，兩者既不同質也不能彼此溝通，而夢遊世界就是通過身體作為連繫，溝通現實和夢境而形成的第三敍事空間，也從而築構其「神實主義」的創作理論。

　　閻連科提出「在創作中摒棄固有真實生活的表面邏輯關係，去探求一種『不存在』的真實、看不見的真實、被真實掩蓋的真實」，「更多地是仰仗於人的靈魂、精神（現實的精神和事物內部

1　尉瑋：〈閻連科寫《日熄》　夢裏真實知多少〉，《文匯報》，2016年 10 月 31 日；收入本評論集。

2　David Herman, *Routledge Encyclopedia of Narrative Theory* (London: Routledge, 2005), 552；轉引自王安：〈論敍事學的發展〉，《社會科學家》，2008 年第 1 期，頁 144。

關係與人的聯繫）和創作者在現實基礎上的特殊臆思。」[3]他認為人容易對超出日常生活邏輯的事物冠以「荒誕」、「魔幻」等形容，然而無法清晰界定合理與荒誕、誇張與魔幻的分別，而他筆下的「荒誕」就是完全擺脫現實物理的邏輯，依照「內真實」，即人的心靈和欲望的真實來作為故事的內在邏輯，因此「夢遊是一個巨大的神實主義」，只要抓住夢遊反映人內心最真實面目的這一點，夢遊中的一切行為都自有其合理處。[4]

　　閻連科在「現實：給想像留下的空間」的演講中提及現代中國作家最大的難題是要塑造出最獨特的中國故事，寫出中國人極為複雜的精神面貌，包括混亂的心理邏輯：「每個人的內心，都不是一條河流，而是幾條河流在交匯。」[5]然而，《日熄》的深度並不只局限於此，閻連科在卡夫卡文學獎演講中作了一個比喻：他的村裏有一個盲人，每走夜路，都會提着打開的手電筒，讓人們在遠處就見到他，不會撞到他身上，而且還會為路過的人照出很遠的路。[6]作家自比為這個盲人，因為他「沒有能力從混亂、荒謬的現實和歷史中，感受到秩序和人存在的力量」。[7]在小說中，李念念、李天保一家也承擔着指路人的角色。李天保當年為

3　閻連科：《發現小說》（北京：人民文學出版社，2014 年），頁 154。

4　尉瑋：〈閻連科寫《日熄》〉。

5　閻連科於 2016 年 9 月 24 日，在香港中央圖書館主講第六屆「紅樓夢獎」講座「現實：給想像留下的空間」。以上為筆者現場摘錄的重點。講座錄音收藏於香港公共圖書館——多媒體資訊系統，網址：https://mmis.hkpl.gov.hk/。

6　閻連科：〈閻連科卡夫卡獎受獎演說〉，《騰訊文化》，2014 年 10 月 22 日。下載自騰訊文化網，2017 年 3 月 29 日。網址：http://cul.qq.com/a/20141022/039677.htm。

7　同註 6。

了賺賞金建瓦房，告密了多戶私下土葬的人家，直至自己母親也被火葬後，才意識到自己沉重的罪惡，多年來他們一家偷偷藏起念念舅父邵大成原本打算賣出去的屍油。當全鎮陷入夢遊之中，也是他們一家想盡辦法去喚醒眾人，最後李天保更化為火人，用震撼至極的方法去拯救眾人和自我救贖。懺悔意識在五四運動之後並不罕見，往往是知識分子對於自己依然作為封建禮教階級一員，或未能真正啟蒙民眾而自我懺悔。但《日熄》中如此激烈、奇詭的贖罪行為，尤其放在如此荒誕的敘事邏輯中，實在是引人深思，而且這種行為已經不能只用「懺悔」二字來形容，「贖罪」才能充分表達閻連科拷問靈魂的深度。

李舟夢認為閻連科的作品一以貫之都是苦難敘事模式：「《堅硬如水》的基礎乃是建立在對女性身體的附會上，它是閻連科苦難邏輯中對身體聚焦的放大。而到了《受活》，這種對於身體的執着則演變成了受活人匪夷所思的絕術表演。」[8] 甚至認為閻連科大力經營的苦難並沒有回收到他所預期的震動和同情。[9] 陳思和也認為閻連科「使悲壯與滑稽置於同一藝術效應裏犯沖，藝術的力度就被消解了」。[10] 郜元寶也指出閻連科的小說世界是封閉的泥天泥地，「農民在自己的世界中最後可做的事情，竟是『自由』地支配剩給他們的僅有的資本——身體，動輒從身體中汲取反抗滅頂之災的力量」，如〈年月日〉中的「先爺」最後鑽到

8　李舟夢：〈從突圍到淪陷：「獨語」的敘述——評《受活》〉，《文學評論》，2004 年第 5 期，頁 54。

9　同上。

10　陳思和：〈讀閻連科的小說札記之一〉，《當代作家評論》，2001 年第 3 期，頁 44。

玉蜀黍「樹」底下讓根鬚無孔不入穿遍全身；或者如引水失敗後的三姓村民以自殺了卻一切。[11] 以上的批評都是圍繞兩個重點展開的：一、閻連科筆下的苦難聚焦於身體，並且以極端、荒誕絕頂的方式呈現，最後引致身體自我毀滅；二、用如此極端的方式處置身體是否有其必要，而且會否因為荒誕而消解了犧牲、毀滅身體而來的力量，讓讀者產生審美差距，無法理解作家筆下的苦難及其所質詢的意義？這兩個問題同樣可以置於《日熄》之中，故事中寫國家提倡以火葬代替土葬，人死後的身體被三種權力所管轄：一是鎮民想要跟從土葬的傳統，二是國家要將人的身體焚燒殆盡，三是火葬場場主邵大成還要榨取死人的屍油去賺錢，連身體都成為資本主義下的商品。夢遊中的人失去意識，又或清醒的人想趁火打劫，他們的身體完全被內心的欲望控制，結果引發死傷無數、駭人聽聞的鎮戰。李天保最後以自焚的方式毀滅身體，從而獲得結束這場災難的力量——扮作日頭，然而終究是短暫迸發的火光，鎮民認為他是因為夢遊而自我毀滅。種種極端處理身體的方式，即使作者的寫作邏輯是以人物內心的欲望、美望（內真實）去主導人物行動，從而形成《日熄》一幕幕荒誕奇詭的情節，但可能會造成讀者閱讀感受上的混亂，似乎崇高的苦難被荒誕消解，正如陳曉明所言「閻連科質詢本質，給予本質，也是解構本質」。[12]

11　郜元寶：〈論閻連科的「世界」〉，《文學評論》，2001 年第 1 期，頁 45、51。

12　陳曉明：〈給予本質與神實——試論閻連科的頑強現實主義〉，《文藝爭鳴》，2016 年第 2 期，頁 44。

　　《日熄》這部小說解讀的難度在於荒誕敘事中人性好壞交織而成之複雜性，比如故事中的「人油」既是金錢欲望產生的商品，同時是拯救眾人的必需品，反映的是今日中國社會和人類的複雜處境。[13] 相較於閻連科一直以來在作品反覆出現處置身體的荒誕手法，這次出現在《日熄》奇異的贖罪意識更有值得探討的意味，因為這種人性的亮光將人的複雜性推至更為深廣的程度。要回應上述兩個對閻連科作品的主要批評，尤其在解讀《日熄》時，贖罪意識是不能繞過的問題，只有解答贖罪意識背後的歷史和當下意義，才能明白對身體的荒誕處置並非無的放矢；反之亦然，也只有通過身體才能進行沉重的贖罪。而夢遊、身體和贖罪意識三者在故事中相互關聯結合，密不可分，因此本文嘗試以「罪與夢」為題，探討三者的關係，如何層層遞進，最後構成《日熄》中令人詫異，又無法完全讓人從閱讀經驗中得到救贖的贖罪意識，而這種贖罪意識在中國現當代文學脈絡之中，又與先驅者有何不同？

　　此節為緒論，試圖從作者的創作理論、文學觀和其他學者的文學評論，整合出閻連科作品以荒誕的故事邏輯表現人性高度複雜為主要特點，並以此為切入點，指出《日熄》的夢遊結構、身體和贖罪意識有不可分割的關係。第二節將探討夢遊的敘事結構和心理意義與狂歡狀態有何關係，構成文本敘事的狂歡氣氛。第三節討論當身體進入狂歡狀態，便呈現歷史和現代性的雙重罪惡。第四節討論贖罪意識的意義，夢遊結構與身體的荒誕使用，

13　羅鵬（Carlos Rojas）：〈《日熄》——魯迅與喬伊絲〉，載閻連科：《日熄》（台北：麥田出版，2015 年），頁 6；收入本評論集。

如何形成《日熄》有別於五四文學和文革敍事傷痕文學的懺悔意
識，成為文學懺悔主題另一表現形式。第五節為結論，希望從
《日熄》獨特的贖罪意識，歸結到夢遊對中國社會的巨大隱喻。

第二章　夢遊與狂歡──意識、道德及生存的邊緣

　　夢一直是人類書寫的母題，從古代先民的夢魂觀念到占夢
迷信之說，再成為文學作品創作的主題，直至現代心理學出現，
才開始以科學的觀點將夢理解為反映人的潛在心理和欲望。佛
洛伊德對心理學的研究，揭露很多日常生活的瑣事可能含有的意
義，如夢、笑話、口誤、記憶錯誤等的意義變得可以理解，不論
這些行為是在現實還是在文學作品中，都可以構成能被解讀的文
本。[14] 當索緒爾的符號學（semiotics），即「研究社會在內的種種
符號的生命活動」的科學，[15] 與佛洛伊德的心理學觀念結合在一
起，就能夠將各種心理現象和行為視為人文社會學的象徵符號。
正如人類學家吉爾茲認為人乃是一種動物，懸掛在自己所織的網
上，對文化之網的分析屬詮釋科學。[16] 在這種意義上，夢作為人
類共有的心理現象，尤其當夢作為文學作品中書寫的主題時，它

14　西格蒙德·佛洛伊德（Sigmund Freud）著，孫名之譯：《夢的解析》
　　（台北：左岸文化，2006 年），頁 56。

15　Ferdinand de Saussure, *Course in General Linguistics*, trans. Wade
　　Baskin (London: Fontana, 1974), 16.

16　Clifford Geertz, *The Interpretation of Cultures* (New York: Basic Books,
　　1973), 5.

既反映人物的心理活動，同時在文本的結構上作為意義符號，可以被詮釋為作家乃至社會的潛在心理現象或社會文化。

　　佛洛伊德《夢的解析》揭示了夢的本質是潛意識中被壓抑的欲求通過偽裝而得到滿足。他將夢分成兩類：一類為在夢中公開地表現為欲望滿足；另一類則是受到夢的稽查作用影響，夢中的欲求被偽裝，因此很難察覺到其滿足，而這種情況往往發生在成年人身上。[17] 但並非所有在白日中沒有得到滿足的欲求都可以成為夢的刺激物，他主張：「意識的欲求只有當它能不斷喚醒類似的潛意識欲求，並從它那裏取得援助，才可能促成夢的產生。」[18] 所謂潛意識欲求，是幼兒期欲求，這種欲求可能源於嬰兒時期對母親的性興奮，也是所謂的「伊底帕斯情結」，由於對母親亂倫的欲望永遠不能被滿足，由此產生源源不絕用以替代的欲望，逐漸形成了原欲（libido）。[19]

　　《日熄》以夢遊來說故事，其目的在於表現人在夢遊之中一切內心的欲望都無法潛藏，故事中人物難以抑壓的性欲比比皆是，如鄰村有戶人家夢遊時，當爹的在麥場上把他兒媳強姦了；有個男人在夢遊時一絲不掛地出門去，醜物夾在兩腿之間；在別墅社區裏，那群富人在夢遊中開了個淫靡奢華的宴會；鎮北的女人在夢遊中等男人來，一群人馬押着這些女人跑走了。[20] 然而，小說中許多其他的欲望未必與性欲相關，更多的是對物質、金

17　佛洛伊德：《夢的解析》，頁 516。

18　同上，頁 518。

19　同註 18。

20　閻連科：《日熄》，頁 77、110、212 及 255-258。

錢、權力的欲望，又或是懺悔、愧疚等念頭。佛洛伊德的精神分析從潛意識和本能欲望兩方面去理解人的本性，但這個觀點容易忽視了人的社會性，而且將人性本能和文明社會對立起來。但有關佛洛伊德釋夢理論更為重要的一點：幼兒期欲求之所以成為夢的主要來源，是由於在兒童身上「潛意識和前意識之間還沒有區分或形成稽查作用」，[21] 所以兒童時期的欲望才可以成為潛意識深刻的一部分。閻連科筆下的皋田小鎮，又或其他的農村鄉土，屢屢表現出鄉村作為中國龐大而急速發展的經濟體下的脆弱而稚嫩的一面，就如兒童一樣。如果將皋田小鎮的鎮民的各種欲望視為鄉村整體的影射，就會發現夢遊中鎮民的欲望念頭，在失去象徵社會秩序和政治權力的稽查作用之下，是鄉土在資本主義制度下對物質、權力迫不及待的欲望衝動。

　　另一個有關夢的特點，就是在夢中我們不認為自己在思考，而是在體驗。在清醒狀態下，我們是以概念而不是意象進行思維，而夢則主要以意象進行思維，因此我們完全相信夢中的幻覺。[22] 此外，夢無疑是荒誕的，「夢中的荒謬性並不能被譯成一個簡單的『不』字，它旨在表達夢念的心境（disposition），它把嘲笑或笑聲與對立結合起來，僅僅出於這個目的，夢的工作才創造出荒唐可笑的事物。」[23] 一般而言，夢中的幻象只有做夢的本人才可以得知，但置於夢遊的情況之中，夢遊以身體實現夢境中發生的事情，因此這種荒誕不但針對做夢者，所有在現實中旁觀

21　佛洛伊德：《夢的解析》，頁 518。
22　同上，頁 130-131。
23　同上，頁 416。

的人也能夠體會夢的荒誕。

《日熄》除了以夢遊作為敍事的方法外，也是一本後設小說。後設是指稱虛構創作的術語，這個術語在有自我意識地和系統地把注意力引向它作為藝術事實的地位，以便於就虛構和現實的關係提出詢問。[24] 但《日熄》與一般的後設小說不同，作家閻連科在故事中並非敍事者，而是普通的角色，真正的敍述人是李念念。夢遊的設定和後設的手法相互交織，故事的真實性可能會被以上這兩種設定解構，又指向兩種解讀的可能：第一，表面上李念念是清醒的，他曾經希望自己在夢遊中，「試着把手裏的茶水喝一口。用右手在大腿上狠狠掐一把。大腿是疼的。喉是潤的舒服的。我明白了我是醒着不在夢裏邊，心裏有些失落了。」[25] 然而人在夢中無法意識自己正在做夢，因此這荒誕的一夜，可能是李念念的一場夢，連敍事者也無法清醒。第二，這個故事可能是作家閻連科的一場夢，因為人不能自主決定夢的內容，又不能意識到自己在夢中，又或失去了對自己真實身份的認識，因此故事中作家閻連科才是真正的做夢者，夢到皋田鎮鎮民陷入夢遊症，並以此得到靈感寫出讀者手中的故事文本。故事中的人物閻連科和真實的作家閻連科的關係就似莊周夢蝶，我們不妨作個荒誕的猜想：可能是故事中的閻連科夢見真實的閻連科將自己寫入文本之中。總而言之，真實和虛構世界的界線變得模糊，若讀者置換角度去思考哪個閻連科才是真實，就會發現兩者

---

24 帕特里莎・渥厄（Patricia Waugh）著，錢競、劉雁濱譯：《後設小說——自我意識小說的理論與實踐》（台北：駱駝出版社，1995年），頁 2。

25 閻連科：《日熄》，頁 132。

皆可理解為真，也可以將他們完全視為虛構，由此文本的敘事權威被消解。

　　夢遊消解了各種施加在身體的權力和限制；夢遊的人以身體實現內心不可言說的欲望，陷入肆意的狂歡，構成一幕幕怪誕荒謬的情節。夢的本質和後設小說的手法消解了故事的真實性和敘事者的權威。兩者造成荒誕的效果，即卡繆所言「是指非理性和非弄清不可的願望之間的衝突。」[26] 身體被欲望操控，而文本的敘事權威被消解，指向人無法通過理性思考得到人存在的意義。這種荒誕和狂歡狀態有不可分割的關係。巴赫金揭示狂歡的本質：邊緣世界生命意識的爆噴，這種爆噴中寓有交替與變更、死亡與新生的精神。[27] 所謂的「邊緣」是指自我與他者相遇的交接之地，這一地域對任何一方而言都是邊緣，游離於既存體制外，遠離規範、權威的話語中心。已有的價值觀念衰微，新型的價值觀尚未確立，一切都可率性而動，為自己訂立新法，因此邊緣既是危險之源，又是創生之源。[28]

　　巴赫金認為狂歡化文學的典型情節結構是「死人對話」和夢幻情節，因為兩者具有強烈的邊緣性。他認為在「意識的最後生命」中人們擺脫了一切條件、地位、責任、生活常規、道德禁律，可以毫無顧忌地袒露自己內心最隱秘和最醜惡的言行。[29] 而

26　加繆著，沈志明譯：《西西弗神話》（上海：上海譯文出版社，2013年），頁 22。

27　王建剛：《狂歡詩學——巴赫金文學思想研究》（上海：學林出版社，2001 年），頁 79。

28　同註 27，頁 44-45。

29　同註 27，頁 199-200。

夢有着不同於現實生活的邏輯，和死亡一樣可以使人脫離日常的秩序，使作家獲得另類的視角去審視、考驗與批判現存世界。[30]《日熄》中眾人的身體因夢遊而進入意識和道德的邊緣，犯下諸多的罪惡，尤其是最為高潮的鎮戰一幕，鎮民和村外人都以為自己在興兵打仗，清醒人趁着秩序混亂搶打劫殺，彷彿進入狂歡的殺戮節慶。李念念一家本來就經營冥店，「賣一切死人用的物」，而舅父邵大成經營火葬場，主要人物的背景都與死亡有直接而反諷的關係，夢遊中人死得愈多他們家的生意愈好。敘事者李念念觸目所及的都是死亡，「我自小都就在那到處都是花圈紙紮的冥物堆裏生長着。不到三歲爹娘就時常帶我到火葬場裏和舅說事兒。五歲就進過煉屍爐的房。五歲半就進過這輛屍油車的前把旁，跟着爹一月一趟一月兩趟去寒洞藏送人的油。」[31] 由此，《日熄》就一如閻連科以往的作品鬼氣森然，「創造了一個人鬼二氣混合為一的『世界』」，[32] 這無疑是處於生存邊緣的世界。夢遊將人從清醒帶向意識的邊緣，充斥着死亡的敘事角度將人的生存意義解構為荒誕，《日熄》的諸多人物因此陷入狂歡的狀態，用身體肆無忌憚地實現欲望和罪惡，只有先坦白地面對赤裸裸的罪惡，才有承認並贖罪的可能。這也是所謂邊緣之地既有死亡也有新生的意義。下文將會繼續就狂歡狀態與罪惡、贖罪的關係展開論述。

30　王建剛：《狂歡詩學》，頁 205。
31　閻連科：《日熄》，頁 89。
32　郜元寶：〈論閻連科的「世界」〉，頁 44。

第三章　狂歡的身體與罪惡

身體接觸是狂歡節生活的主要表達形式，巴赫金言：「在這裏我可以用手、唇觸摸，可以抓、打、擁抱、撕碎、吃掉，可以攬入自己懷中，或者被人觸摸、擁抱、撕碎、吃掉，被另一肉體所吞噬。」[33] 他將拉伯雷的創作歸為怪誕現實主義，將物質—肉體的因素奉為作品世界與形象的生命所在。[34] 它有兩個特徵：第一，是把一切高級的、精神性的、理想的和抽象的東西轉移到物質—肉體層面、大地層面，人體的下部和土地是生命的源頭，而生命的墜落也是在下部完成，因此具有死亡與重生的雙重性，並以種種形式體現變化的兩極；[35] 第二，怪誕人體並不封鎖自身，通過交媾、懷孕、分娩、彌留和吃喝拉撒等事件來揭示生長的本質，並超越自身與外界或另一個人體交接。[36]

《日熄》對身體的處理與上述的怪誕人體形象十分相似，如大夢遊剛發生之際，李念念和父親就一連見到幾個夢遊者，他們以身體表現或實現內心的欲望：張才在夢遊中走出大街撒尿，想尿完了回到床上和他媳婦做那事；有個三十多歲的女人忽然大叫她要生了，肚子鼓起來，「凸醜凸醜的」，醒了之後跟李天保道喜，說自己終於懷了男娃兒；一個五六十歲的壯漢子拿着菜刀，

33　巴赫金著，李兆林、夏忠憲等譯：《拉伯雷的創作與中世紀和文藝復興時期的民間文化》，《巴赫金全集》第六卷（石家莊：河北教育出版社，1998年），頁 554。

34　同上，頁 44。

35　夏忠憲：《巴赫金狂歡化詩學研究》（北京：北京師範大學，2000年），頁 168-169。

36　王建剛：《狂歡詩學》，頁 231。

打算去偷回自己昨天被偷的麥子；有個男人一絲不掛地走着，醜物夾在兩腿間。[37] 作者以夢遊解構了崇高的理性，人在意識邊緣念念不忘的依然是庸俗瑣碎的願望，性欲、物欲、仇恨似乎是人性的底色，一切理想的、精神性的東西都被消解為物質和肉體的需求，連崇高的孕育生命的母體也被形容為「凸醜凸醜」。夢遊者比清醒時毫不掩飾他們的身體下部和生理需要，渴望交媾、分娩和吃喝拉撒。

　　然而，怪誕身體的塑造並非只是為了將崇高、理想的事物轉移到物質—肉體層面，更重要的是以身體的下部顛覆上部，以民間的狂歡文化顛覆中心和權威，從而達到超越和重建。巴赫金意圖顛覆的是西方的邏各斯（logos）中心主義，這種理論強調愈接近宇宙的中心就愈具權威，崇尚等級和規則，而狂歡精神就是以邊緣和下層的民眾性對正統世界觀作出挑戰。[38]

　　對於小說的人物而言，所謂的正統世界觀或者必須遵守的秩序，是官方的話語。李念念在故事的開首乞靈，向神明訴說村裏十幾年前發生的故事：國家規定，要改土葬為火葬。「凡發現死人偷偷埋葬者，無論埋多久，一律扒出來重新火燒和火葬。」「為國也為民，凡舉報誰家死人偷偷埋葬的，政府將獎勵多少多少錢。獎勵土地多少多少分。」[39] 村裏的人一開始罵火葬場場主邵大成不得好死，又砸他門窗，根本不願意火葬。不久後就沒有人敢公然土葬。偷偷土葬的人家被發現了，執法隊把埋下的死屍

37　閻連科：《日熄》，頁 108-110。

38　夏忠憲：《巴赫金狂歡化詩學研究》，頁 17。

39　同註 37，頁 49。

挖出來點天燈，那戶人家雖然哀慟也奈何不得。現在村民都把死去的親人送來火葬，恭恭敬敬，生怕屍爐工燒不乾淨屍骨。村民前後態度的轉變，顯示國家的權力不但規管掌控了人民的身體，更壓制了人性——國家將民眾剝離於「入土為安」這個千百年來依循的習俗，民間對死後世界的信仰也不能為村民提供力量反抗官方的話語，他們的信仰和作為個體的自主性也隨同身體被國家焚燒殆盡。官方話語的權威對民間的壓抑有多深，皋田鎮民進入狂歡狀態時對官方權威的顛覆就有多大。最為諷刺的是官方的權威從內部被瓦解顛覆，鎮幹部都夢遊了，鎮長和鎮幹部們依次穿上帝王袍和文武百官服，以為回到了封建皇朝，眾人欺上瞞下，粉飾太平。表面上是做夢，但這個無疑是作者所言的「內真實」，真實的官方權威在荒誕中被消解。

　　巴赫金狂歡化理論的重心是從形而下的物質—肉體層面來顛覆形而上的邏各斯中心主義，因此他主要分析的是拉伯雷怪誕人體的下部或其他邊緣位置具有的象徵意義，身體的形象就像一幀靜止的圖像。但怪誕人體如何塑造生成，又或是身體的具體行動，巴赫金則較少涉及。值得考慮的一點是，《日熄》不採用宏大敘事，沒有依循慣例，講述數十年間鄉村的人事更迭，夢遊的敘事結構將鎮民的愛恨情仇和鄉土的發展改變都凝縮在一夜之間的人和事，甚至可以理解為凝縮在每個夢遊者的形象之中，因為他們的內心欲望反映了社會的潛在心理和意識形態，並以身體的形象或行為徹底表現出來。因此，人物的身體如何被塑造有解讀的必要。

　　福柯構造了以身體為中心的譜系學，對身體和權力關係展開論述，他認為「權力」是一個尚未規定的、推論的、非主體化

的生產過程，它把人不斷地構成和塑造為符合一定社會規範的主體。[40] 正如前文緒論所言，小說中的鎮民被三種權力管轄，分別是民間傳統文化、國家和資本主義。鎮民一直依循千百年來的「土葬」習俗，他們的身體本來依附於民間傳統文化的權力，但國家強逼他們改「土葬」為「火葬」，國家的權力嘗試塑造他們為符合社會規範的主體，最後火葬場場主邵大成竟然喪心病狂，打算煉出死人的屍油去賣，更是資本主義對人的身體形象化的榨取。三種權力互相撕扯角力，它們每一次對身體的重新塑造，都會將人撕裂得四分五裂、體無完膚。主導身體行動的是權力，因此與其說是人去犯罪，不如說是權力引起罪惡。

巴赫金注重的是身體的怪誕形象，意圖以身體的下部顛覆正統權威。從這個角度而言，《日熄》中屢見不鮮的狂歡、赤裸的身體，都是對官方權威的顛覆，強權之下的井然秩序分崩離析。但進一步來看，這些狂歡的身體並非如巴赫金所言擁有廣場慶典特有的樂觀和正當性，它們表現的是各人內心的欲望或美望，散發着或罪惡或悲哀的氣息。因此，鎮民迷失在夢遊中做出荒誕行為，只是揭開政權掩飾之下太平無事的面紗，顛覆了光鮮亮麗的官方權威。面紗之後，眾人內心的欲望愈見醜陋，良心愈見掙扎，不管是國家還是資本的權力就愈見骯髒和罪惡。

閻連科筆下的鄉村往往是個狂歡化的荒誕世界，農民的身體和命運總是走向悲慘荒謬的結局，如《日光流年》的三姓村村民賣肉、賣皮，《受活》中天生殘疾的村民組建「絕術團」巡迴演

40　參考葛紅兵：《身體政治：解讀二十世紀中國文學》（台北：新銳文創，2013 年），頁 70。

出，再到《日熄》的鎮民身體經歷各種災難，正如程光煒所言：
「對當代中國農村許多『勞苦人』的悲劇命運來説，這大約是迄
今為止最毫不留情的揭露、批判和指責。」[41] 因為他要拷問的是
「二十世紀的激進現代性究竟給中國社會、中國民族帶來了甚
麼？推動歷史進入災難的機制和能量究竟是甚麼東西？劇烈動
盪的歷史對百姓造成的傷害⋯⋯」[42] 因此他必然會進入歷史的禁
區、官方的禁區，質詢歷史和現代性的雙重罪惡。

　　閻連科小説作品屢次出現的狂歡氣氛，絕非無中生有，可
以視為對近代中國歷史和文化大革命的影射。《堅硬如水》和《四
書》直接書寫作為現當代中國文學禁區的「文革」題材，尤其是
《堅硬如水》從人性中的原欲、瘋狂和變態等因素去理解文革中
革命崇拜的病態狂熱，從人性深處展示出文革時代的致命的精神
要害。[43] 這種精神要害並沒有隨文革結束而消失，依然存在於當
今中國社會。《日熄》表面上與文革毫無關係，似乎只是講述夢
遊症在鄉土傳播的奇異故事，但民眾在夢遊中失去自我，盲目跟
隨其他夢遊的人去作亂，這個情況無疑與文革病態狂熱的氣氛是
相似的。「鎮戰是這一夜的高潮呢。是所有夢遊沒夢遊人的目的
地。先前那夢遊去收麥打麥的，去偷啊搶啊淫殺啊，剛過去就如
前朝哪代的事情了。」[44] 李天保問那額上綁着黃綢的人要到哪裏

41　程光煒：〈閻連科與超現實主義——我讀《日光流年》、《堅硬如水》
　　和《受活》〉，《當代作家評論》，2007 年第 5 期，頁 55。
42　陳曉明：〈給予本質與神實〉，頁 47。
43　陳思和：〈試論閻連科的《堅硬如水》中的惡魔性因素〉，《當代作
　　家評論》，2002 年第 4 期，頁 37。
44　閻連科：《日熄》，頁 259。

去，他們答要回到太平天國；另一派人馬是外村人，他們要奪下皋田鎮，要成為「未來主人市裏的現代人」，要「打富濟貧均分田地」，令人聯想到五十年代土地改革運動的血腥爭鬥。這「前朝哪代」暗示歷史循環的怪圈，太平天國打着「天下人人不受私，物物歸上主」的公有制口號，[45] 而共產主義主張透過不斷改革去實現沒有階級制度的集體生產，所謂進步的革命不過是太平天國農民起義的另一個重現，本質並無二致。鎮民和村外人興起鎮戰的目的基本上一致，就是爭奪地盤，在戰鬥中立下大功，分得田地。他們的戰鬥已經達到白熱化的地步，戰鬥到了後期已經失去任何意義，人們迷失在無盡的鎮戰之中。

　　這種鄉土間的大規模戰鬥，追溯近代歷史，有着文革期間全國武鬥的影子。造成全國武鬥的政治成因頗為複雜，但何蜀精闢地指出武鬥愈演激烈的基本原因：「當年的造反派已經把自己比作昔日與執政的國民黨作爭鬥的共產黨了。與之相應，對立派顯然被視為當年的『國民黨反動派』了。當時兩派都是這樣認識問題的。這也是武鬥得以打起來並且越打越大的基礎。」[46] 兩派的人都狂熱崇拜毛澤東思想，認為自己為革命而戰，結果導致這種荒謬的自相殘殺。小說中兩派人馬其實身份無甚差別，都是農民，但作者將兩者的戰鬥的核心精神從革命置換至對自身利益的追求。鎮戰的結果當然是毫無意義的，因為他們都是在夢遊中

45　張創新：《中國政治制度史》（北京：清華大學出版社，2005 年），頁 314。

46　何蜀：《為毛主席而戰——文革重慶大武鬥實錄》（香港：三聯書店，2010 年），頁 285。

幻想鎮戰會為自己帶來富貴榮華，最後農民或遍體鱗傷或死於鎮
戰，像趕完集了回家去。

　　邵燕君對於革命敍事模式的轉變有如此看法：「進入到九十
年代以後，隨着整個社會向『小康』轉型，在『告別革命』的社會
語境中，一種趨於保守主義的『新歷史觀』逐漸形成，並在社會
上下受到廣泛認可。在『新歷史觀』中，『革命敍事』被轉化為『欲
望敍事』，革命鬥爭被解讀為權力之爭，革命的動機受到深刻的
懷疑，革命的災難性後果被深度揭示。」[47]這番話描述了九十年
代有關文革題材的小說敍事策略的改變，與《日熄》處理鎮戰的
手法是一致的，但當中有一個要點被忽略，就是「小康」社會與
「欲望敍事」的關係。《日熄》除了有革命敍事的元素外，更關注
到現今中國人集體沉浸在資本社會的前景幻夢中，猶如迷失在無
盡欲望的夢遊，「欲望敍事」再不只是當作「革命敍事」的解構方
式，同時作為獨立的書寫主題。

　　汪民安總結身體演變的歷史：福柯關注的歷史是生產主義
的歷史，身體如何被納入到生產計劃和生產目的，權力又如何將
身體作為生產工具來改造；而今天的歷史是身體處於消費主義的
歷史，讓身體成為被把玩的消費對象。一成不變貫穿着兩個時刻
的，就是權力（它隱藏在政治、經濟和文化的實踐中）對身體精
心而巧妙的改造。[48]中國奉行社會主義，其目標在於透過革命去

47　邵燕君：〈「宏大敍事」解體後如何進行「宏大的敍事」？——近年
　　長篇創作的「史詩化」追求及其困境〉，《南方文壇》，2006 年第 6
　　期，頁 34。

48　汪民安、陳永國合編：《後身體：文化、權力與生命政治學》（長
　　春：吉林人民出版社，2003 年），頁 20-21。

建立、鞏固新的生產關係。[49]而《日熄》描寫十多年前國家要改
土葬為火葬，廣告說「要為子孫留土地，就改土葬為火葬」，又
言「節約耕地提倡火化」。在這裏，國家管轄身體的原因是為了
未來土地生產力的考慮，鎮民的身體依然處於生產主義的歷史。
但隨着改革開放，社會漸漸向資本主義轉型，消費關係取代生產
關係，成為社會的主流意識。在革命時代，身體話語是沒有甚麼
發言權的，它是政治話語需要壓抑和消滅的對象，而消費政治對
身體話語則是鼓勵的，它甚至主動從身體話語中尋求突破、多元
雜糅和狂歡的力量。[50]簡單而言，身體是消費行為的主導者，但
消費會塑造、建構我們的身體，令身體的自然本質自我消解，於
是我們在不斷消費中永遠無法真正解欲，但又為了解欲而不斷消
費，陷入無盡欲望的惡性循環，唯一可做的就是增加自己消費能
力或是資本。人會迷失在無盡的消費欲望之中，如同夢遊的迷失
自我一樣。

　　小說中消費政治已經走向極端的形式，邵大成不但強迫鎮
民火葬，更將死去的身體壓榨作油，打算將其出售來賺取金錢。
「所有的城市工廠都要這種油。做肥皂。做橡膠。提煉潤滑油。
這是天好地好的工業油。說不定當作人的食用油也是好哪。三
年大災時，也不是啥兒稀奇事。」[51]身體再不是消費行為的主導
者，而成為被消費的死物。及後，整個別墅社區陷入夢遊，邵大

49　劉青峰編：《文化大革命：史實與研究》（香港：中文大學出版社，
　　1996年），頁456。
50　葛紅兵：《身體政治》，頁142。
51　閻連科：《日熄》，頁72。

成和妻子竟然打算趁此機會毒害比他們富有的人，金錢的欲望將
人性也侵蝕殆盡。同鎮的人去打劫李念念一家，村外人來打劫搶
奪皋田鎮，反映的是資本主義社會衍生的欲望敘事。因此，夢遊
表現的是人在歷史和現代性雙重罪惡的迷失，文革的狂熱崇拜和
現代資本主義社會的物欲追求交織在一起，形成《日熄》獨特而
荒誕的狂歡氣氛，讓人不禁思考一個問題：如果不直接面對和反
思文革的苦難和失敗，人的良知被摒棄，當代中國社會會否同樣
無法在巨大的物欲漩渦中抽身？

第四章　《日熄》的贖罪意識

有關中國古典文學的「懺悔缺乏論」由來已久，周作人在中
俄文學比較中觀察到「在中國這自己譴責的精神極為缺乏」。[52]
五四青年對傳統文化和國民性的反省和批判就是建基於「懺悔缺
乏論」上，並與西方的懺悔意識聯繫起來，發展成嚴肅的歷史反
省意識。如陳獨秀號召青年首先「從頭懺悔『全民族自己』所造
之罪孽」，而不是去清除別人身上的罪惡。[53] 也有論者認為中國
古代存在懺悔意識，源於「吾日三省吾身」的內省情結。[54] 但韋
伯認為：「在儒教的倫理中，看不到存在與自然與神之間、倫理

52　周作人：〈文學上的俄國與中國〉，《晨報》副刊，1920 年 12 月 15
　　日，頁 11-15；轉引自楊金文：〈懺悔觀念與中國文化之悔過精
　　神〉，《現代哲學》，2007 年第 6 期，頁 129。

53　陳獨秀等編：《新青年》，第一卷（北京：中國書店，2011 年），頁
　　306。

54　祥耘：〈中國古代懺悔意識的源起與流播〉，《洛陽師範學院學
　　報》，2011 年第 10 期，頁 32。

要求與人的缺點之間、罪惡意識與救贖需要之間、塵世的行為
與彼岸的報答之間、宗教義務與社會政治現實之間的任何緊張
性。」[55] 因此中國古代不存在如西方一樣的懺悔意識，蘊含對靈
魂的叩問和靈肉的根本緊張。而中國現當代文學對罪感文化的認
知與書寫，更多是受到西方文化的影響。正如陳思和所觀察，中
國新文學發展中的懺悔意識，一開始更多地還是來自西方。[56]

　　西方的懺悔意識源於基督教的原罪觀，即人的價值必須通
過對神的服從和認罪來實現，人性必須借助於神性之光才能被照
亮，這構成了懺悔意識的原始狀態。[57] 這種懺悔意識不論在西方
社會的傳承還是中國現當代文學的吸收轉化，都經歷許多不同的
變化，而劉再復、林崗嘗試勾勒出懺悔意識對文學創作的意義：
第一，懺悔實則上就是內心展開靈魂的對話和人性的衝突。懺悔
者一方面堅持自我的原則，行為出於純粹的個人利益、欲望或愛
好；另一方面良知又把懺悔者從自我迷失中喚醒，使之產生反省
和更高的領悟。第二，不是簡單的認錯不認錯的問題，而是人的
隱蔽的心理過程的充份展開和描寫，讀者可以從中看到實實在在
的靈魂的對話和人性世界的雙音。這不是善與惡、是與非的鬥
爭，而是人性狀態的問題，也是溝通自我原則與良知原則在人內
心的聯繫問題。第三，靈魂對話的視角既是個人的視角，又是超
越的視角，不是把罪歸於「替罪羊」，而是反思共同的人性的弱

55　馬克思・韋伯著，洪天富譯：《儒教與道教》（南京：江蘇人民出版
　　社，1995 年），頁 265。
56　陳思和：〈中國新文學發展中的懺悔意識——關於人對自身認識的
　　一個側面〉，《上海文學》，1986 年第 2 期，頁 77。
57　同註 56。

點和共同責任。[58] 在如此嚴謹的標準下，不論是盧梭《懺悔錄》，
還是郁達夫的《沉淪》，都不能算是懺悔文學，因為它們內在都
缺乏一個拷問靈魂的審視者。

　　《日熄》透過夢遊的敍事結構，讓諸多人物處於意識、道德
和生存的邊緣，以身體實現內心的欲望或美望：清醒者和夢遊者
沒有區別，他們搶打劫殺，姦淫擄掠，只為實現內心渴望已久的
衝動；小娟子在夢遊中把煉爐房佈置成天堂花房，只是單純地希
望死者能夠聞着花香毫無痛苦地去到另一個世界；[59] 有個老漢在
夢中想去找死去的妻子，因為他無法釋懷當年看着妻子垂死時被
拉去火化。[60] 閻連科認識到人性的複雜，故事中每一個人物在夢
遊中的欲望和清醒時的選擇都沒有絕對的對或錯。孫大明四人趁
着秩序混亂來搶劫李念念家，因為他們聽聞是李天保把大明爹死
後土葬的事告密。李天保雖然否認，但他們依然把帳算到邵大成
身上，說他掙的不義財，「有財運了能夠多劫一點兒，會在鎮頭
河上架一座公益橋。沒財運我們也就把我們五親六戚這些年死
人交給火葬場的冤費收回來。」[61] 大明說服念念他舅不是好人，
但念念還是打算要跑去通知邵大成，結果他看到舅舅正在下毒，
想毒死其他富人，才明白他根本沒救了，馬上改變心意把邵大成
家裏值錢的東西都告訴大明他們。作者沒有判斷誰是誰非，人物
有着不同的立場和思想，就正如陀思妥耶夫斯基的小說具有複調

58　劉再復、林崗合著：《罪與文學——關於文學懺悔意識與靈魂維度
　　的考察》（香港：牛津大學出版社，2002 年），頁 13。
59　閻連科：《日熄》，頁 87。
60　同註 59，頁 115。
61　同註 59，頁 202。

性，「有着眾多的各自獨立而不相融合的聲音和意識」，「不是眾多性格和命運構成一個統一的客觀世界，在作者統一支配下層層展開；這裏恰是眾多的地位平等的意識連同它們各自的世界，結合在某個統一的事件之中，而相互間不發生融合。」[62] 作者借故事敍述的形式向讀者展示對話，表現未有結論、未完成的思想過程，人性的善惡也非黑白分明。小說的贖罪意識就是在人性的複調上展開，可以分為兩重的懺悔。如果我們將《日熄》整個小說眾多人物的意識理解為作者內心的諸多意念，是欲望、惡念和良知的互相衝突，這個形諸於不同人物形象的人性複調就已經是第一重的懺悔。

更深一重的懺悔是李天保的贖罪意識，他的心理矛盾狀態極為奇特波折，不斷在承認與否認中徘徊。他早在見到楊家老祖奶的屍首被執法隊挖出來點天燈後就心生罪咎。他説：「死了我也不做了。蓋不起房子我也不做了。」[63] 但他不願意承認自己出賣村裏人害他們被火化的事實，為了讓鎮民相信他沒有告密，他在眾目睽睽下竟背着自己母親的屍首去火化。雖然不予承認，但他明顯認識到自己犯下的罪孽，為了贖罪，他和妻子偷偷藏起妻舅邵大成原本打算賣出去的屍油。夢遊中他忍不住吐露內心的愧疚，向虧欠過的人家跪下道歉。醒了之後又反悔不認，生怕其他鎮民把他的説話當真。最後一次陷入夢遊中，他為了停止鎮戰，拿出自己多年存藏的屍油焚燒自己，希望喚醒眾人。他在化為一

62　巴赫金：《陀思妥耶夫斯基詩學問題》（北京：三聯書店，1988年），頁 29。

63　閻連科：《日熄》，頁 58。

柱火人之前跟念念說：「這一下咱們李家是真的把所有的帳還了連你長大也不用替爹欠誰了。」[64] 但在烈焰之中，他又醒過來，反悔自己最終的贖罪，像要掙着身子從火球裏邊逃出來。他在火球裏最後傳來一聲喊：「日頭出來啦，把我寫成好人啊！」[65] 然而連兒子念念也沒有分清那喚的是夢話還是醒着。

　　夢遊表現李天保的潛意識，他的本我和超我不斷互相角力，彼此不斷對話、反駁，表現一場漫長的內心焦慮與搏鬥。他的贖罪意識不斷地建構、消解又重構：他內心充滿着對村裏人的罪咎，一直暗中贖罪，然而當面對他人的質詢拷問時，他激烈而強硬地否認其罪，結果進一步加深他的罪惡感，深陷其中不能自拔，最後唯有以極端的方法毀滅身體，來獲得遏止災難的力量，同時停止良知對靈魂的煎熬。然而，李天保究竟是否願意真正面對自己的罪行，是未有結論的，因為無人知道他最後是醒着還是夢中叫出那聲呼喊，正由於沒有結論，直至他瀕死時也不知靈魂的掙扎是否結束，才讓他的贖罪如斯沉重，有震撼靈魂的力量。

　　正如前文所言，中國現當代文學中的懺悔意識從五四運動開始萌芽，魯迅比起其他新文化先驅者更徹底地表現懺悔的主題，他的〈狂人日記〉感悟到的罪並非宗教意義上的原罪，而是千年封建禮教所積沉的歷史之罪。五四時期新文化革命者的「懺悔意識」實際上是一種呼喚拋棄父輩舊文化的啟蒙意識。[66] 中國現代懺悔意識的出現源於現實政治的失敗，因此它最終指向的也

64　閻連科：《日熄》，頁 303。
65　同上。
66　劉再復、林崗：《罪與文學》，頁 242。

是一個現實改革社會的運動。這種運動由五四新文化運動發展至左翼的文學思潮，懺悔就讓位於殺氣騰騰的譴責。從懺悔到譴責的轉變，或者五四文學到革命文學的轉變，是現代文學史上的重要轉變。[67] 陳思和針對五四文學和革命文學中的懺悔意識提出了「人的懺悔」和「懺悔的人」兩種概念：「人的懺悔」是形而上的概念，指五四文學從哲學的角度來認識人的自身局限性；而「懺悔的人」指向具體的對象，並產生於階級鬥爭異常激烈的社會。[68]「懺悔的人」沒有真正的罪感和懺悔意識，他們以「階級敵人」為承擔一切罪責的「替罪羊」。然而，「懺悔的人」經過十年文化大革命後，在傷痕文學中看到新的懺悔因素，對文革的反思帶有真誠的懺悔，回歸到「人的懺悔」。[69] 陳思和圍繞「人的懺悔」和「懺悔的人」轉變和回歸的討論，為我們提供了以「懺悔意識」作為考察中國現當代文學史發展脈絡的思路，並且顯示懺悔意識和革命書寫的關係愈趨緊密，《日熄》就是這種發展脈絡下成形的作品。

　　陶東風梳理了後革命時期的革命書寫的四種基本模式和四個發展階段：第一種是出現在七十年代末、八十年代初的傷痕文學，其重心在於將革命回歸人性的層面，以便修復革命敘事而非徹底否定革命；第二種出現在八十年代後期，其特點是把人的原始欲望和本能當作革命的動力，以輪迴、循環的觀念代替進步的概念，表現對革命的幻滅與覺醒，包括新歷史主義小說和先鋒小

67　劉再復、林崗：《罪與文學》，頁 243。
68　陳思和：〈中國新文學發展中的懺悔意識〉，頁 82。
69　同註 68，頁 85。

說；第三個階段是商業化、情色化的革命敍事，以戲說革命來表現歷史虛無主義；第四種是近年出現的宗教懺悔式革命書寫，以宗教的人道主義去反對暴力的革命。[70] 我們由此可見後革命書寫的發展脈絡仍然不離懺悔意識，由傷痕文學轉折發展為宗教懺悔式革命書寫。張景蘭也整合出文革小說敍事的三個階段，最後的階段為「解構與懺悔」，以「無神時代」的靈魂自審與救贖作結，[71] 與陶東風一樣將懺悔與救贖視為反思文革的終極出路，但兩者的懺悔意識又可分為「宗教」和「無神」。以上嘗試梳理了由五四文學到最近十年的革命敍事書寫的發展，懺悔意識一直作為主要的線索貫穿其中，究竟《日熄》的懺悔意識與上述多種的敍事模式有何分別？又應該放置在文革敍事和懺悔書寫的何種位置？

以魯迅為代表的「五四」懺悔意識並非宗教意識，他所承擔的罪是歷史之罪，意在批判國民性，啟蒙救贖的落腳點還是在社會，而不是靈魂。傷痕文學的典型模式是「母與子」的依附式傳統倫理關係：「黨是我們的親母親，但是親娘也會打孩子，但孩子從來不記恨母親。」[72] 有意識地重述「文革」歷史，不再是單純地展示傷痕，而是致力於表達老幹部和知識分子在蒙受政治逼害中，依然對黨保持忠誠。[73] 傷痕文學的懺悔意識被限定在孩子對母親的懷疑、拒絕的邊界裏，很快就會返回偉大的母體，人的價

70　陶東風：〈革命的祛魅：後革命時期的革命書寫〉，《渤海大學學報》，2010 年第 6 期，頁 5。

71　張景蘭：《行走的歷史——新時期以來「文革」題材小說研究》（台北：秀威資訊科技，2008 年），頁 2。

72　同註 71，頁 33。

73　陳曉明：《表意的焦慮：歷史的祛魅與當代文學變革》（北京：中央編譯出版社，2002 年），頁 10。

值、尊嚴最後都是皈依國家。從《日熄》的寫作手法來看，它明顯是一部先鋒小説，相比新歷史小説，它放棄宏大敍事而採用夢遊為敍事手法，更徹底表現歷史虛無主義。有人認為這種歷史虛無主義和把人的欲望當作革命動力的敍事邏輯，雖然消解了一直以來革命提倡的直線的、進步的時間觀，但最後都會令故事落入意義的虛無。[74] 狂歡化的敍事先顛覆了政權掩飾下太平無事的假相，而狂歡與欲望糾纏，成為了夢遊之中兩派人馬革命的動力，革命的意義和正當性被推翻，勘破了革命的幻象後等待的是意義的重構。

懺悔意識就是從以反思革命的方式把歷史從意義的虛無中拯救出來，《日熄》以李天保奇異深沉的贖罪意識為故事狂歡氣氛中的定錨點，從而深切感受到文革歷史和現代資本社會的雙重罪惡。小説作為近年懺悔式革命書寫的其中一部，將其與五四文學和傷痕文學懺悔意識比較，可見它對前人的超越：第一，擺脱了高高在上的啟蒙者姿態，不將罪責推至歷史這個抽象主體，也不嘗試為國家的罪行洗白，而是承認自己親身犯下罪惡，每個人在罪責面前地位無分輕重，都必須對以往的選擇承擔責任。第二，懺悔事實上是每個靈魂內部的私密對話，良知把懺悔者從自我迷失中喚醒。李天保的懺悔是自主私密的，小説並無將他的罪咎和懺悔化為乞求別人認同的煽情表演。他游離於罪咎和懦弱兩者，曲折反覆的心理和行為展示一個有血有肉的靈魂，是一場自我與良知的對話。對話的價值不在於結論，而在於對話本身，只

74　陶東風：〈革命的祛魅〉，頁 17。

有存在對話的機會，才有良知復甦的可能。人性的可貴是建立在自我良知上，從而獲得巨大的精神自主，不被國家和資本主義權力聯手擺佈。第三，正如緒論所言，小說中激烈、奇詭的贖罪行為已經不能單用懺悔二字來概括，唯有言之贖罪，才能顯示拷問靈魂之深。論及懺悔與贖罪的分別，簡單而言，懺悔形之於內心，事過境遷之後內心或會得到解脫。贖罪形之於行為，靈魂因罪行深重而永無悔過超脫的可能，又因為罪感纍纍而不斷嘗試以其他方式補償罪過，構成了永恆的贖罪，或者為至死方休的贖罪。閻連科所寫之罪，是國家之罪、人民之罪和資本之罪，以往的罪行並未在歷史消逝，延至今日產生更大的罪惡，更令人不堪承受。李天保不斷被自己的懦弱所阻撓，受盡內心煎熬來贖罪，一人之贖罪已是如此，由此可見之於千萬人更為艱難，集體的沉默與懦弱愈大。李天保雖然化為火人，但終歸只是一個迸發的火苗，世上不存在能夠承擔所有罪過的代罪羊或救世主，混亂過後眾人扮作回復平常，然而罪過已經發生，又怎樣完全抹去？眾人的贖罪仍是待續的沒有盡頭的結局，只有自己方能為自己贖罪，閻連科筆下的贖罪毫不樂觀，因為贖罪本身就是嚴肅深沉的未竟之業。

懺悔意識始終是源於宗教，雖然它移植到中國的文學語境之後就失去了本來的宗教性，但現在懺悔意識中的宗教色彩漸漸復甦起來，如劉醒龍的《聖天門口》和北村一系列的「救贖書寫」。一部分原因可能是基督教在中國日漸普及，此外我們又可否將之視為中國文學對西方懺悔意識進一步吸收，開始叩問存在的意義？《日熄》中李念念雖不斷乞靈，但這些神佛與現世不存在靈和肉的緊張關係，李天保是向自己的良知贖罪，因此是「無

神」的靈魂自審。「無神」更有另一重意義，中國由五十至七十年代全民「造神」的精神畸變，一下子跳到九十年代的市場化進程，以物質欲望的膨脹和道德領域的萎縮為代價，變成除去神聖的世俗化時代。[75]《日熄》的懺悔意識是對民族在歷史的大躍進中靈魂迷失的正視。

第五章　總結

　　《日熄》以夢遊為敘事主體，用身體溝通夢境世界和現實世界的兩個空間，成為閻連科的文學創作理論的「第三空間」。夢遊的空間本身就是神實主義，因為夢中的一切比真實更貼近人內心所認知的真實，更以人物內心的種種欲望或念頭為故事推進的邏輯，可謂徹底化的欲望敘事。夢遊將人帶至意識、道德的邊緣，在狂歡化的世界中身體不再由理性掌控，而是遵從身體下部的欲望，肆無忌憚地狂歡。由此可見，神實主義和狂歡化世界都具有顛覆性，前者要超越主流的現實主義，後者要顛覆國家、官方的話語權威。這樣才可以在缺乏理性、權威的邊緣之地盡情展示身體，展示被傳統、國家和資本主義扭曲的身體。表面上身體是絕對自由的，但他們最心底的欲望都已經被權力侵佔。只用狂歡來顛覆權力對他們身體的管轄並不足夠，唯有贖罪意識才能真正還靈魂自由，以內心的良知承擔一己的罪責，從而重新發掘人的尊嚴和價值。

75　張景蘭：《行走的歷史》，頁 266。

　　夢遊的狂歡氣氛是文革歷史的影射，夢中的念頭都是消費的欲望。夢遊表現的是人在歷史和現代性雙重罪惡的迷失，文革的狂熱崇拜和現代資本主義社會的物欲追求交織在一起，整個中國社會都集體迷失在無盡欲望的夢遊中。李天保的贖罪是對文革歷史和資本主義的反思，也是作者對民族在歷史和現實中靈魂迷失的關懷和憂思。《日熄》筆下的贖罪意識，脫胎於歷經五四文學、左翼文學、傷痕文學的懺悔主題，它由一己之靈魂掙扎，書寫出整個中國社會在沉淪中的夢囈，觸及中國社會的集體潛意識，指向國家和人民在歷經革命歷史和現代化進程後所不願面對的問題。李天保的懦弱和痛苦刻劃出一個有血有肉的靈魂，但我們是否可以再進一步提問：他為甚麼懦弱？承認錯誤和贖罪有何好懦弱？以至人何時才可以撇下自己的懦弱，直面一己之靈魂？

章瑞琳，香港浸會大學中國語言文學系一級榮譽學士、台灣大學台灣文學研究所碩士生，主要研究方向為中國現當代文學、台灣文學等。

夢的小説結構
——比較閻連科的《丁莊夢》與《日熄》

林燕萍

第一章　引言

《丁莊夢》與《日熄》相隔十一年出版，但同樣以夢為小説結構。作者閻連科曾説：

> 結構不能單單是敍述的另一種方法，它必須是小説內容的組成部分，必須成為小説的血肉，也是小説內蘊的靈魂。它的存在，是小説內蘊的必然條件。[1]

夢作為小説結構，成為這兩部小説的「血肉」和「靈魂」：《丁莊夢》以夢貫穿小説；《日熄》以夢遊開展、發展、結束。佛斯特（E.M. Forster）的《小説面面觀》把小説分為七個層面作分析：故事、人物、情節、幻想、預言、圖式、節奏。[2] 雖其分析以西方作品為主，但把小説結構分成不同層面的研究方式值得借鑒。本文不是全以《小説面面觀》的七個層面分析閻連科的《丁莊夢》與

1　閻連科、張學昕合著：《我的現實　我的主義——閻連科文學對話錄》（北京：中國人民大學出版社，2011 年），頁 92。
2　佛斯特：《小説面面觀》（廣州：花城出版社，1981 年），頁 19。

《日熄》，而是以夢為小說結構的特色作切入點，比較《丁莊夢》
與《日熄》這兩部小說在情節、時間、人物、語言等方面的異同。

第二章　夢的相關定義及特質

第一節　夢的相關定義

一、夢

　　亞里士多德定義夢：「**睡者在睡眠時所產生的心理活動。**」[3]
《睡眠與睡眠障礙》對夢的定義：「**夢是正常人睡眠時周期性發
生的具有特色的精神狀態。**」[4] 隨着近代科技進步，夢的研究越
來越精細。在醫學領域，亞倫・哈普生（J. Allan Hobson）把大腦
分為三個客觀可識別的狀態：醒來、非快速眼動（NREM）睡眠，
以及快速眼動 (REM) 睡眠。他首先提出夢主要在快速眼動睡眠
期間發生的實驗結果，並且發現夢產生在睡眠後期的淺睡狀態，
眼球會快速轉動，心跳與呼吸速度加快，肢體會暫時麻痺。[5]

3　轉引自弗洛伊德著，孫名之譯：《釋夢》（北京：商務印書館，1996
　　年），頁 2。

4　張桂榮：〈夢是甚麼？〉，收入于蘭等編著：《睡眠與睡眠障礙》（長
　　春：吉林人民出版社，2006 年），頁 55。

5　J. A. Hobson, "REM Sleep and Dreaming: Towards a Theory of
　　Protoconsciousness," *Nature Reviews Neuroscience*, 10.11 (Nov 2009):
　　803-13. Retrieved 8 June, 2018, from DOI: 10.1038/nrn2716. 哈普生現
　　為美國哈佛大學醫學院精神科學系教授，同時擔任麻塞諸瑟州衛
　　生中心神經生理學實驗室主任，著有 *The Dreaming Brain*。他認為
　　現在有關夢的理論已屬科學範疇，較以往對夢的臆測更嚴謹，所
　　以從科學的角度探索做夢和睡眠。哈普生有關夢的理論，可參考
　　亞倫・哈普生著，蔡玲玲、侯建元合譯：《睡眠》（台北：遠哲基金
　　會，1997 年）。

二、夢遊

《睡眠與睡眠障礙》對夢遊的定義：

> 睡行症是指在睡眠過程中尚未清醒而起床在室內或戶外行
> 走，或做一些簡單活動的睡眠和清醒的混合狀態。一般不
> 說話，詢話也不回答，多能自動回到床上進行睡覺。通常
> 出現在夜間睡眠的前三分之一階段的第三和第四深睡期，
> 不論是即刻蘇醒或次日早晨醒來對發作經過均不能回憶。[6]

三、白日夢

白日夢是指：

> 人在清醒的狀態下所出現的一系列帶有幻想情節的心理活
> 動。[7]

而且，在白日夢的狀態下，

> 我們對內心的體察要細緻全面得多⋯⋯平時由於受自尊、
> 面子的影響，人常常會欺騙自己，但在幻想〔白日夢〕會面
> 對現實。[8]

　　白日夢嚴格來說不算是夢，但若進入淺睡狀態的白日夢，
開始接近反映心理狀態的狀態就是屬於夢的範疇。

6　馬霞：〈甚麼是睡行症〉，收入于蘭等編著：《睡眠與睡眠障礙》，
　　頁 190。
7　米嘉文：《解夢自查──解讀夢的密碼》（北京：中國華僑出版社，
　　2010 年），頁 22。
8　同註 7，頁 25。

四、清明夢

清明夢是指人在夢中仍可以「保持清醒」，甚至意識到自己正在做夢。有些人做夢時突然醒覺到自己正在做夢，可以「控制自己的夢境」。[9]

第二節　夢的特質

一、夢是無意識活動

精神分析學家佛洛伊德認為夢是無意識的活動：

無意識是構成人類心理實質中心的組成部分，並在心理發展過程中形成固定形式。[10]

人不僅有意識，還有「無意識」。意識是指人能認識自己和認識環境的心理部分，是我們注意能及的地方，無意識就是意識外的部分。[11] 無意識裏包容了人的各種原始衝動和本能，以及出生之後孳生的多種欲望。這些內容由於和社會準則、規範不相容，因而得不到滿足，被壓抑到無意識中來，以便人們意識不到。[12] 但這些被壓抑的欲望並沒有消失，而是匿藏在意識範圍外，當意識減弱，例如進入睡眠狀態，做夢的時候就會在夢境中呈現。

9　米嘉文：《解夢自查》，頁 204。

10　王壘：《夢的解析者：佛洛依德》（台北：笙易出版社，1999 年），頁 47。

11　同註 10。

12　同註 10，頁 49。

二、夢——「無意識」中的「有意識」

上文提及的白日夢和清明夢是人在「無意識」活動中的「有意識」，也可理解為「半睡半醒」的狀態。在這種狀態下，人的「無意識」浮現，但同時有意識地知道自己是在做夢。

三、夢以象徵呈現

佛洛伊德還認為夢中出現的物象並不是物象原本的意思，而是以此物象象徵內心潛意識思維不想直接表現的物象：

> 夢所利用的不過是潛意識思維中已經存在着的任何象徵化作用，因為它們本身所具有的表現力以及能夠逃避稽查作用，它們更適合夢的構成的需要。[13]

四、夢以意象呈現

根據施萊麥契爾的說法，夢的內容全部屬於「意象類型」。清醒狀態時的思想活動是以「概念形式」表現。而

> 夢則以意象進行思維，隨着睡眠的臨近，人們可以觀察到，自主活動變得越來越困難，相伴而生的不自主觀念則呈現出來，而且全部屬於意象類型。[14]

五、「活化—整合」的夢理論

哈普生的夢境理論——「活化—整合」假說，針對夢境的兩方面說明：

13　弗洛伊德：《釋夢》，頁 349。
14　同上，頁 46。

「活化」是能量的觀念，指速眼動睡眠，和意識有關的大腦網絡被開啟。「整合」則是訊息的觀念，指夢境內的認知是奇特的，因為大腦把來自個體本身的各種訊息混合後形成夢境，而且此時大腦內化學物質的變化整個改變訊息處理過程。所以「整合」意指捏造及綜合整理。[15]

哈普生承認夢展示深層自我，但不認同夢用「象徵」的形式呈現：

夢的意義應該建立於速眼動睡眠對於「大腦─心智」處理其自身訊息的必要性，因此，保留「心理分析」中認為夢境在展現深層自我的概念，但排除偽裝、檢視員、或有名的佛洛依德「象徵」等概念。[16]

三位專家雖以不同的形式解釋夢，但共通之處是：夢與真實生活不同，是真實生活的訊息扭曲、捏造、混合、整理後呈現內心的無意識／深層自我概念。佛洛伊德和施萊麥契爾分別認為夢以象徵、意象的形式呈現。雖然現代的哈普生不認同佛洛伊德的說法，但在分析小說時，情節中的確涉及不少有關夢的意象和象徵，所以筆者會繼續保留夢是象徵，並以意象為主的這兩個特質。

15　哈普生：《睡眠》，頁 144。
16　同上，頁 167。

第三節　夢遊的特質

《睡眠與睡眠障礙》一書指出夢遊的特點：

> 睡行症過去稱為夢遊症，以為行動中的人是在夢中。近年
> 來的睡眠實驗室研究證明睡行症不是發生在夢中，而是發
> 生在非眼快動睡眠的第 3–4 期深睡階段。非眼快動睡眠
> 的第 3–4 期深睡集中在前半夜，故睡行症通常發生在入
> 睡後的前 3 小時之內。[17]

雖然科學對夢的研究證明夢遊症不是發生在夢中，但夢和
夢遊同樣在睡眠周期發生，而且夢遊發生在第 3–4 期的深睡階
段，較夢的階段深，所以本文主要以夢和夢遊在不同睡眠階段的
特點出發，探討《丁莊夢》與《日熄》的結構異同。

第三章　以夢結構小說

第一節　夢作為結構

《丁莊夢》的寫作源於閻連科親自到訪愛滋村的經歷，卻以
夢為書名，以夢為結構來表達，閻連科的解釋是：

> 我覺得《丁莊夢》沒有這些夢，沒有這由夢而起的結構，
> 對我來說，小說就無法進行敍述和寫作。[18]

17　馬振芬：〈睡行症的特點是甚麼？〉，收入于蘭等編著：《睡眠與睡
　　眠障礙》，頁 190。
18　閻連科、張學昕：《我的現實　我的主義》，頁 94。

閻連科也知道如果《丁莊夢》沒有夢境，沒有幾十個夢在小說中存在，便完全只是日常化的小說，就是拿愛滋病來講一群愛滋病人的故事而已，會大大削弱小說的藝術性。[19] 結構因夢而起，夢不單是結構的起端，而是貫穿整部小說的結構；結構與夢纏在一起，夢就是《丁莊夢》的結構。《丁莊夢》以夢為始，也以夢作結，當中還包含大大小小、深深淺淺的白日夢和夜間的夢。卷二第一章就寫到：

> 熱病是藏在血裏邊。爺爺是藏在夢裏邊。熱病戀着血，爺爺戀着夢。[20]

這一句是全小說的概括：通過爺爺的夢來寫熱病的起因、村民因熱病而死的經過、丁莊無人的結果。爺爺的夢就是《丁莊夢》的結構。

沒有夢，《丁莊夢》就無法寫下去，因為以夢為結構，令《丁莊夢》不是以記錄本形式敍述愛滋病人的日常故事，而是小說。日常故事與小說之間的分別就在於小說充滿作家的想像力。閻連科用夢作為小說結構，以爺爺的夢串起丁莊染上熱病的前因後果，不是用現實客觀考量的角度，而是用不同的藝術手法呈現；不一定百分百真實，但發人深省。

閻連科以夢為結構寫《丁莊夢》後，嘗試以夢遊寫《日熄》。如第一章的定義，夢發生在淺睡期，而夢遊發生在較夢深層的時期。在生理學上夢遊是較夢為深的層次，而且夢遊較夢發生的頻

19　閻連科、張學昕：《我的現實　我的主義》，頁 94。

20　閻連科：《丁莊夢》(香港：文化藝術出版社，2005 年)，頁 7。

率低。閻連科嘗試以夢遊為結構寫《日熄》，可看作對自己寫作生涯的挑戰。之所以說《日熄》以夢遊為結構，是因為《日熄》以人傳人的夢遊「傳染病」開展，敍述整個鎮陷入混亂的狀況和各人的心理、生理反應，最後以夢遊的結束終結。比起《丁莊夢》以夢串連整本小說，《日熄》把以夢為結構推到極點：若沒有夢遊就不會存在《日熄》。

　　以下將會分別比較《丁莊夢》與《日熄》中，夢與情節、時間、人物、語言之間的關係。

第二節　夢與情節

一、「故事」與「情節」

　　佛斯特的《小說面面觀》分析小說時把「故事」和「情節」分開，把「故事」比喻成「骨架」，情節就是：

> 小說的特出之處在於作者不但可以使用人物之間的言行來描述人物的個性，而且可以讓讀者聽到人物內心的獨白。小說家可以闖入個人自我交通的領域，甚至更深入到潛意識領域裏去。[21]

　　再看高辛勇引用佘格洛夫斯基對「故事」和「情節」兩個概念的區分：

> 所謂「本事」指的約略是小說（敍事文）中的基本事件或事項與其他未經藝術手法處理的素材，亦即「無形式的故事」。

21　弗斯特：《小說面面觀》，頁 69。

所謂「情節」則是經過藝術安排的故事，包括事件材料在
敘述秩序上的安排，人物的組合、敘述人與敘述觀點的利
用與變化等等。[22]

「故事」是小說的大概和素材，「情節」則涉及藝術手法，更
能呈現人物內心，所以筆者將會重點探討夢與情節的關係。

二、夢、情節、空間

《丁莊夢》的夢是爺爺丁水陽做白日夢或睡覺時做夢的情
景，屬睡眠狀態中淺層的夢。做白日夢容易被吵醒或驚醒，因此
場景容易在夢和現實之間切換，推進情節發展。如爺爺夢見縣長
給每位患上熱病的人都分配一口黑棺材，喚爹的時候喚醒了。這
時，現實中爹就立在爺床前，情節從夢過渡到現實發展。佛洛伊
德在《釋夢》第一章討論有關夢的問題的科學文獻提及：「白日
夢與現實是從不混淆的。」[23] 第二章定義也提及白日夢是幻想的
情節。可在《丁莊夢》中白日夢與現實無縫連接，分不清甚麼是
夢甚麼是現實。除了是丁水陽的幻想外，也是作家的想像，故
意混淆夢與現實之間的界限。就像電影的「蒙太奇」鏡頭剪輯手
法，把夢中爺爺呼喚爹的情景與現實中爺爺呼喚爹的情景重疊在
一起，完成夢與現實之間的過渡。[24]

22　高辛勇：《形名學與敘事理論：結構主義的小說分析法》(台北：聯
　　經，1978 年)，頁 21。

23　弗洛伊德：《釋夢》，頁 47。

24　參考鄧燭非：《電影蒙太奇概論》(北京：中國廣播電視出版社，
　　1998 年)，頁 15-17。

　　閻連科在「現實：給想像留下的空間」的演講中提及中國文
學大多只有兩層空間：第一空間是生活空間，也就是所說的「現
實空間」，可理解為小說中的現實空間；第二空間是想像的空
間，小說人物想像出來的世界。[25] 小說中加入夢為情節，屬於第
三空間，寫出人物的潛意識空間。丁水陽的夢既可以交代村民染
上愛滋病、賣血的因由，又可以交代小說現實中兒子丁亮和〔堂
侄〕兒媳婦玲玲自殺的事，全知的視角轉換成夢境，比起從第一
空間交代的方式間接，小說的呈現方式更多變。《丁莊夢》的情
節在現實（第一空間）和夢（第三空間）中穿插，多變的呈現方式
讓讀者不斷在現實和夢境中穿梭。讀者看得疑幻疑真，懷疑夢是
虛幻之際，作者繼續以夢中的事為基礎寫現實的事。第三空間的
夢境與第一空間的小說現實相呼應，讀者驚覺夢不只是夢，也是
情節的一部分，告訴讀者：

　　**夢像真實一樣真實，而所謂真實的現實世界像夢一樣虛
　　幻。**[26]

　　又多了一層「何為真實」的哲學思考。讀者看小說的過程不
單是娛樂消費，也在判別情節真假，思考人生。

　　《日熄》的夢遊則屬深層睡眠，以人傳人的大夢遊為故事情
節。《日熄》中李念念對夢遊也有定義：

25　閻連科於 2016 年 9 月 24 日在香港中央圖書館的第六屆「紅樓夢獎」
　　講座「現實：給想像留下的空間」中提到小說的多重空間，此為筆
　　者現場記下的筆記。講座錄音收藏於香港公共圖書館—多媒體資
　　訊系統，網址：https://mmis.hkpl.gov.hk/。
26　朱建軍：《釋夢：理論與實踐》（北京：原子能出版社，2007 年），
　　頁 5。

> 所謂夢遊就是白天啥兒想多了，刻骨銘心了，想到骨髓
> 了，睡着後就續了醒着那想念，在夢裏去做他的想念了。[27]

與第一章定義相同的是夢遊與夢一樣，顯示人的潛意識；分別在
於第一章對夢遊的定義強調夢遊的行為，而李念念的解釋強調夢
遊的原因。而《日熄》一開始解釋夢遊的主要原因是因為天氣：

> 這年的小麥好。麥粒脹到大豆般……天氣預報說，三天後
> 會有雷雨。連陰雨。說誰家的小麥不立馬從田裏收回來，
> 麥粒就將爛在田裏邊。[28]

村民聽到這個消息，本來已經忙碌的收成季節變得爭分奪秒，很
多農民連睡也不敢睡，書中第一個因夢遊而死的人就是去了割
麥。他連割了兩天的麥，本來在家裏午睡，忽然從床上起來，拿
了鐮刀，說再不去割麥就要爛在地上了，就下床朝着地裏走去。
割累了去喝水就滑進渠裏淹死了。接着夢遊一個傳一個，死者越
來越多，最多是夢遊參與鎮戰而死，還有夢遊中偷竊或強姦婦女
被打死等。

　　與《丁莊夢》比較，《日熄》除了有第三空間的夢表達人物內
心潛意識空間外，還有第四空間的夢遊把潛意識帶到第一空間，
在故事的現實中呈現出來。夢遊相對夢，除了表現潛意識外，還
將潛意識付諸行動，與第一空間接軌，寫出人物內心與小說現實
發生的關係，如李天保在夢中表達內心埋藏的愧疚，為了錢去火

27　閻連科：《日熄》（台北：麥田出版，2015 年），頁 27。
28　同上，頁 22。

葬場告密的愧疚是他的潛意識空間。在小說現實中的李天保夢遊
到顧紅寶家道歉，被顧紅寶罵醒，再回到小說的現實。作者巧妙
地用夢遊展開小說，把四個空間互相影響的關係呈現，讓小說讀
起來更豐富，更有層次。

三、「神實主義」與情節空間

　　《丁莊夢》和《日熄》以夢和夢遊推動情節發展，除了使小說
層次豐富之外，從「神實主義」的角度看，夢和夢遊引發的「荒
誕」情節，可表達埋藏在現實後面的真實。

　　「神實主義」是閻連科提出的概念，目的是創造真實：

> 在創作中摒棄固有真實生活的表面邏輯關係，去探求一種
> 「不存在」的真實，看不見的真實，被真實掩蓋的真實。[29]

閻連科解釋「神實主義」的表達形式與「現實主義」的分別：

> 神實主義疏遠於通行的現實主義。它與現實的聯繫不是生
> 活的直接因果，而更多的是仰仗於人的靈魂、精神（現實
> 的精神和實物內部關係與人的關係）和創作者在現實基礎
> 上的特殊臆思。有一說一，不是它抵達真實和現實的橋
> 樑。在日常生活與社會現實土壤上的想像、寓言、神話、
> 傳說、夢境、幻想、魔變、移植等，都是神實主義通向真
> 實和現實的手法與管道。[30]

29　閻連科：《發現小說》（天津：南開大學出版社，2011 年），頁 181-
　　182。
30　同上。

《丁莊夢》：夢和神話構造的真實

　　《丁莊夢》以《舊約‧創世紀》神話中酒政的夢、膳長的夢以及法老的夢為始，法老夢見又醜陋又乾瘦的七隻母牛吃盡了那又美好又肥壯的七隻母牛。睡醒後又睡着，夢見細弱的穗子吞了那七個又肥大又飽滿的穗子。以經歷繁榮旺盛之後必然會有災害的夢境為始開展整部小説，預言丁莊即使有了繁榮，最終也會有災害。神話與小説互相呼應，產生互文效果，令讀者印象深刻。

　　在表達形式上，法老夢見肥壯母牛被吃，然後睡醒；再睡着，夢見飽滿的穗子被吞，這個「睡着—做夢—驚醒—再睡—再做夢」的形式就是《丁莊夢》的表達形式。爺爺丁水陽的夢境與小説的現實情節不斷交錯，一開始以丁水陽的夢境道出村民賣血和染上愛滋病的事實，醒後被叫去開會，晚上再睡，再做夢詳細交代丁莊人如何從不賣血到賣血的經過，再醒來⋯⋯整部小説就是重複這個結構，直到以丁水陽的夢和女媧造人的神話作結。

　　〈卷一〉的《舊約‧創世紀》神話是整部小説情節和表達方式的暗示，第一次看不知道作者置放神話的動機，再看才領略當中玄機。作者摒棄生活固有的觀念，想像夢境與真實一樣，通過夢境交代村民因熱病而死；丁輝如何利用賣血賺錢，扣起本來派發給村民的棺木。爺爺丁水陽的夢境與小説中的現實連接得天衣無縫，與真實生活中「做夢只是做夢，與現實分開」的觀念不一樣。閻連科用想像、神話、夢境寫出真實生活中愛滋村民的情況，體現了「神實主義」，使用與真實生活不一樣的邏輯關係，説出現實生活中人們無法知道的真相。

《日熄》：夢遊與真實的三種狀態、四個空間

　　《日熄》採用生活現實中會發生的夢遊寫小說，與第一章對夢遊的特質相同：患者夢遊時臉部表情呆板，清醒後遺忘夢遊中發生的事。但與《丁莊夢》的夢一樣，《日熄》也有不依照真實生活的邏輯關係：把夢遊想像成會人傳人的病症。作家想像人傳人之後會發生甚麼事，揭開人內心對金錢、性的渴求，如清醒的人到夢遊者家中打劫、男女在夢遊中偷歡等；道出人內心的愧疚，如馬鬍子的媳婦在夢遊中到派出所自首，承認自己毒害攤在床上十二年的丈夫，在半睡半醒的清明夢狀態下，她說：

> 現在夢裏讓我來自首，你們誰都別把我叫醒來。叫醒了我就不承認我給我男人下毒啦。[31]

　　同時呈現道德與現實、法律與人情的矛盾：馬鬍子死之前，吐着白沫對妻子說：

> 謝謝你把我送到那邊啊，我再也不用活着受罪了。是你成全害了我，你千萬要記住不要說給任何人。一漏嘴我們家就遭殃了，孩娃們就要不光沒爹也要沒娘了。[32]

　　透過清明夢狀態下的夢遊可反映同一人的三種心理狀態：無意識的做夢狀態、有意識的清明夢狀態，以及會把無意識和有意識實踐的夢遊狀態。通過這三種狀態呈現四個不同的空間：小

31　閻連科：《日熄》，頁 182。
32　同上。

說現實中的空間（殺害丈夫）、小說中想像的空間（若自己坐牢，
孩子怎麼辦？）、潛意識的空間（殺害丈夫的愧疚）、潛意識在現
實呈現的空間（夢遊到派出所自首），由同一個人物呈現四個層
次，突出人的真實：複雜的思想，生活在現實生活、道德與法律
之間的矛盾。

　　作者以真實生活發生的事件為素材，透過想像力加入情
節，扭曲變化情節內容，即是用想像和魔變包裝殘酷的現實，成
為小說。讀者認為自己看的只是虛構的小說創作，願意透過閱讀
去接觸、了解小說的現實，其實這過程是讓讀者透過閱讀小說慢
慢了解和接受殘酷矛盾的現實生活。因為實際上，小說呈現的比
我們以為的「真實」更真實。

　　這也是閻連科希望通過「神實主義」，用與生活不同的邏
輯、不同的表達方法（想像、神話、夢境、魔變）來發掘真實的
人和社會。小說化身為「緩衝地帶」，讓讀者從願意接觸到接受
自身，乃至於接受複雜矛盾的社會。

第三節　夢與時間

　　亞倫・哈普生從時間入手分析夢與文學的關係：

當愛爾蘭作家詹姆士・喬伊絲（James Joyce）嘗試說明
Leopold Bloom 一天內的生活及心智活動時，他寫下了《尤
利西斯》（Ulysses）這本書。毋庸置疑地，作者絕不會滿足
於只記錄一些大事件的內容。的確，沒有一個人可以寫下
在一天中，「大腦—心智」處理的所有訊息；相對地，大
部分人都可以輕易地僅用一頁的篇幅描述我們每天的夢境

內容。[33]

　　為《日熄》寫序的羅鵬（Carlos Rojas）也拿《尤利西斯》與《日熄》比較：

　　這部長篇的故事，像《尤利西斯》的故事一樣，都發生在一天之內——而《日熄》的故事時間，則更短為一夜之間：一更至日出。[34]

　　可見閻連科絕不滿足於記錄現實中經歷長時間的大事件，而將一般人輕易放過的幾分鐘夢境、一晚夢遊化成大事件，詳細繪寫故事人物的行為和心智活動。

一、夢遊、作家、時間、小說

　　閻連科認真考量作家、時間、小說之間的關係，在〈一個人的三條河〉中說：

　　於一個作家而言，關於時間、關於死亡、關於生命，可從三方面去說：一是他自然的生命時間，二是他作品存世的生命時間，三是他作品中虛設的生命時間。[35]

並強調時間在小說的重要意義：

33　哈普生：《睡眠》，頁 151。
34　羅鵬：〈《日熄》——魯迅與喬伊絲〉，載閻連科：《日熄》，頁 4；收入本評論集。
35　閻連科：〈一個人的三條河〉，收入閻連科：《一個人的三條河》（台北：二魚文化，2013 年），頁 212。

作家從他的自然生命之河中派生出作品的生命河流。而從
作品的生命河流中，又派生出作品內部的時間和生命。作
品無法逃離開時間而存在。故事其實就是時間更為繁複的
結構。換言之，時間也就是小說中故事的命脈。故事無法
脫離時間而在文字中存在。時間在文字中以故事的方式呈
現，是小說的特權之一。[36]

如上所說，《日熄》以夢遊為結構。夢遊只能在夜晚進行，
所以規限了整部小說的敘述時間從下午五點到第二天早上九點
半。一般長篇小說敘述的時間往往不止一天的事，時間跨度較
大，透過選取適當或吸引的情節來完成小說。《日熄》的內在時
間只有十六個半小時，不是常見的小說時間設定。時間的範圍越
小，以長篇小說的篇幅更能仔細描寫人夢遊時的精神狀態、心智
活動和潛意識。

二、夢遊與清晰的時間

閻連科指二十世紀後的評論家：

把時間擱置在技術的曬台上，與故事、人物、事件和細節
剝離，獨立地擺放或掛展。時間欲要清晰卻變得更加模
糊，讓讀者無法在閱讀中體會和把握。[37]

正因如此，閻連科希望做到：

36　閻連科：〈一個人的三條河〉，頁 218。
37　同上。

讓時間恢復到寫作與生命的本源，在作品中時間成為小說的軀體，有血有肉，和小說的故事無法分割。我相信理順了小說中的時間，能令小說變得更加清晰。[38]

《日熄》把時間準確地寫到分鐘，並列明在每一章節前面。時間變為讀者把握書中情節的引領者，與小說的故事無法分割，引領讀者一步一步隨着時間進入故事。時間也是指導者，指導讀者每章節發生的事的具體時間，當投入故事情節後，下一章又用時間提醒讀者，現在即將進入下一個時間段。時間還是梳理者，故事以時間為梳子，每一章節前加入時間，把小說梳理得清晰。若把全部時間從書中抽出來，就如拿出一把梳子，清楚看見整部小說的敘述時間從下午五點到第二天早上九點半，是短短十六個半小時內發生的事。如下表所示：

卷數	章節	時間	頁數
【卷一】 一更：野鳥飛進人的腦裏了	1	17:00~18:00	20
	2	18:00~18:30	22
	3	18:31~19:30	28
【卷二】 二更・上：鳥在那兒亂飛着	1	21:00~21:20	40
	2	21:20~21:40	46
	3	21:40~21:50	60
【卷三】 二更・下：鳥在那兒築窩了	1	21:50~22:00	76
	2	22:01~22:22	88
【卷四】 三更：鳥在那兒生蛋了	1	23:00~23:41	96
	2	23:42~24:00	107
	3	24:01~24:15	111

38　閻連科：〈一個人的三條河〉，頁218。

【卷五】	1	24:50~1:10	118
	2	1:10~1:20	125
四更・上：鳥在那兒孵蛋了	3	1:21~1:50	129
【卷六】	1	1:50~2:20	144
	2	2:22~2:35	155
四更・下：一窩鳥兒孵出來	3	2:35~3:00	157
【卷七】	1	3:01~3:10	168
	2	3:11~3:31	173
五更・上：大鳥小鳥亂飛着	3	3:32~4:05	188
【卷八】	1	4:06~4:26	196
	2	4:30~4:50	203
五更・下：有死的也有活着的	3	4:51~5:10	208
	4	5:10~5:15	219
【卷九】	1	5:10~5:30	224
	2	5:30~5:50	238
更後：鳥都死在夜的腦裏了	3	5:50~6:00	246
【卷十】	1	6:00~6:00	254
	2	6:00~6:00	259
無更：還有一隻鳥活着	3	6:00~6:00	270
【卷十一】	1	6:00~6:00	282
	2	6:00~6:00	286
升騰：最後一隻大鳥飛走了	3	6:00~6:00	291
	4	9:01~9:30	295

　　在《日熄》裏不難看到作者擺脱宏大敍事的嘗試，寫了一天之內完成的故事，而且把時間列明在每一章節的前面，如上表所示，時間準確至分鐘。時間可以説是小説的河流，順着這條河流我們可以得知事情發生的時間，而這條河流並不是永恆流動的，到了早上六點，時間突然停頓。章節的時間變成 6:00~6:00：「鎮子是果真死在了晨時六點裏。」[39] 時間停頓，但故事中的人物

39　閻連科：《日熄》，頁 259。

仍然活動，直到李天保用屍油燃燒自己，讓「自焚的日頭」出來，時間一跳就跳到早上 9:01，越過了時間死亡的三小時，回到正常，時間繼續流動。

三、夢與模糊的時間

閻連科充滿矛盾——上文提及他希望小說的時間變得清晰，但同時又希望：

> 小說中的時間是模糊的，能夠呼吸的富於生命的，能夠感受而無法簡單地抽出來評說晾曬的。[40]

這就是《丁莊夢》所能做的事。《丁莊夢》的時間不如《日熄》那麼明顯，夾雜的夢長短不一，有十七頁爺爺的夢得知孫子不想配陰親，也有不足一頁的白日夢描寫。讀者無法得知實際夢的時間長短，只知不單是一天、一夜的夢。在〈一個人的三條河〉的同一段，閻連科對時間有兩種極端的渴求，而又能在《丁莊夢》和《日熄》這兩部小說中分別體現。同樣以夢為結構，時間可以清晰無遺，又可模糊不清。閻連科為自己的矛盾解說：

> 我把時間看做是小說的結構。之所以某種寫作的結構、形式千變萬化，是因為時間支配了結構，而結構豐富和奠定了故事，從而讓時間從小說內部獲得了一種生命。[41]

40　閻連科：〈一個人的三條河〉，頁 219。
41　同上。

閻連科以夢為小說結構寫《日熄》和《丁莊夢》，同時以時間呈現另一種結構。清晰的時間線表現時間支配結構，如《日熄》隨清晰的時間記述夢遊。《丁莊夢》中，夢的時間模糊，隱約推進故事發展。以夢為結構，但時間的不同主宰了兩部小說在結構上的分別。時間呈現夢的推進，時間的結構反映小說的結構。

第四節　夢與人物

評論家張學昕與閻連科對談時提及小說的人物：

小說裏人物是一個重要的元素。許多作家都有自己塑造人物、寫人物的方法和策略。或者注重性格、或者是注重表現人物的慾望，而有的作家寫人已經超越「性格」，開始寫人的氣質、寫人的「品」。……像《丁莊夢》裏的丁輝、「我爺爺」……

《丁莊夢》在這一點做得很好，不管怎麼說，它至少塑造出十多個活靈活現的人物，是很大的成功。[42]

張學昕對《丁莊夢》的人物評價高，主要是因為人物「*活靈活現*」，不是只有一種性格特徵的扁平人物，而是與現實生活一樣內心有矛盾、掙扎、變化的圓形人物。最「*活靈活現*」的就是「我爺爺丁水陽」，內心有孫子會否被毒死的擔憂，對莊裏人的內疚，對大兒子的痛恨——因後者把丁莊人的血抽乾，令大家染上熱病，還把病人們的棺材賣光；對小兒子與親叔伯的弟媳婦玲

42　閻連科、張學昕：《我的現實　我的主義》，頁116-117。

玲偷歡無可奈何。「顯意識」的丁水陽讀過書，憐憫丁莊人染上
熱病，讓他們到學校居住。閻連科還用夢來呈現丁水陽複雜的內
在情感，透過白日夢呈現他日日夜夜都為兒子害了村民而內疚，
想讓自己的兒子向村民道歉後馬上死掉。透過丁水陽夢境交代他
目睹丁莊人患上熱病的經過以及形象的轉變，本來是人人尊敬的
丁老師，到被稱頌為「**丁莊脫貧致富的救星**」，[43] 再到後來成為
全莊人的指責對象。夢能把人物寫得立體，因夢能讓讀者看見人
物在小說現實生活空間、想像空間的面貌之外，還有潛意識隱藏
的面貌，令人物「*活靈活現*」。

　　一般小說的人物可分為正派或反派、男或女、貴族或平民
等。以夢為結構寫人物，夢可把故事人物分為夢遊者和清醒者。
以夢遊為結構，《日熄》中發生夢遊者與清醒者之間的不同關係。
其中有夢遊者與夢遊者：鎮政府的幹部夢遊上演皇帝勤政早朝的
事，鎮長扮演皇帝，副鎮長扮演宰相，大臣虛報實況，奉承皇帝
管治，各自夢遊但互相配合演出；夢遊者與清醒者：清醒的人
到夢遊者的店鋪打劫，夢遊的張木頭用鐵棍殺了與他妻子鬼混
的王經理；清醒者與清醒者：打算到「我舅舅」家打劫的人遇見
了「我」，威脅「我」說出舅舅的住所及錢財收藏的地方。在夢與
醒，意識和潛意識之間的摩擦和聯繫，產生了不少意外驚悚，豐
富了故事的情節，也讓故事的結構更複雜，閱讀的層次更豐富。

　　兩部小說的敘述者都是小孩子：《丁莊夢》以十二歲時被毒
害的「我」的角度來敘述丁莊染上熱病的事，《日熄》就是由十四
歲的李念念敘述夢遊的來龍去脈。從兒童的角度寫小說，可以從

43　閻連科：《丁莊夢》，頁 37。

較單純的角度看整件事。

　　兩部小說的主要人物的因果倒置也值得留意:《丁莊夢》通過夢交代丁水陽從平民到聖人再到罪人的過程;《日熄》中李天保本是平民到向官方告密的罪人,再通過夢遊昇華到拯救全鎮人們的好人。兩部小說同樣以夢為結構,同樣從小孩子的角度敍述,主要人物的身份起伏卻剛剛相反。這是相似之中的相反,也是兩部小說之間重要的變化之處。

第五節　夢與語言

一、夢的語言:重複

　　《丁莊夢》和《日熄》的語言也有重複的特點,先看《丁莊夢》:

> 我家是三層,三層比二層高一層。[44]
>
> 蝴蝶飛來了,飛來了它又飛走了。蜜蜂飛來了,飛來了它也又飛走了。[45]

　　後面那一句與前一句結構相似,或是重複解釋前一句的意思。閻連科解釋:

> 《丁莊夢》這部作品的語言就非常的像河南豫劇的唱詞「一唱三歎」的那種感覺。因此實事求是地講,它與我對戲曲的欣賞是分不開的。[46]

44　閻連科:《丁莊夢》,頁 18。
45　同上,頁 116。
46　閻連科、張學昕:《我的現實　我的主義》,頁 26。

《日熄》中也有這種嘮嘮叨叨，不斷重複的語言，如：

家家戶戶夢遊了。萬萬千千夢遊了。天下世界全都夢遊了。[47]

夜成了賊的匪的好夜了。鎮成了賊的匪的好鎮了。世界就成了賊的匪的大好天下了。[48]

　　語言的重複並不是一字不漏地重複，而是句子結構一樣，只是改了幾個字，接二連三出現差不多的意思。小說中重複的語言與閻連科喜歡聽河南豫劇有關，受豫劇「一唱三歎」的風格影響，形成他喜歡用重複語言的寫作特色。除此之外，重複的語言也符合小說人物的角色。《丁莊夢》透過重複的語言表示對熱病的無奈和悲嘆，延長句子形成哀愁的氣氛。《日熄》的李念念作為敘述者，名字已揭示他喜歡念念叨叨，而且他的智商低，說話說得不清，沒有規律，因此說話不斷地重複，也是配合他的人物特徵。加上親眼目見夢遊傳染、死傷無數，連祈求神明保佑也掩蓋不住內心的驚慌失措，所以語言重複，也讓人物形象更鮮明。

二、夢的語言：意象為主

　　第二章談及夢的特徵時提及「夢以意象進行思維」。[49]《普林斯頓詩歌與詩學百科全書》(*The Princeton Encyclopedia of Poetry and Poetics*) 對意象的定義是：

47　閻連科：《日熄》，頁 28。
48　同上，頁 152。
49　弗洛伊德：《釋夢》，頁 46。

一首詩歌的意象，各式各樣地，是一個隱喻、明喻、或是比喻、借喻；一個具象的言語關涉；一個經常出現的母題，一個在讀者心中的心理事件；一個隱喻的媒介或喻意，一個象徵或象徵的類型；或是作為一個統一的結構，一首詩的總括印象。[50]

《丁莊夢》中講及熱病、血和死亡時，爺爺夢中呈現的是：

> 他先前去過的渦城縣和東京城裏邊，地下的管道和蛛網一模樣，每根管道裏都是流着血。那些沒有接好的管道縫，還有管道的轉彎處，血如水樣噴出來，朝着半空濺，如落着殷紅的雨，血腥氣紅艷艷地嗆鼻子。而在平原上，爺爺看見井裏、河裏的水，都紅艷艷、腥烈烈的成血了。[51]

由於描寫夢的情形，用的語言不必如清醒時那樣把所有看見的都說出來，而是透過意象：把血比喻成水；血管借喻為地下管道。讀者都知道管道是血管的代替，因為兩者都是管狀物體，屬於讀者的已有知識。這個夢象徵渦城縣和東京城的人都因賣血染上熱病，最後吐血而死，血流成河。

《丁莊夢》中提及丁莊的人死去都是用樹葉和燈作意象：「和樹葉飄落一樣死掉了，燈滅一樣不在世上了。」[52]整部小說不

50　中譯摘自周慶華等著：《新詩寫作》（台東：國立台東大學，2009年），頁 45-46。原文可參考：Alex Preminger and T. V. F. Brogan, eds., *The New Princeton Encyclopedia of Poetry and Poetics* (Princeton: Princeton University Press, 1993), s.v. "Image," by W. J. T. Mitchell.

51　閻連科：《丁莊夢》，頁 7。

52　同註 51，頁 8。

斷重複使用這個意象。

　　以夢作為結構，可用夢的語言、意象表達現實發生的事，擴寬語言的聯想空間。如以地上的管道為意象，把人、縣城、血、血管聯繫在一起。語言的意味更濃厚：用人血換取回來的地下管道是繁榮的象徵，因沒有接好而血水四濺，就正如村民賣血換來金錢，卻因此染上熱病，最終吐血而死。語言的層次更豐富：除了有意象本來的意思外，還有一層意象呈現的美感。

　　《日熄》以夢遊為結構，以描寫夢遊的行為為主，而不是夢中的景象，所以不像《丁莊夢》那樣明顯用比喻、隱喻、借喻等意象描繪夢中的內容。

三、夢的語言：黑體字

　　《丁莊夢》的語言令人深刻之處是有不少的黑體字，閻連科說：

> **小說裏邊有一部分是黑體字，你會發現亦真亦幻，是真正的夢境或者白日之夢。**[53]

　　可以用黑體字表示夢境或白日夢是語言的特別之處，即使作者交代得不清楚，或過場過得不流暢，讀者也能靠黑體字這線索得知何時是夢，何時是小說中的現實。

53　閻連科、張學昕：《我的現實　我的主義》，頁 93。

第四章　結語

　　本文以夢為小說結構為切入點，比較《丁莊夢》與《日熄》這兩部小說。在情節方面，以夢為結構的《丁莊夢》比起一般小說多了顯示人物潛意識的第三空間。與《丁莊夢》相比，《日熄》除了有第三空間的夢表達人物內心潛意識空間外，還有第四空間的夢遊把潛意識帶到第一空間，在故事的現實中呈現出來，也構成了不同人物之間的關係。在情節方面比較，《日熄》的層次較《丁莊夢》豐富。

　　在時間方面，《日熄》的時間線較《丁莊夢》明顯清晰，時間成為故事結構的一部分，帶動故事情節發展。而《丁莊夢》的時間不明顯，只能分夢與醒的時間。

　　在人物方面，兩書各有特色。以夢為結構的《丁莊夢》成功塑造「活靈活現」的丁水陽，看見他在小說現實生活空間、想像空間、潛意識隱藏的面貌。《日熄》以夢遊為結構派生出不同的人物關係，寫出夢遊者與清醒者之間的抵觸和矛盾。

　　最後在語言方面，《丁莊夢》以重複、意象為主的語言特色讓讀者感受夢的語言藝術，而《日熄》沒有採取特別的意象，主要以樸實的語言交代夢遊期間發生的事件。

　　《日熄》和《丁莊夢》均以夢為結構，本文以此為切入點，比較《丁莊夢》與《日熄》在情節、時間、人物以及語言的分別。剖析後發現兩部小說方方面面皆有夢的蹤跡，彷彿夢才是主角。小說、結構和夢之間是否一定有主次之分？如何釐清三者之間的關係？

　　那麼，值得思考的是：究竟是以夢結構小說，還是以小說

結構夢呢？

林燕萍，香港浸會大學中國語言文學系畢業生。

從《受活》到《日熄》
——再談閻連科的神實主義

孫郁

　　米蘭・昆德拉在《小說的藝術》一書中引用奧地利小說家赫爾曼・布洛赫的觀點說：「發現惟有小說才能發現的東西，乃是小說的惟一的存在的理由。」[1] 證之於他的作品，不能不說是經驗之談。這位捷克的小說家在書中一再提及卡夫卡的作品，其實是在印證自己的這個感受。卡夫卡的作品流佈的時候，批評家對於其文本的新奇是有過各類評語的，其中主要的是對於其審美結構的驚異。因為他發現了人類遺忘的精神一角。通過卡夫卡，人們猛然意識到自己的無知，這種逆俗的表達在西方文壇的震動，不亞於尼采當年在文壇的出現。對於小說家而言，沒有甚麼比對陌生化體驗的昭示更為重要的了。

　　那些小說家的敏感是刺激批評家思想流動的緣由之一。在中國，批評家很少推動一種思潮的湧動，因為他們對於生命的體察往往後於作家的世界。即以八十年代的文學為例，尋根文學、先鋒小說，都是作家們苦苦摸索的產物。而對有些作品的出現，批評家有時無法找到一個確切的概念與之對應。倒是作家們在自

1　米蘭・昆德拉著，董強譯：《小說的藝術》（上海：上海譯文出版社，2013年），頁6。

己的表達裏，托出己見，一時被廣為傳送。汪曾祺、張承志、韓少功的文學批評，對於審美的豐富性的表達都非那時候的批評家的文本可以比肩。

不滿於流行的文學模式，希望從精神的流亡裏走出思想的暗區，乃幾代人的努力。王朔、余華、莫言當年的選擇，都與掙脫自己的苦楚有關。他們覺得在茅盾式的寫作中，自己的生命是窒息的，那原因也就是小說簡化了對生命的讀解，「存在最終落入遺忘之中」。[2] 2011 年，當閻連科在《發現小說》裏談到「神實主義」的時候，其實也就是對這種遺忘的一次反抗。那時候的批評家對於閻連科的回應者寥寥，多以為是一個難以成立的概念。我自己的第一個反應也是猶豫的，因為內心還沒有相應的理論準備。一個作家自造的概念，能否被批評界承認，的確是個問題。就一般的審美理念而言，閻連科的思想與常人岔開，談論的是我們邏輯裏鮮為涉及的存在。他背後積疊的隱含，我們似乎未能察覺。而那種試圖從根本上顛覆我們話語邏輯的方式，也是溢出一般人的思維框架的。這些，與昆德拉的感觸極為接近。

有趣味的是，後來在人民大學、復旦大學、台北師範大學、杜克大學的研討會上，人們漸漸接受了神實主義的概念。閻連科努力勾勒的審美範式，以其作品的幽深而打動了讀者。人們從其作品裏才真正理解了思想深處的獨思，而那些作品都以脫俗之氣註釋了「神實主義」的要義。

2　米蘭 · 昆德拉指出：「人類處於一個真正的簡化的漩渦中，其中，胡塞爾所說的『生活世界』徹底地黯淡了，存在最終落入遺忘之中。」昆德拉：《小說的藝術》，頁 23。

閻連科所反覆闡釋的神實主義，是對二十世紀文學經驗的一個心得，卡夫卡、魯迅、馬爾克斯的寫作使人意識到人的內在宇宙的無限深遠。神實主義乃「探求一種『不存在』的真實，看不見的真實，被真實遮掩的真實」。[3] 這是與五四初期以來倡導的寫實主義文學完全不同的概念，與八十年代誕生的先鋒寫作亦有區別。與諸位先鋒派作家不同的是，閻連科是從更為幽深的生命體驗裏開始考慮自己寫作的轉向。先鋒體驗可能過多留在形式主義的層面，精神的形而上的表述還十分薄弱。閻連科更看重對於精神深處的盲區的打量。不過他與先鋒派寫作的相同點是，都認為寫實主義的概念，可能無法生出新的藝術，這正像徐悲鴻的理念遮掩了繪畫的靈動的視覺，茅盾為代表的寫實的理念，壓抑的就是文學的另一種表述的空間的生成。八十年代的傷痕文學、改革文學所以轉瞬即逝，是因為敍述邏輯還在舊有的邏輯上。閻連科很早就意識到其間的一些問題。《受活》問世的時候，他就這樣寫道：

> 自魯迅以後，自五四以後，現實主義已經在小說中被改變了它原有的方向與性質，就像我們把貞潔烈女改造成了嫻淑雅靜的妓女一樣，使她總向我們奉獻着貞潔烈女所沒有的艷麗而甜美的微笑。仔細去想，我們不能不感到一種內心的深疼，不能不體察到，那些在現實主義大旗下蜂擁而至的作品，都是甚麼樣子的紙張：虛誇、張狂、淺浮、庸俗，概念而且教條。[4]

3　閻連科：《發現小說》（天津：南開大學出版社，2011 年），頁 181。
4　閻連科：《受活》（瀋陽：春風文藝出版社，2003 年），頁 297。

　　我們對比茅盾的《夜讀偶記》裏對於寫實文學的原教旨化的表述，看得出閻連科行走之遠。與陳忠實、路遙這類作家不同的是，〔閻連科〕要尋找的是一條另類的路。他覺得以自己的生命感受而言，茅盾的傳統無法使自己達到精神的彼岸。當批評界將茅盾式的選擇當成重要的不可錯的參照時，他〔卻〕以為這樣會剝奪了屬於每個有個性的人的想像空間。

　　當他勇敢地告別那條路徑的時候，背後的自我批判的元素清晰可辨。這期間可能遺漏了寫實主義的要義，寫實不是不可以擁有自己的成就，問題是精神的寫實還是行為的簡單化寫實。路遙就散發了寫實主義應該有的溫度，冷卻的文字被燃燒了起來。而莫言、閻連科則尋找着更適合自己的路徑，那就是從主體世界開掘被遺忘的美質。就閻連科而言，在《日光流年》裏已經看到了對於流行的寫實主義的偏離。在他之前關於鄉村的小說多是蘇聯文學理念的一種變形的表達。《山鄉巨變》、《暴風驟雨》、《創業史》、《艷陽天》都是先驗性的一種書寫。九十年代初期，《白鹿原》的問世，就從《創業史》的路途裏解放出來，但依然能夠看到茅盾式的史詩意識。閻連科在這裏看到了本質主義的模式的怪影，他覺得那樣的寫作還不能把人們帶進心靈最為寬廣的所在。因為人的心靈的豐富性話題，多少被壓抑下來。

　　如何避免寫實文學裏的僵硬的話語，閻連科的目光投射到內心的經驗中，《受活》的寫作，以變形的方式，將寓言體和寫實體交織在一起，形成了一幅不同於以往的畫卷。這些在中國舊小說中很難見到，許多意象的組合顯然受到了現代西方小說的暗示。他的作品以滑稽、荒唐的筆法，完成了一部悲劇的寫作。我們在扭曲的時空裏看到了存在的本然之所。按照一般寫實主

義的理念，小說的故事不能成立，一群貧窮的鄉下人要把列寧遺體購置到山裏，建立紀念堂，不過一種臆造。而殘疾村落和殘疾團的演出和日常生活，在民間的村落裏極為偶然，是幾乎難以出現的現象。但我們閱讀它的時候，接受那種荒誕的故事，且被其曲折的情節蕩出的情感吸引，在極端的感受裏甚至流出自己的淚水。小說的抽象化的景色和立體化的概念，顯出他對於傳統小說寫作背叛的程度。

這種寫作在後來的《風雅頌》、《丁莊夢》、《四書》、《炸裂志》、《日熄》裏都有展示，且越行越遠。他在一種變異的節奏裏，彈奏出魔幻般的舞曲。這裏他遇到了幾個難題。一是我們固有的資源沒有類似的模式，可借鑒者不多，我們的神話與志怪傳統很弱，尚無豐厚的土壤。二是在面對記憶的時候，如何跨越話語的禁忌，又穿越這些暗區，白話文提供的經驗十分有限。三是將卡夫卡、陀思妥耶夫斯基的意象引入作品的時候，怎樣避免余華式的翻譯體的問題。這裏能夠給予其參照的，或許只有魯迅。

《受活》的文本是反寫實主義的一次大膽嘗試，他充分調動了自己的內覺，從鄉村社會尋找到自己的話語結構。他在故土的元素裏找到了一種對抗流行色的底色，給我們視覺以不小的驚異。《風雅頌》面對的則是知識分子的話題，在反雅化的路上走得很遠。到了《四書》那裏，一切都變了。他延伸了魯迅《野草》的氛圍，向着絕望突圍的熱浪覆蓋了天地，那是一次勇猛的進擊，乃精神的絕唱。在這兩部作品裏，不可能變為了可能，閻連科發現了屬於內心的那個神秘的一隅。他駐足於黑暗之地，咀嚼着其間的苦味，且把古老的幽魂喚出，讓它們散在日光之下。

我們彷彿隨着作者在夢中起舞，有時沉潛在無名的黑暗中。那些久眠的、無聲的心之音一點點發散出來，扭動着我們的麻木的神經。在其劇烈的衝撞裏，隱蔽的暗河開始在人們面前汩汩流過。

　　在這樣嘗試的過程，閻連科不是討好於讀者，而是冒犯着每個與其文字相遇的人們，以難堪的和梟鳴般的顫音，攪動了世間的寧靜。他善於調動逆行的思維覺態，在窒息的環境裏點起微弱的燈火。那些被遮掩的感覺和詩意一次次走向我們。死亡和寂滅，在岩漿般的光照裏被聚焦着，從我們的眼前晃來晃去。在這裏，精神遼遠的星光開始與我們蠕活的靈魂交流，那些被塗飾的存在和埋葬的冤魂，與讀者有了對話的機會。我們的作者用了多種元素把不可能的表達變成一種可能。而這時候，寫實小説所沒有的審美效果就真的出現了。

　　在某種意義上説，閻連科的氣質有着卡夫卡、魯迅式的內在的緊張和灰暗。他絲毫沒有儒家意識裏纏綿、中庸的元素，也沒有莊子那樣的逍遙。他的文字乃魯迅式的苦楚和悲涼，既不遁跡於過去，尋甚麼飄渺之夢，也非寄意未來，夢幻着烏托邦之影。他是面對現實的冷靜的思考者。而且把現實背後的歷史之影一點點找出，曬在日光之下。《丁莊夢》、《炸裂志》的問世，都可以看出他的情懷。但這些現實性極強的作品，卻以另類的方式呈現着，較之余華《第七日》的現實透視，閻連科卻給了我們超視覺和超聽覺的陌生的感受，且於此完成了一次寓言的書寫。

　　神實主義的最大可能是在顛倒的邏輯裏展開審美之途，那些概念是以感性的心靈律動寫就的。《受活》、《四書》都有一些符號化的東西，但他被一種無形的感性之潮裹動，幾乎沒有先入為主的呆板。茅盾的小説是希望從人際關係和人物命運告訴我們

世界是甚麼，而閻連科則在簡化的情節的無序的感覺流動裏告訴我們世界不是甚麼。他甚至以極端化的死亡體驗將烏托邦之神拉下神位。那些被凝固化的思想既不能再現生活，也無法再造生活。在閻連科看來，「再造是根本的，再現是膚淺的；再造是堅實的，再現是鬆散的；再造是在心靈中扎根，再現是在騰起的塵土中開花」。[5] 這種看法是對於五四寫實主義的一次揚棄。因為在寫實主義者那裏，他們自認對於世界已經了然於心，是生活本質的表述者，或者説在為存在代言。但是在卡夫卡那裏，人無法認清世界的本原，人所表達的只是自己心靈裏的那個東西。這倒像契訶夫所説的，「寫東西的人——尤其是藝術家，應該像蘇格拉底和伏爾泰所説的那樣，老老實實地表明：世事一無可知。」[6] 閻連科在審美的深處，和這些思想的異端者有着諸多的共鳴。他筆下的人物，有時都在沒有出路的選擇裏，那些全能的感知世界的視角，都在此受到了遏制。

　　從世俗觀點看閻連科的作品，荒誕感和不適感的出現是顯然的。他承認自己對於世界的茫然，那些古老的知識和域外文明裏有趣的存在，自己了解得有限。面對魯迅的遺產，就發出過諸多的感嘆。魯迅之外的中國白話文學讓其心動的不多，他知道那些流行的思想，與自己的體驗和感知世界的樣子迥異，精神的遼闊之野流轉的風雲自己尚可捕捉一二，而陀思妥耶夫斯基和卡夫

5　閻連科：《寫作最難是糊塗》（北京：中國人民大學出版社，2013年），頁 6。

6　張大春討論契訶夫超越托爾斯泰的時候，對於此語有詳細的心得。參見張大春：《小説稗類》（桂林：廣西師範大學出版社，2010年），頁 71。

卡的寫作，就是對於自己內心的一種忠誠。文學不是社會學的複製和呼應，而是一種感性的表述的延伸，他思考着我們未曾注意和打量的存在，而那存在恰在我們自身的命運裏。閻連科從底層的命運和外在的話語世界裏，發現了自己的基點何在，而寫作，不是對存在的確切性的定位，而是一種對存在的無法證明的證明。

　　當專心於《炸裂志》寫作的時候，我們的作者遇到了難題。他在幻化的場景裏，其實想求證一些甚麼。這種意圖其實與神實主義的理念有許多衝突。不過作者試圖以特別的方式消解了其間的冰點。我在閱讀此書時，感興趣的是對於欲望的描述所體現的一種智性。他從極端化的人生中看到人性裏的灰暗與險惡的成分，那些恰恰是魯迅批判意識的再現，而閻連科將其進一步深化了。這部作品可以說是《受活》的姊妹篇，但更具有精神的爆發力。想像的奇崛和感受的豐盈，已經扭裂了詞語的格式，世間不可思議的人物與事件，在魔幻裏呈現出異樣的色彩。不過，他與卡夫卡不同的是，隱含的主旨過於明顯，反倒把審美的縱深感減弱了。但是，我們還是從中得到一種閱讀的快慰。作家以自己奇異的方式面對自己的記憶的時候，他告訴我們人如何在希望的拓展裏開始埋葬舊我。

　　在閻連科作品裏，確切化的表達是被一點點遺棄的，他不相信生命被格式化的時候會有真意的到來。倒是在恍惚與不可思議的怪影裏，精神光亮會慢慢降臨。他一直沉浸在對於宿命的描述裏，人無法成為自己的主人，他們尋覓幸福的時候，得到的是苦難。《日光流年》裏的人不能活過四十歲，《受活》的柳縣長為殘疾之鄉忙碌的結果是自己也變為一名殘疾之人。《四書》裏的

孩子自己領導了一場荒誕的革命，最後死於自己的魔咒裏。《日熄》裏的夢遊者，把虛幻變成真實，真實變為虛幻，小說裏的荒冷之氣和蒙昧之音繚繞，醒之昏暗與夢之清晰陷人於絕望之澤。閻連科看到人類無法擺脫的悲劇，存在者不知道自己的路途何在，夢與現實孰真孰偽均在朦朧之中。這是一曲宿命般的歌詠，閻連科以自己的探索，終止了偽善的文學意識在自己的文本中的延伸。

從《受活》到《日熄》，閻連科拓展了小說的隱喻性的空間。《日熄》的寫作延伸了魯迅的〈狂人日記〉的韻致，在顛倒式的陳述裏，人吃人、人被吃的主題再次出現。而作品又增添了流民式的破壞的意象，魯迅關於暴民的描述也被我們的作家以感性的方式還原出來。存在被賦予怪誕之意時，詞語也開始在反本質主義的方式中湧現：「世界是在夜裏睡着，可卻正朝醒着樣的夢遊深處走」，「我也和做夢一樣腦子糊塗清楚清楚糊塗就來了」。類似的表達俯拾皆是，這種無修飾的修飾，無確切的確切，對於作家而言也是一種語言的掙扎。

在《受活》和《日熄》裏都有許多古怪的句子，這些來自故鄉的記憶，也有自己的硬造。但一切都那麼自然地流淌出來。作品的段落常常沒有主語，而名詞的動詞化，概念的詩化都翩然而至。正像魯迅貢獻出無數非文章的文章，閻連科給世人以無數非小說的小說。魯迅的文章是從舊的詞章過渡到新的白話語體裏的，他顛覆了常規的義理與邏輯，尋出人性的極致的表達。而閻連科的寫作，盡可能尋找的也恰是這樣的存在。《受活》、《日熄》其實是以鄉村話語，改造書面語的嘗試，在歌謠般的恢弘的詠歎裏，再次印證着神實主義的可能，即以我們陌生的、非小說的方

式完成小說的使命。

中國古代小說有志怪的傳統，到了蒲松齡那裏，人與鬼怪的同時游動，黑夜與白晝的同出同進，舒展的是一幅怪異的畫卷。至於《紅樓夢》裏的真假之變，虛實之形，都是小說史上的變調。文學的達成是一種沒有結論的幻覺，我們壓抑和消失的靈思只有在這種非邏輯的敍述裏才有可能被召喚出來。張大春在《小說稗類》裏多次禮讚那些不拘一格的寫作天才，對於魯迅、卡夫卡的選擇充滿敬意，這一點與閻連科的理念頗為接近。在《發現小說》裏，閻連科一再強調歷險式的寫作對於精神的重要性，因為在日常生活裏，流行的語言不可能發現存在的隱秘，或者那種既成的詞語已經鏽在經驗的紋理裏。人類常常在語言的囚牢裏封閉自己的思維，小說家與詩人是將人們從凝固的時空裏解放出來的使者。他們點燃了認知黑暗洞穴的火光，使隱秘的存在露出了形影。而當他們照亮了存在的暗區的時候，世俗社會的不適與驚異，都落在嘈雜的言語裏。閻連科在中國文壇有時受到漠視，都與此有關。

閻連科遭遇的漠視，來自傳統的慣性是無疑的。但他的作品是一種向着未來和無知的盲區的挺進，每一次突圍都遠離了舊的欣賞的習慣，在寓言般的圖畫裏，告訴我們精神裏被漠視的領地的隱含。每個人都可以用自己的思維，接近那些冷卻的部分。只有關注我們認知世界裏的這些盲區，作家的意義方能夠得以突顯。在〈我的理想僅僅是想寫出一篇我以為好的小說來〉中，他強調的是「我以為」這個很主觀的意念。他寫道：

　　　在卡夫卡的寫作中，是卡夫卡最個人的「我以為」拯

救了卡夫卡，開啟了新的作家最本我的我以為。

　　卡繆的寫作，與其說是「存在主義」的哲學的文學，倒不如說是卡繆文學的「我以為」，成就和建立了卡繆最獨特、本我的「我以為」。

　　伍爾芙、貝克特、普魯斯特和福克納，還有以後美國文學上世紀黃金期中「黑色幽默」和「垮掉派」，再後來拉美文學中的波赫士〔編按：博爾赫斯〕、馬奎斯、尤薩和卡彭鐵爾等，他們的偉大之處，都是在文學中最全面、最大限度地表現了作家本人的「我以為」。

　　整個二十世紀文學，幾乎就是作家本人「我以為」的展台和櫥櫃。是一個「我以為」的百寶箱。[7]

從他的上述言詞裏可以感到，他對文學史有着另外一種理解。這是只逆行於世的人才有的感受。「我以為」其實是一種主觀的命題，主題無限性的開掘，恰是小說家不能不面對的使命。這種使命來自人們對於存在的有限性的思考，擺脫有限，在小說家是一種責任。文學的魅力在於從不可能的過程中誕生了可能性。而人的自我認知能力也恰恰是於此中得以生長。

中年以後的閻連科感到了無所不在的幽暗，他擺脫這種幽暗的辦法之一是進入這幽暗的內部，自己也變成神秘精神的一部分，在體味恐懼、死滅的時候，看到存在的另一面。那些隱藏在

7　閻連科：《沉默與喘息——我所經歷的中國和文學》（新北：印刻文學，2014 年），頁 227。

詞語背後的人間苦樂，在他那裏具有了一種審美的力量。作者有意刺激自我，甚至不顧讀者的感受。用了極刑般的方式，敲打着我們脆弱的神經，將死亡之影裏的靈魂拽出，使讀者看到了人性的反面。他的所有的精彩的精神暗語都是在恐懼的鏡頭裏實現的。恐懼之門張開，諸多暗影襲來。他快意於這種驚恐裏的表達，在逃離不掉的灰暗裏，人間的本色方能一一彰顯。

　　同樣是欣賞卡夫卡，各國作家的着眼點頗不相通。格非在考察域外作家接受卡夫卡的時候，思維的重點頗多差異。他發現：「奧茨曾把卡夫卡稱為『真正的聖徒』。這一評價不管是否妥當，至少產生了一個副作用，它所突出的是卡夫卡的內心世界的痛苦，受制於憂鬱症的文化視野、內在的緊張感，他對於終極問題（比如罪與寬恕）的思考，對存在的關注，甚至對未來的預言。我們慷慨地將『天才』這一桂冠加在他身上，往往就將他藝術上的獨創性和匠心忽略或勾銷了。」[8] 格非看到了卡夫卡的敍述方式的奇異之處，這些和他自己的興趣大有關係。我們看《望春風》對於生活的理解，迷宮般的存在可能含有卡夫卡的元素，但他對於罪惡和黑暗的體味是節制的。而閻連科則在黑暗裏走得很遠，完全沒有格非那樣的溫情。我們對比《望春風》和《日熄》，看得出中國作家在小說形式與意味間做出選擇時的巨大差異。當格非以無法找到答案的方式處理鄉村經驗的時候，我們看到的是無邊的憂鬱和感傷。《望春風》的感人之處其實就是從難以解析的困惑裏尋找保存溫情的方式。小說結尾的烏托邦意味，乃中國舊體詩詞裏動人傳統的外化。這符合格非對於優秀小說理解的

8　　格非：《博爾赫斯的面孔》（南京：譯林出版社，2014），頁236。

邏輯。但是閻連科卻發現了另一個卡夫卡，他覺得《變形記》、《城堡》帶來的暗示不是對於溫情的保存，而恰恰是反烏托邦的突圍，美在於對黑暗的顛倒，以及承受苦難的能力。他從《受活》、《四書》、《日熄》裏，向我們昭示的就是這種無路可走的人間苦運。他的抵抗苦運時散發出的勇氣擁有了一種美的能量，這些既來自卡夫卡的啟示，也有魯迅、陀思妥耶夫斯基式的遺緒。

　　與許多小說家比，閻連科不是以文人的方式面對存在的，而是從自己的黑暗體驗裏昭示生命的明暗之旅。他幾乎沒有染上一點士大夫的傳統，中國作家吸引他的除了魯迅之外，主要是鄉村歌謠的意味。《受活》對於方言的運用得心應手，且獲得了新意，《日熄》以孩子之口轉述夢遊的故事，則有土地裏的野氣。兩部小說的結尾都驚心動魄，前者彷彿是遠古初民的遷徙、尋夢之旅，那是六朝的志怪所沒有的奇異之筆，後者乃創世式的偉岸與恢弘，在混沌未開之際，末日般的世界忽然得以神光的照耀。在失憶的民族和殘疾的社會裏，閻連科以夸父逐日般的神勇，穿越無邊的寂寥的曠野，從生命的燃燒裏，催促精神的日出。這顯示了魯迅〈補天〉般的原始的生命之力，苦難裏的搏擊所閃爍的熱流，恰恰照亮了灰暗的存在。閻連科在無路之途留下了血跡，這些血色裏的文字告訴世人，「智慧謊騙不了靈魂」[9]。靈魂給予的力量具有跨越死亡暗溝的可能。

　　無疑的是，閻連科是我們這個時代最有想像力的作家之一，他的神實主義具有強烈的原創性，「讀者不再能從故事中看

9　尼采在《蘇魯支語錄》裏說：「人是難於發現的，更難的是發現自己：智慧時常謊騙了靈魂。」參見尼采著，徐梵澄譯：《蘇魯支語錄》（北京：商務印書館，2002 年），頁 194。

到或經歷日常的生活邏輯,而是只可以用心靈感知和精神意會這
種新的內在的邏輯存在;不再能去用手腳捕捉和觸摸那種故事的
因果,更不能去行為的經歷和實驗,而只能去精神的參與和智
慧的填補」。[10] 多年來,他的寫作一直在這條道路上。荒誕、幽
默、魔幻與聖經般的神啟,從其文字間款款而來。所有的作品幾
乎都顯示了精神的縱深感,在苦楚的盡頭開始回望存在的要義。
他不像莫言那樣在精神的寬度和力量感上增進審美的亮度,也非
賈平凹從士大夫的遺產裏走進現代性的場域。閻連科描述的是我
們失憶的民族心頭痛感的歷史,遠離着所有的逃逸的靈魂,指示
着我們話語的空虛。他用了反邏輯化的詞語和自製的格式,抑制
了我們的語言慣性。恰如戴維·龐特在《鬼怪批評》裏談到探索
性的作家的意義時所說:「像陌生人一樣,像自我內部『異己實
體』一樣,像口技表演者一樣,質疑我們説出的詞語的可靠性,
哪怕當我們在說的時候,都提醒我們,『我們的』詞語始終都同
時是他人詞語的殘餘和蹤跡。」[11] 而神實主義之於今天的文壇,
其價值恐怕也在這裏。

原文刊於《當代作家評論》,2017 年第 2 期,頁 5-11。

孫郁,曾任北京魯迅博物館館長、《北京日報》文藝週刊主編,現為中國
人民大學文學院院長、《魯迅研究月刊》主編。主要著作有《百年苦夢》、
《周作人和他的苦雨齋》、《寫作的叛徒》、《革命時代的士大夫—汪曾祺閒
錄》等。

10　閻連科:《發現小説》,頁 207。
11　轉引自閻嘉:《文學理論精粹讀本》(北京:中國人民大學出版社,
　　 2006 年),頁 154。

荒誕、神實、救贖
——讀閻連科的《日熄》

陳穎

閻連科的長篇小說《日熄》於 2015 年由台灣麥田出版社出版，2016 年獲得第六屆「紅樓夢獎」首獎。小說以伏牛山脈的皋田小鎮為背景，敍述者是一位叫李念念的十四歲智障男孩，時間為某年農曆 6 月 6 日的短短一夜。故事講述了在那一夜全鎮的人紛紛夢遊，在夢境裏燒殺搶掠，欲望橫流，無惡不作，全鎮陷入無序狀態。只有開冥貨店的念念一家時夢時醒，念念他爹李天保一直在試圖喚醒其他夢遊的人。到了該天亮的時候，太陽沒有出來，夢遊的人也就一直醒不過來。最後李天保用一種奇特的方式，以自己的血肉之軀製造了一個太陽，終於結束了這場噩夢。

作者的不少作品，例如《日光流年》、《受活》、《丁莊夢》、《四書》、《炸裂志》等等，都在不同程度上作文本實驗，告別了五四以來的「茅盾式」現實主義，在形式、內容上都摻進了非現實甚或荒誕的元素。[1]《日熄》的故事更是完全建構於一場集體夢

---

1 孫郁在其〈從《受活》到《日熄》——再談閻連科的神實主義〉一文中屢次以茅盾式的現實主義書寫方法對照閻連科的「神實主義」創作。此文見《當代作家評論》，2017 年第 2 期，頁 5-11；收入本評論集。

遊之中，顛覆了傳統意義上的現實。首先，小說的第一人稱敍述
者念念智力不健全，人稱「傻娃」，從他嘴裏講出來的故事可靠
程度令人懷疑。另外，書的結構也疑幻疑真，為故事抹上了一筆
不確切的色彩。除了前言和尾聲無時間説明以外，全書十一卷
均以時間標示，時間段先用五更劃分，然後在每一更裏再細分出
從幾點幾分到幾點幾分發生的事情，具體時間以二十四小時制標
出。傳統上的五更應從晚上十九時到第二天清晨五時，每兩小時
為一更。換言之，第一更應該是十九時至二十一時，但小說中
的第一更卻從十七時開始。此外，小說五更結束的時間向後推
延了十五分鐘，至五時十五分才結束。之後作者又加了一卷「更
後」，從五時十分開始，與他的五更結束時間有五分鐘的重疊。
最有趣的是時間到了六時，正常情況下應該是接近天亮的時候，
作者又加了一卷「無更」，時間在這裏停頓了。卷十「無更」與卷
十一「升騰」的前三節整整四十頁，時間都停留在六時，白天拒
絕到臨，黎明前的黑暗無限延續：「——好像白天死了不會再亮
了。……這一日日頭死了時間死了白天跟着也死去了。」[2] 雖然
時間分段精確到以分鐘計算，但是上述的混亂卻宛如在精確中屢
屢出現誤差，頓時使讀者對這個精確度也產生了懷疑。作者一
方面同時使用古代的更與現代的二十四小時計時方式，更把在夢
遊裏打砸搶行為比擬成古代的農民起義，卻又故意犯下時代錯
誤，把明末的李自成和清朝的太平天國混為一談，並讓這些暴民
頭纏黃布，誘導讀者聯想到時代更為久遠的東漢末年的黃巾軍。
如此一來，貌似精準的故事時間實際上給讀者造成了一種模糊錯

2　閻連科：《日熄》（台北：麥田出版，2015 年），頁 254。

亂的時空感。另一方面,如此改變五更的起訖時間,等於人為地
延長了黑夜,增加了故事的不真實感與幽暗感。

　　二十世紀八十年代崛起的先鋒作家有一個特別的現象,就
是作品中競相出現各種殘酷、陰暗、齷齪的極端描寫,例如莫言
《紅高粱家族》裏羅漢大爺被日本人活剝人皮,余華〈一九八六
年〉裏在文革中失蹤的中學歷史教師再次出現後對自己施行各
種古代刑法,蘇童〈舒農〉裏在河面上漂浮的避孕套與燒焦的貓
屍,劉恆《蒼河白日夢》裏曹家老爺為養生延壽吃女人的經血,
最後發展到吃糞便等等,不一而足,以至於海外文學批評界出現
了「殘酷現實主義」、「骯髒現實主義」的說法。這種寫法無疑是
對革命年代「高大全」式光輝文學的逆動,對於當時習慣了玫瑰
園假象的讀者來說,此種前所未有的閱讀經驗極具衝擊力,挑戰
着他們心理承受能力的底線。類似的寫作手法在閻連科今天的作
品裏依然存在,甚至有過之並荒誕化了。例如,2013 年出版的
《炸裂志》裏,村長孔明亮用金錢獎勵村民向仇家朱慶方吐痰:
「咳痰呸吐的聲音在黃昏如是雷陣雨,轉眼間,朱慶方的頭上、
臉上、身上就滿是青白灰黃的痰液了。肩頭上掛的痰液如簾狀瀑
布的水,直到所有村人的喉嚨都乾了,再也吐不出一滴痰液來,
朱慶方還蹲在痰液中間一動不動着。像用痰液凝塑的一尊像。
……朱慶方被痰液嗆死了。」[3]

　　如果《炸裂志》裏的痰液雕像已經超出了讀者的想像力,
在感官上引起極大的不安,《日熄》裏出現的屍油則更是達到了
無所不用其極的地步。李天保開火葬場的妻哥把焚燒屍體時產

3　閻連科:《炸裂志》(上海:上海文藝出版社,2013 年),頁 25。

生的人油收集起來，以三百元一桶的價格賣出去：「賣洛陽。賣
鄭州。所有的城市工廠都要這種油。做肥皂。做橡膠。提煉潤
滑油。這是天好地好的工業油。說不定當作人的食用也是上好
哪。」[4] 後來李天保用同樣價錢把屍油買了下來，但沒有說明作
何用途。這使讀者聯想起若干年前在中國社會上就曾經有過類
似的傳聞，市面上某牌子的方便麵，還有某種香水都使用了屍
油，後來此一傳言已經證實為謠言。專家指出，人體焚化時油
脂會迅速燃盡，不可能收集儲存。[5] 閻連科本人也知道這個常
識。[6] 然而，他在故事裏不但寫了如何把屍油收集裝桶，如何把
一桶一桶的屍油運往山洞裏藏起來，結尾處更是異想天開地把
所有屍油推出來倒進東方山頂的天坑裏，試圖點燃屍油製造太
陽：「大麥場似的天坑裏，油有大腿深。也許能埋過大腿到了腰
那兒。平整黏稠的油面發出黑光發出一片刺鼻的味。彎腰看時
能從那油面上看見一片一片魚鱗似的光。……——可以點火啦日
頭就要出來啦。」[7] 大概在不少讀者的認知經驗裏，會有「萬人坑」
的記憶——多指日軍侵華大屠殺後就地處理屍體的場地，例如
南京大屠殺萬人坑遺址。數以萬計的屍骨混埋在同一個大坑裏，
無疑是令人毛骨悚然的事實存在，而閻連科的「人油坑」則完全
在讀者的認知經驗範圍以外，是作者豐富想像力的結果，也是全

4　閻連科：《日熄》，頁 72。

5　〈東莞殯儀館：屍油流入食用油市場？這不科學！〉，《前沿科
技》，2015 年 4 月 7 日。下載自大粵網，2018 年 5 月 29 日。網
址：http://gd.qq.com/a/20150407/017386.htm。

6　筆者 2018 年 3 月與閻連科在美國洛杉磯見面時，閻連科向筆者證
實了屍油不可能儲存的情況。

7　閻連科：《日熄》，頁 297-298。

書荒誕的頂峰所在，「毛骨悚然」幾個字已經不夠用了。大腿深甚至齊腰深的人油湖，豈是萬具屍骨可以煉成的？固有經驗會使讀者把「平整」、「一片一片魚鱗似的光」這樣的字眼與美麗的湖水聯繫起來，然而這卻是一片黏稠的、發出黑光和刺鼻味道的人油湖。文字帶來的觸覺、視覺以及嗅覺效果，遠非文字可以形容。最後，與本書作者同名而身分同為作家的小說人物閻連科提醒李天保，點燃油坑只能製造出一片光亮的效果，並不足以亂太陽之真。只有想辦法讓油燒成一個球形才像太陽。於是，李天保決定把自己浸透了人油的肉身當成燭芯，站在油坑高處引火燒身，遠處的人們看見的就是太陽一樣的火球了。最後，天亮了，太陽出來了，皋田鎮醒了，一場荒誕的夢遊就此結束，生活回復正常。

　　閻連科把此種具有卡夫卡特色的荒誕風格命名為「神實主義」。他認為，神實主義是「在創作中摒棄固有真實生活的表面邏輯關係，去探求一種『不存在』的真實，看不見的真實，被真實掩蓋的真實。……它與現實的聯繫不是生活的直接因果，而更多的是仰仗於人的靈魂、精神（現實的精神和實物內部關係與人的聯繫）和創作者在現實基礎上的特殊臆思。……神實主義決不排斥現實主義，但它努力創造現實和超越現實。……它尋求內真實，仰仗內因果，以此抵達人、社會和世界的內部去書寫真實、創造真實。」[8] 可以想像，如今的中國社會，已然不是傳統的現實主義手法足以表現的了，因為「今天中國的現實樣貌，已經

8　閻連科：《發現小說》（天津：南開大學出版社，2011 年），頁 181-182。

到了不簡單是一片柴草、莊稼和樓瓦的時候，它的複雜性、荒誕性前所未有。其豐富性，也前所未有。」[9] 閻連科指出，神實主義「立足於本民族的文化土壤生根和成長。……〔於〕現實而言，文學最終是它的附屬之物——甚麼樣的現實，決定甚麼樣的文學。」[10] 他從早期的現實主義風格轉型到神實主義風格以來，作品的「複雜性、荒誕性、豐富性」恰恰與他眼中的中國現實相契合。文本互涉是閻連科作品裏常見的現象，例如，「疾病」就是一個出現於諸多文本裏的命題。如上所述，《日熄》裏的第一人稱敍述者念念是智障者。除了擔當「不可靠的敍述者」這一角色而增加故事的荒誕色彩以外，念念也是閻連科疾病敍述患者群裏的一員，而描寫夢遊症的《日熄》也和他的疾病三部曲（《日光流年》、《受活》、《丁莊夢》）一樣影射當今不健康甚至病態的社會。[11] 他的「神實主義作品群」作為一個整體，有如挪威畫家愛德華‧蒙克（Edvard Munch, 1863-1944）的著名畫作《吶喊》（The Scream），藝術家的主觀感覺投射出誇張扭曲的畫面，充滿了痛苦和焦慮。或許可以說，閻連科作品裏的荒誕元素不是沒有現實基礎、空穴來風的，而是在中國這麼一個特殊語境裏已經發生或者有可能發生的。也許是作者集社會荒誕之大成而在作品裏集中表現，也許是讀者從小說的精神荒誕推衍出生活中的事實荒誕。無論是由實而神或是由神而實，荒誕的「神」在在都指涉着可能的「實」，指涉着作家所理解的時代的「內真實」和「被真實

9　閻連科：《發現小說》，頁 183。

10　同上，頁 182。

11　參見拙作〈癌症、殘疾和愛滋敍事：論閻連科的疾病三部曲〉，汪寶榮譯，《當代作家評論》，2017 年第 2 期，頁 12-23。

掩蓋的真實」，或曰「深層真實」、「生命真實」和「靈魂真實」。[12]

　　《日熄》得獎後閻連科接受採訪時說：「我們這一代作家的寫作總是無法擺脫宏大敍事和歷史現實的背景。在《日熄》裏我在嘗試做一些改變，這部作品裏既沒有宏大的歷史，也沒有我們今天每個人都看到的，正在發生的現實。」[13] 中國文學自古以來都有着文化載道的傳統，肩負着反映現實、教化社會的使命，五四時期以魯迅為代表的主流嚴肅文學更是如此，鮮見純粹為寫作而寫作的作品。建國以來十七年乃至整個文革時期的文學則完全淪為政治工具。文革結束後，不管是曇花一現的傷痕文學、改革文學，還是影響深遠的尋根文學，都帶有鮮明的時代印記。像閻連科這樣具有社會良心和歷史使命感，高度關注民間疾苦的作家，作品完全超越歷史和現實，殊非易事。熟知中國歷史和現狀的中外讀者和批評家，都很容易不自覺地把虛構的故事與現實聯繫起來。儘管閻連科努力地把《日熄》寫得既沒有歷史也沒有現實，其出版者還是把這場夢遊具象到中國的社會現實：「閻連科以獨特的文學語言，講述一個人類因夢遊而失序的故事，藉此暗諷大躍進的中國，人們正集體沉浸在資本主義社會富裕美好的前景幻夢中，致使集體迷失在無盡欲望的夢遊中。這是針對當代中國發展現狀最無奈的憂思，也是最痛切的關懷。」[14] 再如，《受活》、《炸裂志》以及《日熄》的翻譯者、杜克大學副教授羅鵬（Carlos

---

12　閻連科：《發現小說》，頁 184。

13　羅皓菱：〈閻連科《日熄》獲第六屆「紅樓夢獎」首獎〉，《華文好書》，2016 年 7 月 19 日。下載自騰訊文化網，2018 年 5 月 29 日。網址：http://cul.qq.com/a/20160719/037115.htm；收入本評論集。

14　閻連科：《日熄》，封底。

Rojas）也把閻連科的作品與魯迅相提並論，從《日熄》的夢遊聯想到魯迅的鐵屋裏昏睡的人們，再以魯迅「吃人」的母題類比閻連科《丁莊夢》、《日光流年》、《日熄》裏農民賣血、賣皮、賣屍油的行為。[15] 看來，正如一提到魔幻現實主義，人們就會想到拉美文學一樣，閻連科神實主義實驗的寓言式小說，也難免帶着具有中國特色的歷史和現實烙印。

　　羅鵬指出：「複雜的情況是，這種同相嗜食／同相商品化現象——《日熄》中的『人油』或『屍油』既是一種商品，又是拯救人類『日出』的必需。這就是閻連科與魯迅的不同，是閻連科的複雜，更是今天中國和人類的複雜。」[16] 換言之，在小說裏，「人油」這種商品同時成為了毀滅與拯救人類靈魂的雙重隱喻。閻連科的另一部小說《受活》裏，也有類似的矛盾隱喻：「受活莊最初被用作病態社會的隱喻，但後來村子成功『退社』，回到了以前的烏托邦狀態，卻又成了希望的象徵。受活莊人最初是柳鷹雀荒謬計劃的受害者，最後卻成了這個曾被村人當作神明的人的救星。」[17] 或許羅鵬所言的複雜，或者閻連科所界定的神與實，都體現在這種矛盾統一體上，正如閻連科的不少作品，雖然通篇極盡晦暗負面之能事，但最後尚存光明和救贖的可能。《受活》裏的受活莊最終恢復其世外桃源的本色；《丁莊夢》裏的丁莊因大規模爆發愛滋病而死人無數村子盡毀，最後爺爺親手殺了自己作惡多端的兒子——血頭丁輝，看見了女媧重新造人，看見了新

15　羅鵬：〈《日熄》——魯迅與喬伊絲〉，《日熄》序論，頁 3；收入本評論集。

16　同上，頁 6。

17　見拙文〈癌症、殘疾和愛滋敘事〉，頁 19。

世界誕生的希望。到了《日熄》，李天保不斷地要想喚醒夢遊的
人，最後想出燃燒屍油的方法，並不惜犧牲自身，完成了救贖和
自我救贖：早年政府推行火葬政策時，遭到村民強烈反對，不少
人依然偷偷地土葬自家逝去的親人。李天保對開辦火葬場的妻哥
告密，把已經入土為安的死者挖出來火化，從中賺取告密費。自
焚之前他想到的是，他燒死自己來喚醒別人，他們家從此就再也
不欠任何人的賬了。同時他念念不忘的是讓角色閻連科在書裏
把他「寫成一個好人」。[18]點燃自己而為早年告密的劣行贖罪，
李天保完成了自我救贖的同時也救贖了皋田鎮。把自己點燃的一
刻，就是他完成救贖行動、決心要做好人的時候，就在那一刻，
他先於其他人清醒了：「隨着那掙的逃的火團兒，傳來的是爹那
撕疼死痛轉着身子的嘶喊着。——我醒啦。——我醒啦。」[19]角
色李天保央求角色閻連科把他寫進書裏，寫成一個好人。然而，
故事的結尾，角色閻連科消失了，書並沒有寫出來。「好人」在
故事裏懸空了，變成了作家閻連科的一廂情願。

　　《丁莊夢》的爺爺一直在瘟疫中充當照顧病人的好人；《受
活》的茅枝婆是死後連上百條殘疾狗都來送葬的好人，而政治瘋
子縣長柳鷹雀也有可能變回好人；《炸裂志》不貪圖名利不享受
特權的孔明輝是孔家唯一的好人；《日熄》的李天保要用實際行
動贖罪成為好人……。也許，《日熄》裏角色閻連科寫不出作品
的焦慮正是現實裏作家閻連科尋找「好人」的焦慮。在閻連科的
神實世界裏，只有「好人」才是污濁現實唯一的精神救贖。李天

18　閻連科：《日熄》，頁 304。
19　同上，頁 304-305。

保把他「寫成一個好人」的要求具有兩層意義：書寫與道德，而這個要求最終沒有得到落實。角色閻連科在從這個世界消失之前，把自己寫過的書堆在李天保的遺像前點火焚燒，彷彿在祭典這個「好人」，從此以後，人和書都全無蹤跡。也就是說，以往書寫過的好人全都被勾銷了。這是否在暗示，書寫的救贖、道德的救贖，都只能在荒誕中存在？

陳穎，美國文博大學（Wittenberg University）教授。香港浸會大學畢業，分別於威斯康辛大學和科羅拉多大學獲東亞文學碩士學位及比較文學博士學位。著有 *A Subversive Voice in China: The Fictional World of Mo Yan* 一書 (2011)，編有《2000 年文庫──當代中國文庫精讀：莫言》(1999)。

附錄

第六屆「紅樓夢獎」頒獎禮
決審委員會主席致辭

鍾玲

張大朋先生、陳校長、校董會副主席陳黃穗女士、康樂及文化事務署吳志華副署長、各位女士、各位先生：

「紅樓夢獎：世界華文長篇小説獎」已經辦了十二年了，這次是第六屆。應選的是 2014 年、2015 年出版的華文長篇小説。在林幸謙博士召集之下，由十六位作家、文學編輯和學者組成初審委員會，選出六本交由決審委員會選拔。決審委員共六位，有三位是研究當代華文小説的學者：陳思和教授、黃子平教授、Michael Berry 教授。兩位是學者兼作家，即陳義芝博士與本人，以及香港小説家黃碧雲，上次紅樓夢獎的得主。

本屆入圍的六本小説，其作者三位來自中國內地，兩位來自台灣，一位來自香港。本屆入圍作者有三位在四十五歲以下。這種少壯作家嶄露頭角的現象以前五屆都沒有過。

本屆紅樓夢獎首獎作品是閻連科的《日熄》。獲決審團獎的小説兩部：甘耀明的《邦查女孩》和徐則臣的《耶路撒冷》。獲專家推薦獎的三本小説是吳明益的《單車失竊記》；陳冠中《建豐二年：新中國烏有史》和遲子建的《群山之巔》。

閻連科的《日熄》是一本象徵意義深刻的小説。在本質上，

它挖掘人性，也諷刺現實。小說的結構完整而嚴謹。描寫一個村鎮裏有些人患了夢遊症，他們把壓抑在潛意識的欲望和暴力都以行動發洩出來，連沒有患夢遊症的人也乘機姦殺擄掠，後來亂子擴大到整個地區，出現了集體夢遊症。夢遊症一波一波地擴散，寫得井然有序。在時間處理更是精準而有創意。故事的時間由第一天下午五時寫到第二天早上九點半，在時空方面加了魔幻的成分。早上六點是整個地區最混亂的時刻，時間從六點就不前行了，直到有人壯烈犧牲，霾霧才散開，人才清醒，時間才運行。

《日熄》不只寫人性的黑暗面，也寫光明面，小說的敍述者念念是個十四歲的孩子，有一點痴呆，他的小名念念影射《四十二章經》的「念念為善」。念念和他的父母代表社會的良心和正義。家人試圖阻止眾人夢遊。念念的父親李天保曾為生活而傷害過人，懷着還債的心態，以非常怪誕的方式，把自己化為火球，創造了人為的日出，讓時間恢復運行，人間恢復秩序。《日熄》在對人性深刻的描寫上，在對心理層次的處理上，在善與惡的對峙上，寫得驚心動魄，是一部富魔幻色彩的、意義深刻的小說。我們祝賀這部小說獲得紅樓夢獎。

「紅樓夢獎」緣起

　　長篇小說在中國文學和文化上佔有重要的地位。為獎勵創作傑出華文長篇小說的作家，並鼓勵出版社出版優秀作品，香港浸會大學文學院在香港匯奇化學有限公司董事長張大朋先生贊助之下，於 2005 年創辦全港首個不限地域的華文長篇小說獎，並以中國最著名的長篇小說《紅樓夢》為名，正式命名為「紅樓夢獎：世界華文長篇小說獎」。

　　2008 年，張大朋先生再次捐資港幣一千萬元，成立「紅樓夢獎：世界華文長篇小說獎張大朋基金」，讓「紅樓夢獎」得以持續舉辦。「紅樓夢獎」每兩年一屆，由專業評審團選出一本最優秀的長篇小說為首獎作品，獲獎作家可獲港幣三十萬元獎金。

　　「紅樓夢獎」籌委會於 2015 年 12 月底開始以提名方式徵集作品參選第六屆「紅樓夢獎」。是屆參選作品必須於 2014 年 1 月 1 日至 2015 年 12 月 31 日內初次出版，字數達八萬字或以上的原創華文長篇小說。

　　鑑於內地、台灣及香港等地華文長篇小說出版量非常大，每年出版的長篇小說超過一千本；為有效地進行評選工作，避免評審委員的工作負荷過重，參選作品的提名人只限於「紅樓夢獎」籌委會的委員，以及獲籌委會認可及邀請之出版社。個人提名或自薦提名概不接受。

　　第六屆「紅樓夢獎」於 2016 年 1 月底截止提名，籌委會接受了全球不同華文地區共二十六本高質素長篇小說的提名。評審工

作分為兩個階段，初審及決審分別於 2016 年 3 月至 7 月期間進行。

　　初審委員會由十六位校內外文學評論者、文學雜誌主編及作家等組成。初審委員於 2016 年 5 月 20 日舉行之會議上選出六部入圍作品進入決審。

　　「紅樓夢獎」決審會議於 7 月 18 日舉行，決審委員從六部推薦作品中選出《日熄》為首獎作品。決審委員會另推薦《邦查女孩》、《耶路撒冷》獲決審團獎；《單車失竊記》、《建豐二年：新中國烏有史》及《群山之巔》獲專家推薦獎。

第六屆「紅樓夢獎」首獎作品

台北：麥田出版（2015）

《日熄》 閻連科

作品評介

酷熱的八月天，麥收季節，一夜之間，夢遊症如瘟疫般蔓延於伏牛山脈的皋田小鎮內外。原本平常日光中隱伏的欲望，在鬼影幢幢的人群中爆發為荒誕不經的復仇、搶掠和「李闖式起義」，以及匪夷所思的自我救贖。以中原大地的「死亡儀式」（葬喪傳統及其「變革」）為發端，小說展示了道德秩序和價值的大面積崩壞，一直擴展到「日頭死掉，時間死掉」的末日奇觀。永遠的黑夜意味着夢遊瘟疫的永無休止，意味着末日救贖的無望。小說藉由敍事結構的安排，對歷史時間的扭曲和現實的變形，把小說提升到超越語言的層面。無言之隱，泣血之痛，連文本中的那位作家「閻伯」也只能希冀自己可在夢遊中與之相逢。

閻連科以一個十四歲的鄉鎮少年作為視角和敍述者，發明了一種如泣如歌的具有音樂節奏的敍述語言，以繁密豐富的比喻重複地「叨叨」着，向失去了靈感的作家，向虛空，向高天諸神呼號，言說這不可言說的、似醒非醒似夢非夢的「世界黑夜」。閻連科堅韌而又充滿爆發力的文本實驗，再次給華文世界的文學讀者，帶來令人顫慄的閱讀驚喜。

作為「命定感受黑暗的人」，凝視時代的黑暗的光束，閻連科蘸着時代的黑暗書寫了一部堪稱當代經典的華文傑作。

決審委員

香港浸會大學中國語言文學系榮譽教授

黃子平教授

閻連科的《日熄》讓人想起了卡繆的《鼠疫》，小說以象徵的手法，寫了一個鎮上人們一夜之間集體患了夢遊症，他們在夢遊裏互相廝殺、搶劫，陷入犯罪的恐怖之中，究其原因，是因為太陽遭到了遮蔽，陷入日蝕狀態的黑暗之中，人們在昏睡不醒中喪失了理性，演繹出種種非理性的可怕行為。

但也有人（如李天保）在夢遊中把內心深處的懺悔說了出來，並且一家一戶地上門道歉，取得人們的諒解；更有甚者，當他意識到日熄的危險之後，毅然發動昏睡中的村民，以利作誘，指揮村民把大量的屍油推到山頂，用自焚點燃了油，燃起熊熊大火，取代日頭，終以喚醒夢遊中的村民，迎來了新的一天。

這是一個集體的噩夢書寫；這是一個人性的壯烈之歌。在對人性中自私貪婪等醜惡因素的批判的基礎上，揭示出人是世界

上自我拯救的第一要素。可以説，這是一本中國版的《鼠疫》，卻比《鼠疫》更加悲壯、強烈，對人性也有更加深刻的洞察力。

決審委員
復旦大學圖書館館長
陳思和教授

作者簡介

閻連科，1958 年出生於中國河南省嵩縣，1978 年應徵入伍，1985 年畢業於河南大學政教系，1991 年畢業於解放軍藝術學院文學系。1979 年開始寫作，主要作品有長篇小説《日光流年》、《堅硬如水》、《受活》、《為人民服務》、《丁莊夢》、《風雅頌》、《四書》、《炸裂志》、《日熄》等十餘部，中、短篇小説集《年月日》、《黃金洞》、《耙耬天歌》、《朝着東南走》等十五部，散文、言論集十二部；另有《閻連科文集》十七卷，是中國最有影響力也最受爭議的作家。曾先後獲第一、第二屆魯迅文學獎，第三屆老舍文學獎和馬來西亞第十二屆世界華文文學獎，2012 年入圍法國費米那文學獎和英國國際布克獎短名單，2014 年獲捷克卡夫卡文學獎，2015 年《受活》獲日本「推特」文學獎，2016 年再次入圍英國國際布克獎短名單，同年《日熄》獲香港「紅樓夢獎」。其作品有日、韓、越、法、英、德、意大利、西班牙、以色列、荷蘭、挪威、瑞典、捷克、塞爾維亞等二十多種譯本，已在二十多個國家和地區出版外文作品七十多本。2004 年退出軍界，現供職於中國人民大學文學院，為教授、作家和香港科技大學冼為堅中國文化客座教授。

閻連科長篇小説年表

書名	出版社	年份
《情感獄》	解放軍文藝出版社	1991
	上海文藝出版社	2002
	現代出版社	2009
	河南文藝出版社	2016
《最後一名女知青》	百花文藝出版社	1993
	時代文藝出版社	2003
	河南文藝出版社	2016
《生死晶黃》	明天出版社	1995
	河南文藝出版社	2016
《金蓮，你好》	中國文藝出版社	1997
	時代文藝出版社	2003
	江蘇文藝出版社	2013
《日光流年》	花城出版社	1998
	時代文藝出版社	2001
	春風文藝出版社	2004
	北京十月文藝出版社	2009
	聯經	2010
《堅硬如水》	長江文藝出版社	2001
	時代文藝出版社	2004
	雲南人民出版社	2009
	麥田出版	2009
《鬥雞》	長江文藝出版社	2001
	江蘇文藝出版社	2013
《穿越》	解放軍文藝出版社	2001
《夏日落》	春風文藝出版社	2002
	聯經	2010

《受活》	春風文藝出版社	2004
	麥田出版	2007
	北京十月文藝出版社	2009
《丁莊夢》	文化藝術出版社	2006
	麥田出版	2006
	玲子傳媒私人有限公司	2006
	上海文藝出版社	2006
《為人民服務》	麥田出版	2005
	玲子傳媒私人有限公司	2005
	文化藝術出版社	2005
《風雅頌》	麥田出版	2008
	江蘇人民出版社	2008
	鳳凰出版集團	2008
	河南文藝出版社	2010
《四書》	麥田出版	2011
	明報出版社	2011
《炸裂志》	上海文藝出版社	2013
	麥田出版	2013
	河南文藝出版社	2016
《日熄》	麥田出版	2015
《速求共眠——我與生活的一段非虛構》	印刻文學	2018

第六屆「紅樓夢獎」決審團獎
得獎作品

台灣：寶瓶文化（2015）

《邦查女孩》 甘耀明

作品評介

　　《邦查女孩》是一部規模宏大的傳奇小說和生態小說。故事發生在 1970 年代末期。邦查是阿美族語，意義就是阿美族。這位阿美族女孩古阿霞就是女主角、女英雄。父親為越戰期間的美國黑人大兵，母親是吧女。古阿霞是個典型的邊緣人物，但她具有強大的博愛心靈，以她的毅力和同理心達成助人的願望。她愛上一位年青的手工藝伐木師傅──帕吉魯，他是阿美族與日本人的混血兒，患有自閉症，但手藝與武藝高強。兩人的經歷充滿奇情和驚險。其他人物也屬邊緣社群，如各原住民種族、伐木工人和老兵。故事的場景大多設於中央山脈的原始森林和伐木工

場，呈現了大自然的壯麗、繁富的林木、花卉和動物，也呈現對人類而言自然的一體兩面：災難和庇護。這本小說還表現了宗教和諧共存的理念。這是一部內容豐富有趣、故事引人入勝的重要著作。

決審委員會主席
詩人及小說家、澳門大學鄭裕彤書院院長
鍾玲教授

作者簡介

甘耀明 1972 年生於台灣苗栗，目前定居台中市。畢業於東海大學中國文學系、東華大學創作與英語文學研究所。出版《神秘列車》、《水鬼學校和失去媽媽的水獺》、《殺鬼》、《喪禮上的故事》、《邦查女孩》、《沒有圍牆的學校》等，曾獲台灣文學獎長篇小說金典獎、《中國時報》「開卷」年度十大好書獎、台北國際書展大獎、文化部金鼎獎、博客來華文創作年度之最獎、《聯合報》文學獎、吳濁流文學獎、《聯合文學》小說新人獎等。曾任靜宜大學、慈濟大學駐校作家、2013 年香港浸會大學秋季訪問作家。目前擔任靜宜大學「文思診療室」駐診作家。

北京：北京十月文藝出版社（2014） 　　台灣：九歌出版社（2015）

《耶路撒冷》 徐則臣

作品評介

　　《耶路撒冷》語言活潑生動，能夠寫到一群沒有信仰「到世界去」的一代人的精神面貌。《耶路撒冷》作為象徵有其模糊性質，既是猶太人的聖地，也是一代人不可即的冀望。其迴旋性的寫法，讀着讓人接近小說人物，他們之間的情誼，個人的回憶，遺憾，及惶惑。小說終結以「十年之後怎樣了」問，問人物也問時代，問地方問河流，也是這一代，文革與希望絕望之後，沒有找到耶路撒冷，到世界去又背負了記憶與土地，生活在急劇變化的中國，既不痛苦也不奮勇對眼前世界的疑問。「變化我不怕。不變化只是死路一條，這我懂。但我不能容忍我的故鄉被篡改，被弄得面目全非。」或者一個會「沉默、謙卑、寬容和坦蕩地過完她的一生」「我不想那麼遠。我希望所有人都能和現在一樣；可能不會更好，但也不要比現在更壞」。時間可以作答，《耶路

撒冷》隱隱有提示，小説的人物或者不會作答，不再見，所以也不道別。《耶路撒冷》的結尾也是它的開始，「這麼早就開始回憶了」，所以「掉在地上的都要撿起來」。這回憶在時代的前進之中，那麼小，不過是「夾不住的豆子往下掉」。我們讀到的，不過是散落的豆子。

決審委員
第五屆「紅樓夢獎」首獎《烈佬傳》作者
黃碧雲女士

作者簡介

徐則臣，1978 年生於江蘇東海，畢業於北京大學中文系，現居北京。著有《耶路撒冷》、《午夜之門》、《夜火車》、《跑步穿過中關村》等。

2009 年赴美國克瑞頓大學做駐校作家。2010 年參加美國愛荷華大學國際寫作計畫。部分作品被翻譯成德、英、日、韓、意、蒙、荷、俄、西等多種語言。

《耶路撒冷》入圍第九屆茅盾文學獎十部提名作品，被評為「搜狐年度小説」、「新浪讀書年度十大好書」，獲首屆騰訊書院文學獎、第五屆老舍文學獎、博庫讀書年度圖書獎等。

作者曾以〈如果大雪封門〉獲第六屆魯迅文學獎短篇小説獎。另獲第四屆春天文學獎、第四屆馮牧文學獎、第六屆和第十三屆華語文學傳媒大獎、第十二屆莊重文文學獎，被《南方人物週刊》評為「2015 年度中國青年領袖」。

第六屆「紅樓夢獎」專家推薦獎
得獎作品

香港：牛津大學出版社（2015） 台灣：麥田出版（2015）

《建豐二年：新中國烏有史》 陳冠中

作品評介

　　這是一本寄慨遙深的書，陳冠中虛擬時勢，演義 1949 年由國民黨統治中國的國局發展。像是將一盤已經終局的棋，重下一遍。1950 年代出生、成長於台灣的我輩，因熟悉其中的諸多人物、社會軌跡，更能體會這部小說的意趣。

　　建豐，是蔣經國的字，建豐二年指他就任總統第二年。小說以幾個代表性人物映現學術、政治、軍事、經濟、宗教、文化各層面現象，虛構與史實交織、錯置，成就了一本凸顯文學性的「烏有史」。

　　敘事的開局與終局都設定在 1979 年 12 月 10 日，這一天是

世界人權日，台灣黨外人士反戒嚴、爭取民主 (發生「美麗島事件」) 的日子，則小說家搬演的紙上風雲，引人思省的實包含人權課題。若非對兩岸三地紛亂如麻的現實有深入體察，若非對歷史有所反思且對國家未來仍有憧憬，不可能挑戰這一題材，《建豐二年》的特殊意義在此。

決審委員

詩人、國立台灣師範大學國文系

陳義芝教授

作者簡介

　　陳冠中，華文作家，香港書展 2013 年年度作家，2009 年小說《盛世》已譯成十三種外語，2013 年小說《裸命》也已譯成多種語文。其他著作包括小說《什麼都沒有發生》、《總統的故事》，小說集《香港三部曲》及文集《我這一代香港人》、《或許有用的思想》、《事後：本土文化誌》、《城市九章》、《移動的邊界》、《馬克思主義與文學批評》、《半唐番城市筆記》、《香港未完成的實驗》、《下一個十年》、《中國天朝主義與香港》、《活出時代的矛盾：社會創新與好社會》等。

　　1976 年創辦香港《號外》雜誌，曾在 1980 年代製作多齣電影，並於 1995 年參與創辦台灣超級電視台。曾於 2008 年至2011 年出任國際綠色和平董事，現居北京與香港。

台灣：麥田出版（2015）

《單車失竊記》 吳明益

作品評介

　　經過《天橋上的魔術師》、《複眼人》、《浮光》等作品的驚人成績之後，台灣作者吳明益又推出一本新的力作——《單車失竊記》。借用意大利新寫實主義的經典電影之名，小說版《單車失竊記》有另外一種意圖。在當下的高科技摩登社會裏，誰還關心幾十年前的舊腳踏車？但從粉碎的記憶裏，敍述者開始尋找父親被偷走的一輛幸福牌腳踏車。在這個尋車的過程，小說有不同層次的轉化：從回憶到懂車，又從尋車到拼貼這輛被遺失多年的舊車不同主人的歷史軌跡。慢慢地吳明益從一個微型的記憶創造了一個新的精神世界。

　　《單車失竊記》處處也可見到作者在書寫的過程中付出的精神投資：研究、收集資料、拜訪舊車迷、學習修車。此書呈現了一個非常獨特的文學視角。書中採用的不同語言（包括台語、原

住民語、英語等）呈現了當代台灣的「地方特色」和「多元文化」，而穿插書中的不同文體：小說、鐵馬誌和作者親筆畫的繪畫，體現了吳明益獨一無二百科全書式的小說視野。

決審委員

加州大學聖塔芭芭拉分校東亞語言文化系

白睿文教授（Professor Michael Berry）

作者簡介

　　吳明益，現任東華大學華文文學系教授。有時寫作、畫圖、攝影、旅行、談論文學，副業是文學研究。

　　著有散文集《迷蝶誌》、《蝶道》、《家離水邊那麼近》、《浮光》，短篇小說集《本日公休》、《虎爺》、《天橋上的魔術師》，長篇小說《睡眠的航線》、《複眼人》，論文「以書寫解放自然系列」三冊。

　　曾六度獲《中國時報》「開卷」年度十大好書，並獲法國島嶼文學獎小說獎（Prix du livre Insulaire）、《Time Out Beijing》「百年來最佳中文小說」、《亞洲週刊》年度十大中文小說、台北國際書展小說大獎、台灣文學獎圖書類長篇小說金典獎、金鼎獎年度最佳圖書等等。作品已售出英、美、法、捷、土、日、韓、印尼、印度、衣索比亞等多國版權。

北京：人民文學出版社（2015）

《群山之巔》 遲子建

作品評介

　　遲子建這部新作的書名，讓人聯想起歌德著名的《流浪者之歌》：群山之巔，萬物靜穆；眾梢之間，微風不起；小鳥歇於林。且稍等，不久，君亦將息。…… 遲子建儘管是最擅長以嫵媚的筆調書寫中國北方的冰雪世界，使粗狂野性的北國社會具有了澄明的亮色，但在這部作品中，往常的童話氣息卻消失殆盡，一種徹骨的悲哀深深嵌入了她細膩的文字之中。

　　依然是一派自然風光下的北方小鎮，有着少數民族和漢文化的悠久傳承，然而生活在其中的人們都感受到當下改革政策帶來的各種變動和衝擊；同時又一次掀動了歷史的冊頁。

　　小鎮上生活的幾戶人家，都是極普通的家庭，但悲歡離合卻展示出人性的複雜和艱難。一戶安姓人家，祖父是抗日英雄，父親是正直的刑警，孫女是個通靈的半仙人，另一個孫子是軍

人，犧牲後也被樹為英雄……另一戶辛姓人家，祖父抗日中被誤以為逃兵，受盡屈辱，兒子是個屠夫，受到父親的牽連，以絕育自戕，養子又是一個殺人犯……故事從兩條線索舒緩展開，寫出各各迥異的命運遭遇和內心世界。

決審委員

復旦大學圖書館館長

陳思和教授

作者簡介

遲子建，當代作家。1983 年開始文學創作，著有長篇小說《樹下》、《晨鐘響徹黃昏》、《偽滿洲國》、《越過雲層的晴朗》、《白雪烏鴉》、《額爾古納河右岸》、《群山之巔》，小說集《北極村童話》、《白雪的墓園》、《向着白夜旅行》、《逝川》、《白銀那》、《朋友們來看雪吧》、《清水洗塵》、《霧月牛欄》、《鬼魅丹青》、《踏着月光的行板》，散文隨筆集《傷懷之美》、《聽時光飛舞》、《我的世界下雪了》等，另有《遲子建文集》四卷、《遲子建作品精華》三卷等。作品獲茅盾文學獎、魯迅文學獎等多種獎項。部分作品在英、法、日、意等國出版。

第六屆
「紅樓夢獎：世界華文長篇小説獎」
決審會議紀錄

召集人

林：林幸謙博士

決審委員

鍾：鍾玲教授

白：白睿文教授

思：陳思和教授

黃：黃子平教授

雲：黃碧雲女士

義：陳義芝教授

決審入圍作品（按書名筆畫排列）

《日熄》	閻連科（河南）
《邦查女孩》	甘耀明（台灣）
《耶路撒冷》	徐則臣（江蘇）
《建豐二年：新中國烏有史》	陳冠中（香港）
《單車失竊記》	吳明益（台灣）
《群山之巔》	遲子建（黑龍江）

會議開始，召集人林幸謙博士先向決審委員簡介本屆「紅樓夢獎」的情況。

首先介紹初審委員。本屆初審委員共十六位，包括雜誌的主編、作家及學者。其中十一位是往屆委員續任，五位是新委員。新委員包括香港的作家、詩人陳德錦博士、香港中文大學中文系的何杏楓教授、香港科技大學人文學部的陳麗芬教授、嶺南大學中文系的黃淑嫻教授，最後是香港浸會大學中文系的蔡元豐博士。籌委會則由梅子先生、熊志琴博士、吳有能博士、蔡元豐博士及林博士所組成。

關於作品提名，籌委會一如以往邀請中國、香港、台灣以及馬來西亞的重要出版社推薦一到三本作品參選。當中有中國出版社二十一家、台灣十一家，香港四家及馬來西亞一家。

本屆收到出版社提名作品共二十六本，刪掉五本因為出版年份和其他技術問題不合格的作品，這一屆由出版社推薦的合資格作品共二十一本。另外籌委會參考過去兩年兩岸三地重要文學獎的得獎名單，還有中國、香港和台灣重要的出版社所出版的長篇小說的書目，篩選過後，挑出五本加入初選書目。本屆的初選書目總計共二十六本。

經過兩次初審會議，十六位初審委員選出六本入圍作品交由決審委員評閱。

其後，林博士代表初審委員向決審委員建議修訂決審會議中的投票機制，獲決審委員同意，確定由本屆開始採用。

報告過後，林博士協助六位決審委員選出鍾玲教授任是屆決審委員主席，其後退席。六位決審委員正式開始討論。

評遲子建的《群山之巔》

鍾：我們現在開始吧。開始之前還是先談談評審辦法。評審辦法決定了，我們再按照以前用過的討論順序，就是先由得分最低的作品開始討論，每位評審都講對該作品的意見。六本書一本一本講，每一個人都會有機會做第一個發言人。

我先再重複剛才林幸謙老師的建議：決審第一輪投票時，每位決審先選兩本或三本最好的作品。例如結果是選出四本作品，我們（六位評審）再以一人一票的形式投票。如果作品得票超過半數，那「紅樓夢獎」的首獎作品就產生了；但假如未能超過半數，就再投票選出最高的兩本作品，就這兩本再投票，最後得票最高的就得到首獎。

我們就按照這個方法來投票。

我們先看此次會議之前各位評審寄來的分數：《日熄》27分；《邦查女孩》23分；《耶路撒冷》21分；《單車失竊記》20分；《建豐二年》18分；《群山之巔》17分。我們就先由《群山之巔》倒過來講起。每個人都只講對同一本書的評價，不需下定論，我們就只講意見，對這本書有甚麼看法。因為有些人給這本書最高分，有些卻給最低分。這個環節是為了讓大家能夠充分溝通。

現在由《群山之巔》開始。（黃碧雲女士）你要不要先講？因為你給這本書最高分數。

雲：我覺得這部小說很平均，就是它的語言、主題、方法、技巧都很平均。其他作品可能有部分很突出，但其他就比較

差。但這部作品是最平均的，它未必是我最喜歡的，但各方面是最平均的。這小說平均的話，就很難說有哪部分特別好，對我來說它也沒有特別大的缺點。

錘：這就說完了？

雲：說完了。

錘：接下來請白老師講講。

白：《群山之巔》雖然在我的評分最低，但其實我也覺得它是一部相當不錯的作品。每個章節都有短篇小說的感覺，但是當然互相是連貫性的，所以我覺得整個結構很有趣。它講的是一個中國北方小鎮的故事，我覺得整個故事性都很好，可讀性也很高。但總覺得重點都是放在 telling，而不是 showing 或敍述，就是說它都會告訴你事情怎樣，但不會讓事情自然而然地表現出來，是作者一直不斷地告訴你。我不太喜歡這種敍述方式。總的來說，這部長篇小說的各方面都相當不錯，但我覺得還是達不到「當代經典」的水準。每一次我評審「紅樓夢獎」，我都想找一本所謂的「當代經典」。這本書是不錯的，但是還不到這個位置。

錘：謝謝！然後請黃老師。

黃：這六本作品裏有三本都是「群山之巔」——《邦查女孩》講的是中央山脈；《日熄》是在河南的伏牛山脈，一開始就向諸神呼號。《群山》很有意思，因為它是介乎中俄之間，應該還有朝鮮邊界。其實這書的主題跟閻連科的很接近，

都是討論死亡的儀式，就是喪葬這一回事，跟死亡的儀式
是有關係的。而且，很重要的是它涉及少數民族，台灣叫
原住民，就是鄂倫春族。鄂倫春族的喪葬、對死亡的文化
傳統和理解跟漢族不一樣，尤其跟河南漢族的土葬或現代
都市的火葬有很大的不同。鄂倫春族是一個狩獵的民族，
所以對火化這件事反而比河南農民容易接受。我看過一個
材料，在延邊這地方改土葬為火葬時，最早接受的是朝鮮
族。有百分之八十的朝鮮族老人接受死後火化。為甚麼
呢？因為他們本來就是外來的，到延邊當佃農種地。跟當
地的漢族落葉歸根入土為安的傳統不同，火化之後把骨灰
撒入江河，朝鮮族就回到原來的地方。

但這小說沒有把握「群山之巔」上鄂倫春族這一種獨特的
文化狀況。它整個還是沒有區分漢族和鄂倫春族。它這裏
有一個很重要的主題，從第一章開始就是屠宰，第二章是
墓碑，然後下來都跟死亡有關係。整個寫法是無數短篇的
堆積，就是說這個發生了，馬上就引出一個結果。其中一
些可以很細膩的人物描寫，它卻不展開，馬上又開始另一
個故事。所以它是堆積性的。當然你可以慢慢看出三個家
族，而每一個人都是鍊條式的跟別人有關係。即使那個最
沒有親戚關係的老魏賣豆腐，他賣賣豆腐也把全鎮人串起
來。所以它這個結構是那種串連式的，慢慢展現小鎮的那
些不幸的人們的命運。到最後就在「群山之巔」的太陽照耀
底下接受了宿命的安排。

不滿足的是每一個人物都用同一種寫法，沒有變化。你看

到閱讀的興趣、推動力不是很強。雖然有佈置一個懸念，就是那個兇手，但那個兇手居然躲藏了一個冬天也沒有找到。若在甘耀明筆下大概會非常用力地去寫那個嚴寒。但在這個東北接近北極的群山之上居然一整個冬天沒發生甚麼事，轉眼安然度過。遲子建大概沒有考慮自然條件的問題，她只是考慮到故事的傳奇性。

鍾：她是東北人呢，就成長在漠河，對冷應該很瞭解。

黃：她沒有在這方面用力。甘耀明就非常注意各種各樣嚴酷的自然條件，寫得非常細緻。

〔鍾教授請陳思和教授發言。〕

思：遲子建也是大陸一個很重要的作家，生活在黑龍江；小說創作也是多產，都一直在大家的關注之中。她這部小說有幾個提名或得獎紀錄，其中一個是《南方都市報》的傳媒大獎及年度作家提名；另外也被選為「深圳讀書月」及「2016書香羊城」的年度好書。

「群山之巔」這個書名來自歌德的《流浪者之歌》。群山之巔，萬籟俱寂。像子平剛才講的，這部小說直接寫死亡。我覺得這是她創作的一個重要源頭。這本小說我覺得不滿足，這個不滿足跟碧雲是差不多意思。碧雲給的高分就是她方方面面都寫得蠻好的，但是就不那麼強力，不那麼突出。我也有同感，但我覺得遲子建是大陸一個非常好的作家，她不論是寫短篇或是中篇也是一流的，她的長篇還得過茅盾文學獎。遲子建在文壇是得到好評的作家，問題是

這部作品跟她其他作品相比，不是太震撼。

黃：寫逃兵辛開溜那段寫得不錯，不光寫逃兵的心理，還帶進了那個三國交界的歷史內容。

思：那段寫得最好。辛開溜那段有故事，有心理描寫。當代小說最大的問題是故事都講得很好，但人物都不立體，缺乏鮮明形象。辛開溜相比之下就有一點特殊。當中也有一點比較陰暗的人性描寫，遲子建一向都寫得比較柔美溫柔，這次有處理到人性的陰暗面，這算是一個特點。

雲：我可以補充一下嘛？因為我看的時候不太掌握到最後的目的是甚麼。就是說如果是要找一些新的東西，它最後的排名可能就很低，因為它沒有新的東西。可是它把一個寫作所需要的技巧、故事的處理⋯⋯

鍾：這個獎的名字叫做「紅樓夢獎」，《紅樓夢》就是我們的標竿，我們希望找到一本經典、一部很豐富的作品，能夠代表整個時代的、又深又廣的大部頭作品。

像是你的作品（《烈佬傳》，第五屆「紅樓夢獎」首獎作品），雖然故事說得很平淡，但說的是整個階層的人，所以也很深很廣。我們就是以作品的深度、廣度來作出評價。

陳老師講完了嗎？

思：講完了。

鍾：我覺得遲子建這部《群山之巔》有一個主題，就是公眾輿論如何讓人受委屈。這個主題她表現得蠻明確的。

第一個是辛開溜，在第 240 頁我們知道，辛開溜之所以被稱為「開溜」，是因為他拒絕了一個喜歡他的寡婦，於是這個女的造謠，說他是逃兵。其實他不是逃兵，只是走散了還是別的原因，並不是要逃。

黃：當時部隊沒東西吃而要殺馬，他不忍心看着，就一直走。結果就回不去了。

鍾：對，是回不去了，根本不是開溜。這是第一個冤屈。

第二個受冤屈的是個壞蛋，是辛七雜的養子辛欣來，這個人做了不少壞事，有一次被告燒山而關進監獄，但那次燒山的事他並沒有做，所以也是被冤屈了。

辛開溜因為被冤屈，他整個人就被毀掉，他回到村子裏人就毀了。這個也是重要的主題。

辛七雜是一個很正面的人物，他爸爸是開溜，他覺得羞恥就不跟開溜一起住。他有戰國時代的那種寧為玉碎不為瓦全的意識。他要一個不生孩子的太太，為了不生孩子，他就自己結紮，把他寫得很決絕。這種人物讓現代人蠻佩服的，這麼講義氣。

但我覺得這部小說有一個沒法突出的原因，像剛才黃子平老師講的，她既然寫鄂倫春族，就應該把鄂倫春族的特點寫出來。我記得她以前有其他小說寫到鄂倫春族這個遊牧民族，但這小說裏鄂倫春族的事寫得很稀疏。

黃：她寫了鄂倫春族的馬和漢族的馬的區別，人的區別反而沒

有。

鍾：還有，故事中的時間應該已經到 2000 年，已經有收音機、
　　大哥大手機了，但時代好像完全沒有進去，只是提到有收
　　音機、手機。這個故事放在五百年前也可以，失去了時代
　　的特色。因為時代實在太重要，會進入你的生活、你的經
　　驗，但都沒有寫到，實在太可惜。始終沒法變得比較立體。

黃：裏頭有一個人一直還要通網絡⋯⋯

鍾：這裏還有一個人物愛得很堅強，你會覺得這些人物都很可
　　愛。

義：作為一個小說的讀者看，這篇小說以一條線牽出一串人，
　　它的巧妙就在讀來有一種曲徑通幽的喜悅感。

　　部分章節頗有戲劇化的塑造：顯現世態也顯現蒼涼的人
　　情。說到時代性，小說裏有兇殺、偵探、逃亡、官場的現
　　象、黑暗的醫療情況等等問題。我們當然也可以感覺到人
　　世跟命運、天理跟人情，俗世的生活它都表達出來了，哀
　　傷中，也帶有一些希望。

　　剛剛好像是子平兄提到「死亡」這個主題。我覺得它沒有《日
　　熄》表現得那麼凝聚，幾位評審似也提到了不滿足。我也有
　　同樣的感受。不滿足是緣自於沒有一個最主要的角色，着
　　意來呈現表現力，因而就不那麼鮮明突出。

　　第二點是有些情節在意料之中，比如說安大營的車子摔落
　　江中，然後危急中就把林大花推出去。這就有一點老套，

在意料之中的。

第三點是「群山之巔」作為書名，似乎就只是一個地點，究竟這個「群山之巔」的「巔」，象徵甚麼？有沒有更大的表現力？⋯⋯也許是我沒有看出來。所以我排在中間位置。

評陳冠中《建豐二年：新中國烏有史》

鍾：謝謝！我們每一個人都已經講完了，現在談第二本《建豐二年：新中國烏有史》。這本書我們由白老師先開始講，評審按反時鐘方向輪流講。

白：我覺得陳冠中是當代香港文壇非常重要的一個作者，大概這十年以來，他對文壇的貢獻非常大。這也是一部相當精彩的長篇小說，而且是對當代中國文壇貢獻很大的小說。大概是兩三年前出版《裸命》，現在又來了一部新的嘗試。這本書的顛覆性很大，把整個現代中國歷史都要顛覆起來、要重寫。而且各個歷史事件，如朝鮮戰爭、釣魚台、美麗島事件等，都在這部小說中被重寫了。我覺得他的出發點很有意思，而且非常大膽。我相信熟悉當代中國歷史的讀者，他們讀起來一定覺得這本書很好玩，很過癮。雖然讀起來很輕鬆好玩，就是很「輕」，沒有其他入圍的小說的那種「份量」或「力量」，但是我覺得這本書的野心相當大。但野心大也要下很大的功夫，做很多的功課才能支撐起這部作品。可是我覺得這部作品沒有做好功課，有很多細節還不到位⋯⋯就是覺得出發點很棒，但在實行的過程恐怕還缺乏一些細節，沒有讓人感覺到歷史的重量或份

量。

例如其中提到現代中國文學的一章，陳冠中提到了沈從文、老舍、林語堂、張愛玲等等。作為一個研究現代中國文學的人來看，他寫得不夠深入，沒有深入到一定的層次。我覺得他的出發點相當不錯，但讀到細節覺得有點失望，應該還可以做得更好。我本來把這本書排名在比較後面，但後來不知怎的又把它排到中間，但反正就是不太高的位置。我就先講到這裏。

黃：這本書應該算是我們期待已久，把可能的歷史重寫的一部作品。之前黃錦樹寫過一部《南洋人民共和國備忘錄》，它是假設馬共贏了，社會主義在整個東南亞實行。再之前在英國或英文的類似作品有很多，我最初接觸的一本叫《西班牙宮廷舞》，就是假設西班牙無敵艦隊贏了，沒有在英吉利海峽沉沒，打到英國去，所以整個英國宮廷就跳西班牙宮廷舞了。而且牛頓和蒸汽機都沒發生，到現在大家還是用風車磨麵粉。還有最近改編成連續劇的《高堡奇人》〔編按：*The Man in the High Castle*, Philip K. Dick 著〕，就是說二次大戰中盟軍失敗了，整個美國西邊是日軍佔領，東岸由德國人佔領。

外國像這樣的小說很多，所以我一直很好奇中國作家為甚麼不寫這種可能的歷史。因為歷史那麼長，每一個分叉口又出去都有很多不同的可能性。很多年前郭沫若就提到，戰國最後剩下秦國和楚國的時候，其實兩邊國力相當。如果由楚國贏了結果又會怎樣，由楚國來統治中國又會怎

樣？那可能中國就會多很多詩人、騷人墨客，少一點循吏。

義：（笑）說不定屈原都不見了，因為楚國很強，他不需要擔憂嘛。

黃：南方的巫術戰勝了北方的理性。

義：（笑）中國文學的想像力就得到發揚了。

黃：所以我對這本小說是期待已久。但陳冠中有很多問題要解決。他這兩年到處演講這個烏有史，在這方面思考了很多。他這部小說的企圖和野心很大，所以架構非常宏大，但還是寫得匆忙。所謂匆忙是說受已有的歷史的限制太強。應該完全撇開已有的歷史，所有人物都只用人名。我覺得寫得最好的是麥阿兜〔編按：麥兜是香港漫畫角色，書中人物的名字是「麥阿斗」〕。他完全不是已有的歷史人物，而且他有參與香港的電影。所以我覺得這是寫得最好的一章。

別的章節想像力沒有太大的展開。有一章寫七個人物，也是野心很大，企圖用方方面面來討論可能的歷史。尤其是主要人物建豐同志的語言，以他退守台灣的語言來說，如老總統在梨山跟榮民開荒種地那一段……如果他在全中國都贏了就不會有「榮民」這個詞，類似這樣的。然後是「莊敬自強」——「莊敬自強」完全是中美建交後在台灣這地方提出來的口號。若國民黨佔領了全中國的話，這個成語根本就不會出現。

類似這樣的地方很多，由此就可以看出來這部作品的野心很大，有很宏大的視野，但是沒有跳出已有的歷史。如果他純粹以麥阿兜這條線來串連，完全是個人在這可能的歷史中怎樣生存、碰到的事情，完全撇開已有的歷史，可能就會更精彩一點。

鍾：謝謝！然後請陳老師。

思：基本上我同意子平的說法，他把我的意見都概括了。我覺得這小說的題目很好，而且這題目可以為未來的文學生產出非常有意思的政治幻想的題目：歷史一旦發生了變化，這個同樣時代的中國會變成怎麼樣，這是一個非常有想像力的事情。

但現在問題是作家的想像力不夠。我未看這本小說前，王德威已先把這個故事告訴我。當時我就暗地裏想，這次我一定會投給這一本書。我是懷着比較高的期待去讀這本小說的，但是讀下來覺得作家寫得太簡單了。人物沒有擺脫他們已經有的命運，沒有給我看到新的未來中國可能會有的可能性。第二是我從小說敍事的角度來要求，這本小說不太像小說。有點像一個個片段，對每一個事件作一個綜合性的概述，然後便通過一個人物去把整個故事串連。從故事上來說這不太像一部完整結構的小說。

當然如果有把它寫好，補充更多的細節和故事，肯定它會有更大的吸引力。尤其是剛才講的建豐，就是寫蔣經國的一章，這一章本來可以把它寫得更加有意思，但作家沒有

把他的立場寫清楚，對蔣經國是怎樣的態度？建豐二年是想要強調蔣經國的治國能力還是怎樣？小說只是描寫了圍繞建豐二年發生的事，卻沒發現新的可能性，它還是按照現有的格局去設想未來，沒有甚麼新意。

鍾：謝謝陳老師！

如果要把這小說歸類，我會說是索隱式小說。當中每一個人物都可以對號入座。有些人物用類似的名字，有些根本用他的原名，每一個人都可以對號入座。有人用索隱小說對號入座的方式來讀《紅樓夢》，說賈寶玉和林黛玉影射順治皇帝和董小苑吧，但《紅樓夢》不是索隱小說。

《建豐二年》應該說就只是索隱小說。就像是白老師說的，如果你對歷史很有興趣你就會覺得很有趣。尤其是每一段每一個故事情節都可以對應歷史來讀。（黃：看到〈樹森與歐梵〉那章就很好玩！）我們這些熟認他們的人，讀起來就更好玩了！但正如黃子平跟陳老師講的，作者缺乏真正的想像力，尤其是歷史小說應該由細節出發。他可以把細節反過來寫，或深入去寫某一個人物，把這個人不同的、隱藏的面貌寫出來，但他沒有。我想是他處理的時間太長了。只寫十年的話，目前的篇幅應該寫得比較好。現在是寫了不知多少年……（思：49 到 79，寫了三十年。）你就寫一年好了，一年也可以。

思：讀到後來我覺得如果我寫也成，我可以寫得更有想像力。每一個故事都可以展開，但他都沒有展開。（笑）

鍾：他想要寫成面面俱到，但基本上只是蜻蜓點水；有一點嬉笑怒罵，但幽默點沒有寫出。

義：我給這本書的評價蠻高的。就我的閱讀視野，讀來相當驚訝。小說中的「史實」跟我的認知和成長經驗都有關。各位有一些批評，但我覺得它的難度很高，閱讀趣味也很強。剛剛有人說到如果不要對應現實、目前的格局……但不對應的話，它的趣味就出不來；它恰好是對應了現實，於是它的史實跟虛構交織，你會看到它當中跟歷史有些錯置的地方，有一些移花接木的地方。於是這部小說的趣味感、虛構性就出來了。翻開小說就看到作者引了杜牧的詩「東風不與周郎便，銅雀春深鎖二喬」，我們同樣可以設想陳冠中要表現的是，時代若給蔣介石便，那整個中國大地上的局勢就改變了，現在中國大陸就不是由共產黨所統治。杜牧那兩句前頭的詩是「自將磨洗認前朝」，他是在一個超越的層次來評斷歷史。我讀陳冠中很認同的是他對「歷史結局」的評價，引我們思考其中的成功跟機遇，讓我們好像透過這部烏有史重新去走一遍當代歷史的發展。

為了要處理這麼大的時代課題，所以他也蠻有意識地去控制：他驅使的角色張東蓀是學術人物，孫立人，軍事人物。又虛構張東蓀到了香港，牽連的是對中國政局的思考。孫立人呢，是借他對台灣政局加以思考。建豐二年，「建豐」很巧妙地，既是蔣經國的字，又有影射封建統治的暗喻。董浩雲，當年的船運大亨，甚麼與那國島、琉球，跟今天的南海風雲，都有時局的關連。平旺那一章就是西

藏問題。〈樹森跟歐梵〉當中也有虛構的地方。可以想像
這樣一個時局變動，可能對整個文化及文學的發展都有影
響。虛構的地方也不少，例如說諾貝爾文學獎在十二月公
佈得獎名單，事實上是在十月，至於〈麥師奶與麥阿斗〉寫
的就是小民生活吧。

陳冠中把一個紛亂如麻的世局弄得清清楚楚的，我想這是
他寫這部小說最大的難度。其他的小說，作者在動筆之前
當然也要搜集資料，也牽涉作者的才情。但陳冠中這部小
說的難度在於他必須把當代的時局搞得清清楚楚。我甚至
覺得他不是一般身世，他的家世很可能跟時局發展有關，
否則不會對這些史實人物這麼清楚。他關乎台灣的事，如
美麗島事件，真的都可以一一對應，但在對應時，又要把
它翻轉錯置，反過來寫，蠻有難度。我沒有子平兄的閱讀
視野，但對我來說這是極有趣極有挑戰性的一部小說，所
以我把它排到第二位。

雲：這本小說對我來說最困難。因為其他小說的作者我全都沒
有讀過他們的作品，也不認識他們。陳冠中的其他作品我
有讀過，也認識他。所以我把這部作品放到差不多最後才
讀，也讓我比較冷靜一點去看這本書。

我想要先解釋一下，我做這個評審工作覺得很困難，因為
我是做前線工作，所以我不會用一個架構去看一部作品。
有時候看作品就很主觀，可能就變得不公正。所以接到這
個工作就一直想不知怎麼辦而覺得很痛苦。

黃：這個獎特別需要作家的主觀。

鍾：你只需要把你的意見表達出來。我們就是需要一個純小說家的角度。這對這個獎項太重要了！

雲：我嘗試要客觀一點，所以我就給自己做一個評分表，其中的關鍵詞包括人文情懷、歷史政治社會方面、語言方面、虛構與真實，還有 novelty 新奇、可讀性及結構技巧、不可摹仿的個性。

這部小說我評分最高的是黃子平剛才說的整個想法，也是陳義芝剛才說的虛構跟真實方面的處理，這方面它做得很好。然後就是新奇，與《群山之巔》比較的話，它就有很突出的表現。它不是第一本小說這樣做，不是主流，但它做得很好，所以這些方面我給了很高分數。

但是我很不滿足的就是它的語言。對我來說它很沉悶，像看維基（百科）的資料。於是我從維基下載了一段，跟它比較。例如維基說：「孫立人於 1914 年以安徽省第一名的成績考取清華學校（今清華大學）庚子賠款留美預科，接受八年的留美預備訓練。」〔編按：維基百科，條目「孫立人」，2018 年 3 月 10 日。網址：https://zh.wikipedia.org。〕陳冠中的書就說：「1914 年他進入清華學堂庚子賠款的八年留美預科。」另外維基又說孫立人「熱衷於籃球、足球、排球、網球、手球、棒球等各項球類運動」；陳冠中在書的第 42 頁說「風氣之下，立人熱衷籃、足、排、網、棒、手球等各項運動」。維基：「1920 年他任清華籃球隊隊長」；陳冠中：

「1920 年任清華籃球隊長。」對於這些維基語言，我自己很難接受。

鍾：為甚麼叫它是維基語言？

黃：就像是百度，只是把資料收集、羅列出來的文字。

雲：怎樣把維基資料轉化成小說語言，我覺得陳冠中在這方面沒有成功處理。另外在結構和技巧上，這部小說基本上每一章都是獨立的，每章之間沒有明確的整體。當然它的優點可以說，歷史可以是支離破碎的、分離的閱讀。但是分離之間那有機的關係我也沒有讀出。所以這點我也很不滿足。

最後就是不可模仿性和它的個性。我喜歡的作品就是說，從一部作品你可以看出作者的個性，例如讀這本書你可以看到作者讀很多書，就是從這概念出發。

鍾：就是說你沒有在書中看到作者的個人風格？

雲：這不可模仿性是不光指風格，而是個性。語言風格可以模仿，但個性是不能模仿的。張愛玲的語言有很多人模仿，但她的個性不是其他人可以模仿的。

黃：不會讓人像思和那樣說「我也可以寫」。（眾笑）

思：如果是我寫的張東蓀，肯定寫他被國民黨抓到牢裏去，不停地幻想如果共產黨得勢，他一定會當國務院副總理，展示他的鴻圖。而事實上張東蓀是被共產黨捉住，死在牢獄裏。但如果他當時被國民黨抓到，一定會想像共產黨非常好，對他非常好。所以我覺得陳冠中的想像是公式的想

像，他對歷史還是缺乏一份感性的理解，沒有了解人物在不同時間境地的想法感受。陳冠中沒有把張東蓀當一個人物來寫，只當成是一件事。

黃：他應該完全用麥阿兜來串連整個故事，那會很棒。

義：麥阿兜不是一個虛構的人物嘛，書中唯一的虛構人物。

黃：從漫畫人物中借過來，所以想像力就可以充分展開。

鍾：反而是虛構的寫得最好。

雲：其實在虛構中反而寫到真實的生活。

評吳明益《單車失竊記》

鍾：好，第二本的討論完了。現在開始討論第三本《單車失竊記》，由黃子平老師先講。

黃：這是一本很棒的小說，看得我如癡如醉。馬上就讓我想起我最喜歡的一部意大利電影，大陸譯成《偷自行車的人》（*Ladri di biciclette*），這裏譯成《單車失竊記》。

當然一看就知道這是一本學者小說，學院派的作者寫的，但他處理得很好，幾乎是用單車這條主線來串出蝶畫史（蝴蝶剪拼的圖畫史）、動物園史，還有好多方面的歷史。單車史是主線，但其他的史都把它小說化，因為每一個歷史都跟一個人物的命運很自然地展現出來。雖然我不是很熟悉台灣的事，但也大概知道中華商場被拆掉之類。

鍾：中華商場是不是在西門町附近？

義：是，以前緊挨着火車鐵道，兩層樓的建築，很多老兵在那邊開小館，賣窩貼、牛肉麵之類的吃食，很老舊的商場。

黃：它整個就是圍繞老台北的空間這些去寫。它非常重要的是以一個物質文化史貫穿起來。整個小說化得很好，幾乎每一個物質文化史都跟某一個人物的命運編在一起。我很喜歡那些不寫實的部分，例如突然跑到地下室裏，去到水底，疑幻疑真的，見到很多人魚那段。還有那白頭翁是日本兵，又有一章完全用象的角度去敍述等，有很多不寫實的部分，讓這部學院派的小說讀起來不沉悶。這是一部很好的現代小說。

不滿足的地方是設計的痕跡磨不掉。太設計了！中間的轉折可以看出來。例如一個陌生人給敍事者寄信，但因為你〔敍事者〕是一個小說家，所以寄自己寫的小說片段來試探他〔敍事者〕這樣，就比較勉強。但小說最後還是很感動。結果終於把老爸的單車救回來了，帶到母親的病房裏去踩空車，像我們小時候常玩的那樣。這樣的結尾非常完美。

鍾：謝謝！請陳老師。

思：這部小說我看起來覺得很矛盾，好像幾篇小說拼起來一樣：每一個主題都很好玩，寫得很好，像蝴蝶那章。我看過吳明益其他寫蝴蝶的故事，他都寫得很好。吳明益是一個寫自然的小說家，他有些作品會加上蝴蝶的照片，他專門研究蝴蝶。

這部小說的題目叫《單車失竊記》，我同意子平的講法，寫得最精彩的是單車那一段，那是最完整的一個故事。當然中間穿插的故事都很精彩，但問題是為甚麼要安排它們在這裏。作為一部小說，為甚麼要把這麼多主題放在同一部小說裏？而且我讀不出它們之間的關連，為甚麼要這樣做？例如寫大象那一段，他寫到抗日戰爭時在緬甸的戰場那一段；到蝴蝶那裏又寫到阿美族人山地人，關於原住民的，還有一些比較虛幻的東西。我覺得不滿足的地方是它缺乏一個有機的串連，不是讓我可以一口氣讀的完整小說。我覺得他好像把兩三個故事拼在一起，這是我的感覺。

鍾：這篇小說是學院派的小說，大概因為吳明益現在是東華大學華文系的教授。他應該很熟悉這些文學潮流，這部小說就是用了後現代主義、後設小說的寫法。書中有很多拼貼起來的東西，也有很多不同屬性的東西，如書信、錄音帶的記錄，用各種文體把它串起來。我覺得後設小說的寫法曾經紅過一陣，但現在已經過去了。這些技巧用一點可以，但不應從頭到尾都用。用得太多就會變成剛才陳教授講的那樣，不知它真正的主線在哪裏，就變成技巧先行，文勝於質。

但是書中有很多章節寫得很好。尤其是我蠻欣賞那些超現實、虛幻的部分。像到水裏見到的人魚，那些人魚跟戰死的日本兵有關嗎？還有從房子底下的水坑，被沖到地下河流再由洞口出來，上岸離開，整個過程。另外有一段寫其中一個角色為了尋父，跑到馬來西亞的森林裏，到最後迷

失在森林裏，那一段虛虛幻幻的感覺，也寫得不錯。最後也有很精彩的高潮，例如單車最後出現在樹巔，就是因為他父親被日本人送到馬來西亞當兵，怕被登陸的盟軍繳械，把單車埋在地底下，結果種子長高成大樹，單車被推到樹冠，蔚為奇觀。這些都是很好的奇想。

另外一個好處是幾個尋父的線索。如果用尋父的線索來看，是可以把全書串連起來的。書中有好幾條尋父的線索。最主要當然是主角在台灣找他爸爸，最後找到了爸爸的單車，就是找到爸爸了。另外去馬來西亞那個角色也是找爸爸，找到樹上的單車，也找到爸爸了。這些都蠻好，我覺得它很懷舊。只是後現代拼貼的技巧太多了，到舊物回收買賣者那段又説了一大堆，太多的枝節了。另外一個近來台灣小說的特色，就是「和解」的心態——與日本時代的和解。當中有一些很溫情的描寫，寫動物園的日本小官員，對一個台灣小女孩很好，很疼愛她。最後那個人在地震時為了救一頭大象而犧牲了，被埋在崩塌的建築裏。這些都表現了和解。其他台灣小說也有這種大和解的心態，是自己跟自己過去的一種和解。

我基本上覺得這部小說不錯，不能説不成功，只是後現代、後設的手法用多了而已。

義：吳明益在台灣現在很受矚目，幾乎每出一本書都有很大迴響。當然這跟他的寫作態度有關。他自己是非常專注的，雖然在學院教書，聽説他甚至曾經想要放棄學術去做一個專業的寫作者。他的小說也顯示了現在台灣小說寫作的一

種方法或調性，就是百科全書式的、博物誌式的。這一代的小說家可能沒太多深層的生命體驗，他們小說中的創造大多來自於知識。剛剛鍾玲老師講到台灣跟日本的和解，甚至剛才提到的很多元素，如捕蝶、二次大戰時的滇緬戰役，都不免讓人覺得這種寫法是否有一點政治正確──是這個時代大家最認可的走向，於是就這樣寫了。

當然小說中也有一些寫得很親切的生活細節。例如提到把一些老東西、舊東西救起來，在幾乎遺忘的死窟中把它翻找出來，是有趣味的。我大概讀這部小說的頭八十頁的時候，感覺非常好。但接下來繼續讀，就生出剛才鍾玲老師講的那種拼貼的感覺。我覺得為甚麼要把這些拼在一起？不免覺得他是刻意找來時代的元素，刻意把小說變得繁複，甚至還包括了前輩舞蹈家蔡瑞月。當中的東西我都熟悉，也都有一些相同時代生活的經驗記憶。因為很熟悉，所以發現有些不是很合自然的情況，單車失竊主線的這個「我」，跟社會的史料事件的結合也不是很緊密。這條主線於是就顯得比較單薄。

作為一個讀者，我還是比較喜歡「熱」的寫作，不太喜歡這種比較「冷」的寫作。這種「冷」的小說讀多了，我的評價反而會打個問號。我甚至有一個不成熟的想法，這部小說的主線是找父親，看王文興的《家變》，也是一個找父親的故事。他一以貫之非常明確和飽滿，人物的心理變化呈現得非常深刻細緻。這部小說的支線情節一個帶出一個，卻讓人覺得可以要，也可以不要。所以我並不是完全讚賞這

部小說。

鍾：謝謝！你提供了一個讀了很多台灣小說的人之角度。我們可能會覺得某些東西太好了，但他卻知道已經有很多人寫過了。

雲：我讀這部小說的時候，覺得在技巧上很好，沒有很多可以批評的地方。因為我看這本書的時候是在旅途上，用 iPad 看的，評語也寫在電腦上，看得斷斷續續的。對我來說，這部小說沒有令人心痛的缺憾。它太完美了！所以其實就是「冷」，跟讀者的距離太遠，對我來說可讀性很低。推動這部小說的是主角（作者）。他講這個故事講得很好，我們看到的是一個人講這個故事講得很好，就是這樣。推動這個故事的是作者本人。

思：碧雲說的意思我懂，就是說一部小說還是應該有讓人激動的地方，但這本小說就只是比較客觀地描述。

雲：其實客觀也是可以有推動的，也可以在小說當中有一個動力的。但我現在是一直要提醒自己要看下去，要把書讀完，小說本身並沒有很強的動力推動我看下去。但它的技巧很好，而且書的插圖畫得特別好，非常漂亮，我非常喜歡！所以就是沒有特別令人心痛的缺憾。

黃：那些單車的插圖很棒。

鍾：是誰畫的？

黃：他自己畫的，他是藝術家。

雲：你看那幅有大象的圖，非常複雜，他畫得非常好！

　　我看這部作品的最後一個感覺和問題是：小說疲乏了嗎？是小說承載了太多東西嗎？包括歷史知識、使命和同情。

鍾：好，請白老師。

白：我們前面講過《建豐二年》，我覺得這本書跟《建豐二年》是一個很有趣的對比。《建豐二年》野心很大，但它的細節描畫不夠到位。吳明益的《單車失竊記》剛好是相反的。看起來它的野心一點不大，就小小的一件事——他爸爸的單車被偷走了——從一個零碎的回憶來開始展開這部小說的敍述。但從這樣的一件小事，他卻創造了一個世界，所有細節都做得非常仔細，要收集資料、做訪問、參考專業著作，背後就是做學術研究的精神，這精神投資非常大。相比其他評審我把這本書放到比較高的位置。我個人覺得他的視覺非常獨特，文筆非常流暢，而且對不起，黃〔碧雲〕老師，我覺得它的可讀性很高，讀得非常過癮。

　　這本書保留了很多地方特色。如語言上用了很多台語、原住民語言、英文等。當然社會上不會關心一輛舊的腳踏車，它從一個舊的腳踏車這小小的事物去創造一個精神世界。一開始是回憶，然後是尋車的過程，在尋車時又帶出車的歷史及其他人。

　　在結構上也很有趣，有個人回憶，有鐵馬誌，也有規劃等等的。但像剛才其他評委講的，如陳〔義芝〕老師說的「冷」，我也認同這個看法，尤其是後面的動力慢慢消失

了。讀前面的時候我覺得非常有吸引力，但到後面漸漸就
有點失去它的力量的感覺。總的來講，我挺喜歡這本書，
值得推薦也值得欣賞。我就講到這了。

評徐則臣《耶路撒冷》

鍾：我們現在開始評得分最高的三本小說，下一本是《耶路撒
冷》。現在先請陳老師。

思：《耶路撒冷》在國內是非常紅的，有得過獎，也開過研討
會。徐則臣在中國七零後出生的作家當中是比較有影響力
的。這部小說規模很大，但我讀這部小說時就聯想起上一
屆評蘇童的《黃雀記》。當時大家批評《黃雀記》的問題它都
有，這是當前大陸描述小說的一種方法。其實遲子建的《群
山之巔》也有這個情況。它不是建構一個非常完整的敘事
體，這小說中有很多問題在徐則臣的中短篇小說都曾經講
過。

但我比較欣賞的是它的地方性。故事中寫的淮海市，其實
是淮安市，是徐則臣的老家。淮安市在蘇北，江蘇省的中
北部，揚州再過去。在清代是非常繁華的地方，大運河的
中心。後來外面世界有了飛機、汽車，它反而就衰落了，
變得比較貧窮。小說寫到河邊的花街當初是非常繁華的，
後來有直通車後，漸漸就沒落了。我因為工作緣故常到這
個地方，對這地方很熟悉。我最感到親切的是它描寫的這
個地方、人情都非常好。它寫運河變成小城，街上各種店
裏的人物，還有文革那代人和他們的孩子這兩代。這些孩

子大概就像徐則臣一樣是七零後出生的孩子。另外寫得很
好的是七零後的孩子，他們在成長中都碰到一個麻煩，就
是六四。在他們剛剛長大，剛剛懂事的時候，就發生六四
了。然後他們的教育就被禁錮起來，原來思想解放運動的
影響完全消失了。小說故事裏有寫到六四，就是 1949 年的
時候碰到這事，89 年那時又碰到另一事，這是故意寫的。
這是他們這一代的一個普遍的格局。七零後跟莫言他們那
一代不同，對歷史他們是迴避的。他們這一代作家都是漂
泊的，像漂到北京，或各式各樣的流浪。小說中用了一個
詞，叫「鳳凰男」，這是一個很關鍵的詞，也是大陸一個很
流行的概念：大量比較貧窮的農村人湧向城市，然後成功
了，過着上流人的生活，但骨子裏還是一個窮人。（義：
「麻雀變鳳凰」這個意思。）這小說裏有好幾個這樣的人物，
我覺得徐則臣寫得很好。

這部小說是徐則臣把各種因素串起來的作品。如果沒有讀
他以前的小說，這部小說是很不錯的。

鍾：我覺得我們評審委員中有來自不同地方的專業讀者，給我
　　們提供了很重要的資訊。如一些我們以為很新／特別的技
　　巧，他（陳義芝）告訴我們在台灣不算新／特別。放在不同
　　的時空背景裏，看法便不一樣，會看到重疊的地方。陳教
　　授會看到這部作品的一些內容，作者以前寫過。

到我說《耶路撒冷》。我覺得這部小說的主題是從小市鎮
中長大的四、五個小男孩的情誼。這情誼應該是這小說的
主題吧，就是推動我們去看的重點。最後有兩次悲壯的送

別：第一次是那個犯法做假證件的被捉，另外三個好朋友
中兩個男的，叫女孩福小別去了，怕她傷心，他們兩個坐
着賓士汽車去追警車，跟朋友送別；另一次是上火車的時
候，警察忽然在火車開出之後，把人丟上火車，其他幾個
人在月台上拼命大喊他的名字——這是最後的高潮，朋友
的情誼是其中一條線索。這部小說脈絡分明，很好分析，
我可以很清楚地分析小說中各條不同的線，都做得很好。

第一個重要的情節應該是男主角初平陽的爸爸如何賣掉中
醫院的房子。買主一個個出現，很多人要買，動機不同。
到底會賣給誰？結果房子賣給了福小，但最後還是要被拆
掉，因為政府要把它收回。這是用反諷手法寫賣房子這條
線，處理得不錯。大家都要買，但賣不賣？賣給誰？當中
也呈現了主題。最後是賣給小朋友中自殺死掉的那個景天
賜的姐姐，因為她收養了一個小孩景天送，那小孩跟她死
掉的弟弟長得很像。這些決定都襯托我剛才講的情誼主題。

另一條重要的情節是剛剛提到的天賜的死。天賜的死加深
了這部小說的深度，使它成為心理小說。他把幾個小朋友
都牽進去了，先是因為天賜游泳時被電擊而變成白癡，讓
易長安很內疚，因為是他提議要多游一會才會出事。楊傑
也內疚，因為他覺得手術刀片是他從醫生姑媽那兒拿過來
的，天賜就用這刀自殺，所以都是他的錯。而初平陽也說
這是他的錯，因為天賜被嚇傻了他卻沒去報警；他姐姐秦
福小也內疚。到最後大家都糾纏於內疚感、罪惡感之中，
天賜把他們牽在一起了。雖然他死了，卻仍一直存在。這

些都寫很細膩。

現在再講這部小說的問題所在，就是它的題目「耶路撒冷」。耶路撒冷是西方的名城，是基督教，也是回教的名城。讓人聯想到以色列、猶太種族、阿拉伯世界，整個中東都交集在這個地方。

主角初平陽在北京大學唸完博士，然後想去耶路撒冷繼續唸書。這就有點令人不信服。為甚麼他要去耶路撒冷？為甚麼不是英國？不是瑞士？為甚麼一定要去那裏？小說中給的理由是有兩個角色提起過「耶路撒冷」。其中一個是秦奶奶。但我覺得這個解釋不足夠。它後來又插入猶太人怎樣被壓迫，上海人怎樣幫助在納粹統治下受難的猶太人，又安排了一個中國教授的兒子跟猶太人的兒子碰面——這些我都覺得不太自然，主角去耶路撒冷的動機不太自然。

還有，作者對基督教徒究竟瞭解多少？跟《邦查女孩》比較的話，《邦查女孩》中的邦查族（阿美族）信奉基督教是一個事實，有差不多六七十年的歷史。《邦查女孩》中基督教是滲透到女主角的個性與信仰中。這邊的基督教寫的卻只是表面，因為秦奶奶連《聖經》都不會讀，她怎會瞭解基督教？只是很固執的信仰。作者應該花更多的時間去深入瞭解西方基督教、以色列人的心態。若沒有充分瞭解，寫出來就會有勉強的感覺。

思：感覺就是一些元素拼起來。但家鄉的故事還是寫得不錯，整個髮小的故事不錯。

鍾：對，涉及西方和西方宗教的部分寫得不好，其他都還蠻完整的。

義：徐則臣我見過一面，那年他到台灣之前，我並不認識這位小説家。他以前的作品我沒讀過，所以沒有像思和兄那樣的閱讀座標。我第一次接觸就是這部《耶路撒冷》，我非常喜歡。原因是甚麼呢？如果我們説「詩」要「雅」，那麼小説呢？若是非常雅的話，未必好看，對我這個讀者來説，我還是希望有一些比較通俗的情節。這個通俗只要不到熟爛的情況，反而可以引發你繼續閱讀甚至探究到底表達了甚麼意旨。因為這樣，雖然它很長，但我還是快快樂樂地讀完了。

讀完之後就發覺好像真是七零世代知識青年的追尋，發生在一條運河邊上的故事。如果説要為「耶路撒冷」這個書名找一個解釋的話，也許就在初平陽要出走，要有一個追尋過程。「耶路撒冷」這個聖地，就是某一代青年想要去的地方。故事中的秦福小反而要返鄉；小説的兩個女性秦福小和舒秀，都從外地回到淮海市花街那裏，反而男性都出去了。故事中包括六個人物：初平陽是一個社會學者；楊傑是一個水晶商人；易長安是一個英語系出身做假證件，很有本事的人；舒秀是一個純情卻被困於現實的女性；秦福小當然很特別；景天賜像剛才鍾玲老師説的，他有一個作為這小説的意外痛點，也蠻強烈的。看完之後，這些人物在我腦海中面貌分明，都能夠替他照相，創造出圖像。不像有些作品人物一多，你就慢慢會忘掉那些人的身分。

這些人物能夠在我看完幾十萬字之後還記得清楚，可能跟故事的章節安排有關，跟它的語言很鮮活有關。它以一個環形結構，從頭回來繞一圈，因而你還可以有一次複習的機會。相對一些非寫實的小說，徐則臣更有小說家緊守古典小說規範的難度。若要寫天馬行空的事情，其實比較容易；但若要貼近寫實的面相去寫，就比較難。例如故事中四個大男生尋找秦福小一事，本身也有寓言性質：找秦福小的時候因為某原因而沒等到，所以就坐船走了，我覺得這樣的安排也有一種人生旅途的寓意。這一人生旅途的寓意比起《邦查女孩》的設計，或《單車失竊記》的追尋過程，更能說服我。

我剛剛提到小說中有一些通俗情節，因為寫得好看，我完全可以接受。唯一有一點，寫景天賜那一章，第 193 頁，在我第一次讀，讀到人物的聲腔換轉時楞了一下，那個地方所呈現的語調情境讓我有一點懷疑。此外，一路讀下來是今年夏天我最享受的閱讀。

雲：我跟陳義芝的想法比較接近，這是我讀得最快樂的一本書。它有缺點，就是鍾玲講的那章，還未到位。說到外國教授的那一部分，我覺得還不夠細緻。但我讀一本小說的時候，可以接受它的缺點。這是很人性的東西，一部作品是不可能完美的。若它太完美了，反而就缺乏了一些很重要的東西，所以我不傾向用一個架構去看它。分開來看你會看到很多缺點，或是很多做得不夠好的地方。

我很喜歡它的語言，很活潑。這本書跟《單車》一樣，會讀

到有刻意表現的地方，有些角色會講很生活化很地道的說話，讀上去就給人真實活潑的感覺。我不太瞭解大陸的生活情況，他們那一代人好像都要到外面的世界去，好像是那一代的特質。這大概跟以前不一樣，這是我沒有看過，所不熟悉的。可能你們看多了，覺得這些經驗已經在你們的生活中。或許因此我和陳義芝的看法就比較接近，因為我們從外面看進去。

另外我特別喜歡的是——這是在我自己來說，在香港有很多關於「創作自由」的討論——我的想法是有限制也有好處，小說會因而表現複雜。例如作者沒有直接說暴政或其他，而是用一個概念化的寫法去批評、反抗。像剛才陳思和提到寫六四的部分，另外還有兩個地方，像第 359 頁，寫到六月初的一個晚上，我唸一下：「六月初的一個晚上，我買了一束白菊花從天安門地鐵站出來，被警察揪住了。他問我拿花幹甚麼，我說送給我女朋友，她最喜歡的花是白菊花。」白菊花就是一個祭祀、葬禮的象徵。他寫得很 poetic，而我們每一個人都知道他想說甚麼。我覺得最微妙的是，他不需說明，而我們知道他的意思，而他又可以通過審查。審查的大概也知道，但也讓他過去。我們要面對的問題是，在寫作遇到政治力量干擾時，我們可以怎樣應付。我覺得他做了一個很好的示範，對我來說是很大的啟發。

鍾：請白老師。

白：我覺得《耶路撒冷》是相當不錯的一部長篇小說，而且我覺

得非常可貴的是，二十多年以來中國文壇最有代表性的作者，都是五零、六零年代出生的所謂大牌作家，像余華、莫言、王安憶、閻連科等。這本書敍述了七零後的成長史、精神史，代表了另一種歷史經驗、另一種視覺，我覺得這方面非常可貴。

但像陳思和老師剛才講的，他早期的作品可能更有代表性，像《跑步穿過中關村》。我也看過他一些早期作品，我也覺得這一部不一定超越他這些早期的作品在文學嘗試的一些成就。

另外一點大家可能沒提到的是它的結構也非常獨特，就是一個長篇小說，中間又設計一個報刊的專欄來穿插整部小說之中。這讓我想到莫言當年的《酒國》，也是長篇小說以一系列短篇來穿插整個結構。我想這樣的結構也挺有趣的。但像鍾玲老師剛才也提到的，它也有一些地方感覺到比較勉強，這些在邏輯上恐怕讓人覺得難以相信。例如「耶路撒冷」這個地方，也沒有提供足夠的理由讓人相信主角為甚麼嚮往這個地方。小說中的伙伴，怎麼十幾年之後同時都回到老家，都碰在一起。我也覺得這個情節有點勉強。但綜合來說，這仍是一本好的小說。另外很有趣的是它對空間的處理，就是花街跟北京之間的關係。這本書的書名「耶路撒冷」也是一個精神上的空間。這三個空間之間的關係也處理得相當有趣。我覺得是一本值得推薦的好的長篇小說。

黃：算起來徐則臣他是我的學生，六四的時候他在北大中文系。這一代人開始寫小說了，但我對這些學生沒印象。

小說至少有兩條線索：一條是專欄形式說「我們這一代」，也是思和說的七零後，但其實這六本小說的作者，至少有三位是七零後，這一代人的青春時代跟八十年代後期的歷史巨變重疊；另外一條線索就是耶路撒冷。

這一代的思索，據思和的觀察非常準確：這一代都是漂泊，北漂，在北京漂的人。這些人有一個非常重要的特點，早前在深圳做一個農民工的人類學調查時發現，我以前沒注意到：這些人跳槽，炒老闆魷魚非常頻繁，一下不滿意就跳，毫不猶豫就走。他們在中國的單位制度解散以後，就陷入社會無組織化的狀態，所以他們就只是漂。「漂」在精神上的意義是缺少一個價值判斷的核心，或像是定海神針這樣的東西。沒有。這個定海神針在哪裏呢？耶路撒冷。這就帶到另外一條線索，非常勉強地拉入耶路撒冷。

耶路撒冷有一個非常重要的意象是跟妓女連在一起。秦環秦奶奶是一個妓女，沙神父〔編按：沙教士〕給她寄了一段經文，我們很熟悉的「誰有資格用石頭來擲死她」，說的人就散了，耶穌就在地上畫畫。《新約》裏邊那些被侮辱被損害的人，耶穌說他們「有福了」。這整條線索，花街、崔寶寶、文化節，包括當中的女性形象，都跟當中有關。他問的是我們現在用來做道德判斷的標準在哪裏？我們的定海神針在哪裏？沒有，要到遙遠的耶路撒冷去找。看得出來，這兩條線確實是這一代人，或者說七零後的思想史、

精神史也好,就是用這幾個小伙伴十幾年來的經歷勾勒出來。他的文字也好,寫運河、船、火車,表面上很輕鬆,但每一筆都得很活,都是有靈氣的小説語言。可惜耶路撒冷真的寫得很勉強,但這是一個很重要的主題線索,所以他才把猶太人這些都拉進來。

思：耶路撒冷這個意象在小説裏是有邏輯的。我們客觀地看覺得他寫得很勉強,這是因為他兩條線都沒有寫好。其實小説中有一句説話你們都沒注意到：中國的文化大革命,其實就是一場法西斯,屠殺猶太人的活動。但為甚麼猶太人被屠殺後仍然有很強的凝聚力可以變成以色列,但中國人反而就會渙散。其實他未必真的關心文化大革命,只是影射他們這一代人經歷六四之後信仰徹底沒有了,所以他們就只顧眼前甚麼假證件呀,就只專注自己的事。他是講自己這一代的事,批判性不是很強,但他是意識到這一代人的沉痛。像子平講,再沒有一些堅定的信仰、堅定的價值,都沒有了,所以他才想中國應該有耶路撒冷,就像猶太人有耶路撒冷,所以他(主角)想到那裏去,想學他們的精神。

但是他沒寫好,所以大家也沒有覺得這是一回事。沒寫好是因為作家本人也是這一代人,自己也沒有堅定的信仰有關。他們這一代人非常迷惘,大概意識到應該有一個核心,但其實也不是他的東西,也是假的。

黃：其實也不只是這一代人,是整個國家都沒有看到。

思：在六四以後的人，大家看不到一個堅定的東西，大家只要感
　　性的東西。最後提到秦福小，這個人算是比較正面、有力
　　量的人，最後收養一個小孩，算做了比較堅實具體的事情。

評甘耀明《邦查女孩》

鍾：好，現在我們討論下一本小說：《邦查女孩》，到我先開始。

《邦查女孩》應該說是一野心很大的作品，因為它要把大自
然寫進去，算是一部生態小說。生態小說很不容易寫，因
為會變成是百科全書式，生態要講的東西太多。它是一種
挑戰，看你怎麼把生態的東西很自然地寫進去。我們知道
男女主角都是混血兒，而且這種混血是比較奇怪的：女主
角的爸爸是越戰美軍的黑人大兵，媽媽是酒吧女、是阿美
族原住民；男主角的爸爸是日本的年輕生物學家。他們全
都是邊緣人物，邊緣人物父母的孩子就更加邊緣。

這都是甘耀明刻意挑的。他是客家人，不是少數民族，他
寫的並不是他最熟悉的，但大概為了寫這本小說而做了很
多田野調查。（黃：做了五年的調查。）這應該是他對自己
的一個突破，因為他以前以寫鬼故事出名，但這小說裏鬼
的部分很少，而且通通都不是真的鬼，後來都可以用科學
解釋的。他大概是着意於突破，這一突破就來一部大部頭
的小說。

女主角的出身雖然非常低賤，但是給她非常多正面的因
素：第一，她天賦很高，除了人聰明，還會唱歌，又唱得

好聽；另外，她還是一個天生的心理學家，會用同理心跟人家談話，每次用同理心來助人的例子都處理得很好；另外，她很用功，在第 558 頁中提到，她躲在騎樓生活的那些日子中，把小地方圖書館裏的書全部都讀了。到小説後面才揭露她悲慘的少女經歷，就像黃春明小説《看海的日子》裏的妓女白梅一樣。她因為媽媽欠債而被人家抓去，做妓女代母還債。她的外婆及時把她救出來，外婆以自殺還債。這背景聽起來可憐。這小説一開頭男女主角出場時應該是 1978 年，她十八歲，再回推五年，1973 年她十三歲的時候被抓去當妓女。她悲慘的往事都是逐漸顯露出來的，但她的天賦是正面的。

至於男主角帕吉魯，也給他很多天賦。他是那個時代全台灣最好的伐木工藝師傅，但同時又給他命中註定的悲劇結局，還給他天生的缺憾，有自閉症。女主角愛上他，他也愛上她，是一個戀愛故事。

這個小説的主幹就是圍繞着他們兩個人，很自然地帶出許多其他故事，包括老兵的故事，一直寫到整個瘋人院，玉里的瘋人院。這個瘋人院住的是山裏的伐木工，有一些病況比較嚴重。作者把這些人物自然地引進這個故事裏。有一個兵因為吃了一隻鳥而患了精神病，女主角古阿霞替他緩和了病情，用了同理心把這隻鳥叫出來。

我相信讀這故事會有一個大疑問，就是為甚麼帕吉魯到最後會死的這一點，答案是慢慢揭露的，這也是小説寫得不錯的一點。他死的主要原因是，不知道為甚麼他從小就

擁有這塊處女森林水源地;他的女朋友要為山上的小學復校,把學校重蓋,但沒有錢,在 1978 年需要有五十萬台幣的鉅款。因為帕吉魯擁有森林地,就把這片林地賣給了開發商,條件是開發商要把錢給女主角,假裝是捐錢來蓋學校。就是他出賣了他最愛的森林,認為死是老天對自己的懲罰,臨終時也覺得罪有應得。

另一個死的原因,他明明是一個手工的伐木師傅,但是他卻開始用電鋸。電鋸伐木開啟了對森林的大殘害。他開始用電鋸並不是為了趕潮流,而是因為那時候山火還沒有熄滅,他怕山火會燒到他的處女森林地,只有用電鋸才來得及用放倒的樹築起自然的防火牆。但是因為用電鋸,沒有聽到地震,樹倒壓住他的手,他動不了,然後手就廢掉了,是壞血病,最後導致他的死亡。如果樹沒壓住他的手,他是沒事的,也能在野熊威脅下,全身而退。就是用這條線來講他死亡的原因。結局是開放式的,因為古阿霞還不知道男朋友已經死了,她正在回家的路上。

這小說的敘述手法是用傳奇的情節,從頭到尾採用了很多傳奇性的情節。例如一開始的時候帕吉魯一個人挑戰三百人,空中救鹿,女孩到鐵籠裏救其他小孩,都有英雄傳奇的成分。作者就是用這個手法去吸引讀者讀下去。

它有各種知識的加入,這牽涉到百科全書的問題,有沒有很自然地進入這小說。我們可以看出他很努力用自然的方式編進去。小說中出現一種花的名字,前面一定有一個引子,不是列出一大堆這花的資訊,是因為他需要這種花

來幫忙治療，然後就聞到花香了。魚類學知識也出現，因為帕吉魯的爸爸是一個生物學家，上山就是為了找某一種魚。比如說怎樣做蘋果膏也講得很詳細，這蘋果膏也是重要的東西。另外還出現很多台灣的原住民，他介紹了幾個部族，都有特別的理由，都蠻自然的。

說到大自然的力量，大自然是一個庇護所，同時也很凶險，她是雙面的。她慈祥的時候能夠庇護你，像第 578 頁寫到，在森林大火時，一片木荷樹林就救了二十個救火員，因為那種樹是燒不了的。這些知識都用得很好。另外在大颱風夜，古阿霞擔心地去找她的男朋友，結果就身陷危險。原本男朋友自己一個人還可以躲過，但是女朋友也來了，他怎麼辦？他就砍開樹洞，讓兩個人藏進去，他不斷地跟樹講話。這棵樹本來在第二天他就要砍倒的，但它還是庇護了他們。他是用宗教並存的方式來呈現他的宗教觀，這肯定比《耶路撒冷》深入很多。比如講天主教時，塑造了費神父，描述他怎麼幫忙古阿霞籌款復校。基督教更不必說了，因為古阿霞每次講話或是她的思想，都用基督教的想法。

他描寫三十歲左右的證嚴法師（故事中的「慈明師父」）出場那段寫得非常正面，講證嚴法師怎麼樣一一化解一般人的偏見，寫得蠻好。雖然我個人並不崇拜證嚴法師，但我認為甘耀明對佛教的描寫是蠻到位的。不管是天主教、基督教，還是佛教，都有給古阿霞捐款復校。第 202 頁，證嚴法師剛剛出場，男女主角正在吵架，兩人為了要不要把

白天在天主教學校募得的唯一一個銅板捐給佛教徒建醫院而鬧得不愉快。古阿霞想捐，但帕吉魯想留來復校。證嚴在第 203 頁就說：「一個善念與另一個善念，也會有衝突的時刻。現在，妳的憤怒沒了，妳的善念更清明，能幫助妳的朋友看到自己的行為，這裏的人沒有比妳更能瞭解他。如果我想得沒錯，妳蓋學校多少也是為了幫助他吧！」就是說證嚴很年輕就已經有能看透人心的力量，就像古阿霞一樣，也能夠看透人性。

整篇小說的主題是利他助人。例如周圍的人本來都不會捐錢，結果不同宗教的人都捐了。另外一次他們在過年時上山祈福，看到山上觀察站閃着密碼似的燈號。解碼之後，發現燈號原來表達的是不同原住民語言的「謝謝」。最後才解釋因為帕吉魯的媽媽曾經在別人登山遇險的時候救過他們，但他們不知道她是誰，就用這樣的方法表達感謝。作者就是用這種委婉的方式去表達「利他助人」的精神。

帕吉魯在書中一出場就是去打架，他不是為了炫耀，而是為了讓三百個人彼此不要打架。動機很要緊，由角色的動機可以看出作者為甚麼寫那一個插曲。故事裏文老師經歷陳映真《鈴鐺花》中那位老師的白色恐怖，她死得更冤枉，因為她不是左傾分子。帕吉魯的外祖父為了避免森林被賣掉，就不讓孩子跟外人接觸，也要孩子守着這塊地，他自己為了守這塊地而自殺。他怕文老師把孩子教聰明，就誣告文老師是共匪。外祖父害了人，但是他的動機是為了保護森林。保護森林是這部生態小說要宣揚的。

我想講的基本上是這樣。我對這本書的評價是蠻高的，因為不管是在台灣，還是全世界，要把生態小說寫好還不容易，我不知道大陸有沒有真正好的生態小說，如果大陸沒有的話，這可能是第一本海內外華人寫的、氣派最宏大的一本生態小說。謝謝！

義：甘耀明有鍾老師這樣的讀者，夫復何求！讀得這麼仔細，這麼深入。甘耀明確是跟吳明益一樣，是台灣大概從張大春、朱家姊妹，接續駱以軍之後，最受到矚目的年輕小說家，他應該也是七十年代出生的，到過浸會大學當訪問作家。甘耀明當然是一個好的說故事者，在這部小說中，他企圖把抒情跟敘事結合。他的抒情表現在一些對話中，這些對話是蠻寫意的，而不是寫實的。他的筆法看起來有一點像童話的筆法，也不是我傳統認知的寫實，雖然甘耀明自己說他這個是寫實的小說。

小說的兩個主角，一個是帕吉魯，一個是古阿霞，都有族群融合的特殊性，也同時顯現了台灣歷史發展過程中的一個面貌，這是小說家聰明的地方。帕吉魯跟古阿霞這一對像是未受污染的、不世故的一對。就像鍾玲老師剛剛一直講到，簡單講就是他們藉着這樣的故事傳達出不一樣的生命價值。

時間就放在 1970 年代，這裏寫的元素我全都清楚。地點安排在花蓮——雖然他去的高山伐木部落我沒有去過——那樣的地方情景因為熟悉，與我沒有距離感，反而隨時會覺得究竟是怎麼一回事？這個人為甚麼這樣講話？這個人為

甚麼做這樣的決定？不像我讀徐則臣的《耶路撒冷》，能夠完全融入。我讀《耶路撒冷》，不需要做筆記，就很清楚它的情節和人物；而《邦查女孩》，它長達六十萬字，因為它的情節蠻複雜的，所以我需要做筆記。

故事發生在帕吉魯跟古阿霞偶然邂逅，古阿霞要求這個男人帶她走，兩個人就去伐木部落。然後就是古阿霞要在山裏把一個廢棄的小學建起來，從這個地方帶出了台灣榮民墾荒伐木的插曲，也帶出了白色恐怖時期，老兵住進療養院；1970年代台灣的泰北孤軍，就是柏楊寫的《異域》；之後有保衛釣魚台的運動；還有保護台灣森林或台灣高山洄游的鱒魚；也有台灣人登珠穆朗瑪峰的事情；還有越戰美國駐軍在台灣，以至卡特宣佈跟台灣斷交的事情；甚至還有主角參加電視台的五燈獎節目；台灣黑熊瀕危的悲歌……這些情節在我整理過後，確實覺得每一個片段都勾起了我們的回憶，某些時候也覺得很親切。但是有時候又覺得它把這麼多台灣社會的狀況都放進去，包括剛剛鍾玲老師也講到了，有慈濟、中橫公路、森林砍伐、教會在台灣原住民部落裏宣教情形等等，甚至還有很多文化研究的課題。我仍然覺得，像剛剛談《單車失竊記》一樣，我們如果讚賞它，覺得這個小說家很認真，做了很多的研究，像是寫論文一樣地去收集資料，但如果要質疑它，同樣也是問小說需不需要容納這麼多東西？讓人讀到最後會不會有一點閱讀疲乏？

雲：這個我最不會說，因為這個我讀得最痛苦。讀的時候我很

難進入，無論是環境、人物還是它的語言。我也比較同意
陳義芝所講的，覺得他好像很用心做了很多研究，然後把
所有研究的東西都放進去。我的經驗是說當你有十個項
目，你放進去的就只有一個，其他是你自己明白你在做甚
麼，然後把不要的東西扔走。那不要的東西就是故事的推
動力，就是在捨棄你知道的東西。比方說寫一個論文，你
可以說要寫甚麼甚麼，但是一個作品就是你本來要寫的大
概十分之一。捨棄就是要把最重要的、核心的東西留下
來，其他都不要。我讀得這麼痛苦就是覺得，應該這個不
要、這個不要、這個不要。

然後在語言，他有一點大意了。舉一個例子，第 617 頁。
小說的時代背景是七十年代，有一段寫帕吉魯小時候的
事，那就是大概五六十年代的時候。當時有一句對白——
寫小說的時候的對白，你用引號和不用引號是不同的：你
用引號的話是他（角色）說的，你不用引號是你說他（角色）
說的。所以當你用引號時，就有用引號的責任，就是說那
句說話是那個人在那個時間用那個語言去說的。第 617 頁
第 8 行寫「『自閉的傢夥沒救了』」，是講那個男孩和其他學
生打架還是甚麼的，這句話是他的同學說的。但「自閉」這
個詞在七十年代才出現，我查過，在台灣可能到一九八七
年才正式有這個詞，就是說「自閉」這個觀念在七、八十年
代才出現。

如果你寫一個五十年代的角色，你給他的對白裏有「自閉」
這個詞，代表你有一些東西沒有想得清楚。我會很注重這

些技巧的部分，雖然其他人可能覺得讀一部小說不需要讀得這麼仔細，但這只是其中一個例子。再舉其他例子，令我進不了去的另一個理由，就是太完美了，不是技巧的完美，而是小說裏每一個人都很好。可能作者本身是一個很好的人，可這不是我理解的人。人很複雜，有很好的部分，也有其他的部分。可是他寫的人就比較簡單，他把情節寫得很複雜，但對我來說其實很簡單，就是人跟資源的關係。他瞭解的對我來說就比較簡單，所以我就讀得比較痛苦。

白：在入圍的書之中，這是我讀得比較費時間的一本。我覺得這個人物描寫得比較豐富，也算比較精細的。而且這兩個人物，古阿霞跟帕吉魯的性格都非常獨特，前面已經講過了，他們都是邊緣人物，都是混血兒。我覺得刻劃這兩個人物比較成功，雖然都是像黃碧雲老師講的，都是比較純樸，沒有更複雜的另外一面，但是這兩個人物在我個人的角度來看還是比較成功的。

這本書比較可貴的就是在處理一些台灣七零年代的通俗文化，還有原住民文化、客家文化，都作了一個蠻大的貢獻。而且在描寫人跟環境之間的關係，其實也多多少少讓我想到沈從文。當然文字完全不一樣，但是沈從文一直關懷人與環境之間的，還有邊緣人物的，但沈從文從來沒有寫這麼龐大的一本書。但是我也挺認同黃碧雲老師講的，如果他可以放棄其中一些線索，可能這本書會更集中，可讀性更高。這本書在台灣獲得不少文學獎，挺受歡迎的。

　　至少從我這個外國人的角度來説，我覺得還是有一定的挑
戰性。我就講到這裏吧。

鍾：謝謝！接下來請黃老師。

黃：甘耀明的文字還是非常棒！他幾乎每一頁、每一行你都覺
得他是很精心地去寫。而且就像剛剛鍾玲老師説的，這是
一個傳奇式的英雄傳奇，這兩個都是英雄，但不是傳統意
義上的英雄。整個故事是一個「奧德塞」，古阿霞的「奧德
塞」，史詩架構的歷險。而且他的筆墨是油畫式的，很密很
密。有時候又像梵高一樣旋轉起來，要寫到精神病人的時
候，就暈了，旋轉起來。

　　我讀這本書時的策略就是跟《單車失竊記》交錯來讀。這
本書太熱了，你知道嗎？非常的密度，所以讀一本冷的，
這樣交錯來讀，要不然受不了。甘耀明太喜歡天災人禍
了，每一章都是天災人禍，然後這兩個英雄怎樣去解救，
以這個愛心去解救，所以他也是博物誌地把這個伐木史帶
進去，再加上一些白色恐怖等其他種種。他的策略是很好
的，設計了很多智慧老人，而且那些智慧老人都是女性：
素芳姨、蘭姨、文老師等，全部由這些女性來提供各種人
生智慧，包括百科全書的那些東西。

　　當然甘耀明最厲害的還是寫這個……中央山脈「群山之
巔」的這樣的一種伐木的種種風險、風雪、颱風這些東西，
那真是驚心動魄！要是一直讀這本書，會有一點喘不過氣
來。當然有一些地方，一旦他把這些（災難）放下來，會讀

得很舒服。兩個人坐下來看高山上的雲海，美極了！這時
候你就可以鬆口氣。但是他一連串的天災人禍和這個英雄
這樣的去解救，所以他不可避免地要理想化這些人，不管
在知識上、心靈上，都要寫得特別完美。他在後記裏講，
「古阿霞是上帝除了美貌之外甚麼都給她了」──這真是有
意為之，所以讀起來確是很厚重的一本書。

但是其中有一個不滿足就是，他講的是一個學校，恢復一
個山上的學校，我很期待。但結果校長哪裏去了？老師哪
裏去了？

鍾：書裏有解釋，是山下派老師來教課，沒有校長，因為山上
　　只有不到三十個學生。他沒有着重寫這個情節。

黃：對，都是一筆帶過。就說這教育應該是題中應有之義，因
　　為他太着迷於這個英雄傳奇的各種冒險，這方面的就沒有
　　多說。（義：其實恢復學校是蠻重要的情節。）對，學校恢
　　復以後怎樣呢？這是很大的一塊呀，但他就沒有處理。我
　　很好奇如果上來一個老師怎樣跟二十多個小孩相處，裏面
　　應該有很多的故事。但沒有，他能寫但沒有寫，他就上山
　　去了，跑到那個伐木場去了，那邊更多天災人禍。這是一
　　本很厚重的小說。

鍾：謝謝！陳老師。

思：這個小說我蠻喜歡的，我把它排在第二。我喜歡它主要是
　　因為它語言好，語言很有詩意，可能它寫到很多原住民、
　　少數民族。這個語言不像我們一般寫生活寫現實社會的

事，它很有一種超脫性。像剛才說的，把它跟《單車失竊記》相比，吳明益的語言我就比較進不去。但這個小說我能進入，因為它寫的語言也很抒情，很吸引人，語言很有感情，有很多話都像詩歌一樣。這是我喜歡它的第一個原因。

第二個原因是故事非常單純。這兩個人，女的為了復修小學去募捐，像歷險記一路上碰到很多不同的事，故事本身的結構比較單純。問題就是太龐雜，但是它的龐雜我能接受，我能看下來；《單車失竊記》的龐雜我有點看不下去，太複雜，講的都是資訊性的，告訴我這個，告訴我那個。但《邦查女孩》裏邊有很多，比方精神病院，就是有人物的，有人物故事的，所以讀下去我就覺得很親切。這次六本作品裏我是比較喜歡這本作品。

評閻連科《日熄》

鍾：好。現在是最後一本《日熄》，我們時間也不多了，請陳老師講。

義：在這六部小說中，這一本我是最後閱讀的。自己心情上有一個巨大的翻轉。上一屆我推許閻連科的《炸裂志》第一，那時候我沒有投黃碧雲《烈佬傳》第一，記錄也看得出來。我從閻連科的《四書》看到《炸裂志》，閱讀興味到達最高點。然後這一次呢，原來我一看到閻連科又有一本入圍，心裏也很驚奇高興，我想今年很可能得第一了，所以我把它放到壓軸看。但是等到我這些看完後，不知出於一種怎樣的心情，結果把它排序到比較後頭了。當我從台灣來的

時候，我一路上還在斟酌，想把它擺到前面去。原因是我強烈感受閻連科是一個文體家，一個創造了獨特文體的小說家，他處理的都是現實比較黑暗苦痛的，真相比較荒誕的，因此他要採用那樣的一種筆調。這是他的風格。再說，他不單是創造方面的爆發力，他的生產能量也非常巨大，你看連續三屆入圍紅樓夢長篇小說獎，不得了！兩年一本，真的是很不得了！

這本書，看得出來是他借用夢遊揭開人格面具下的內心世界。閻連科慣用一個小地方影射世界，像上一次《炸裂志》也是寫一個小地方，這次也是，用皋田鎮來影射更大的一個世界。因為他借着夢遊，所以就可以更無所忌憚的彰顯出社會人生的真相。整個來講，很強烈的感覺就是他在批評人性，那種瘋狂的，或者社會的一種普遍的人性，怎麼樣子到最後來了斷這個恩怨，然後解救出來。我們想像不到屍體還會有屍油，無數的人死亡之後，藉着屍油再來照亮光明，好像這個光明，或者說人的清醒，是無數死亡代價所換來的。這種詭異的情境的確是蠻驚悚的。如果從象徵的力量來看的話，每一次讀閻連科的小說都會讓你受到很大的衝擊。

我原先排序為甚麼沒排在前面，可能是自己對「閱讀閻連科」的期待視野作祟，期望他再攀高攀高，結果某一個瞬間覺得他仍然是用這樣的一個理念做出來的，因而就把他往後移。不過，我願意重新調整就是。

鍾：請黃碧雲老師。

雲：剛開始看這本書的時候其實我蠻興奮的，因為他語言跟節奏都很準確，然後他處理人物、他的 opening 我都很喜歡；後來到大概一半以後，主要是處理現實跟想像之間的那個張力，我就覺得控制得不夠。開始的時候他跟現實跟虛構是有一個關連的，有一個想像的或者是理解上的關連，那個就很有力量；到後來，因為故事要完了，所以就要把它完結，所以我覺得那個結尾就是技巧的完結，多少有一點 expected。

鍾：請白老師講。

白：這幾年一直非常欣賞閻連科老師在文學上的一些成就，那種可能是着重個人對一些文學評委很喜歡的那種怪異，那種天馬行空的想像力，還有他處理這種變形的人格，每一次出現的長篇都有完全新的一個形式，完全新的一個主題。閻連科似乎一直不斷地在超越他自己。說到超越自己，我覺得這一本也不一定超越上一屆入圍的《炸裂志》，我個人就很欣賞《炸裂志》。我這一次把《日熄》放到第一位，當然是單獨評估這本書，但同時我不得不想到——像陳〔義芝〕老師講的——閻連科連續三屆都入圍了，有《四書》，有《炸裂志》，這次有《日熄》，我覺得這個實在是不簡單了。看了入圍的小說之後，我就會覺得這個頭獎有點非他莫屬的這種感覺，因為有這樣的一個成績，實在不容易。

這本書本身我也覺得非常獨特，而且我們一直在找經典，就是紅樓夢獎要評「當代經典」小說，六本小說之中，我覺得可能最靠近經典的一個標準，恐怕就是這樣一本書了。

鍾：謝謝！黃老師。

黃：閻連科確實是「紅樓夢獎」在初審們的一個人氣表，三屆都進入這個決審。

鍾：也不容易，有蠻多「紅樓夢獎」獲獎的沒有入圍。

黃：對這本……就像剛才碧雲說的，他的語言，一打開就覺得很興奮，就是他這種語言。一個祈禱，一開始在皋山之巔向上天諸神呼喊祈禱；他的語言很有音樂性，整本書是如歌如泣的，像那個節奏，一個小孩語無倫次地講這天晚上發生的事情。最吸引我的就是閻連科用的這樣一種語言，當中他當然用了很多他自創的修辭方式，甚麼甚麼樣呀，甚麼甚麼樣呀，然後又不斷地重複，一句話要說兩遍，但每一次不一樣。

鍾：就像是「我爹點一下頭。我點一下頭。事情就這樣。」

黃：對對對，好多！那就是音樂性的節奏。

義：「事情就這樣」在上一次的《炸裂志》中就出現了，更是主要語調。

黃：前面的那些，讀起來非常的痛快，到後來他又把它發大了，發大成一個形而上卡夫卡式的那種很大的一個荒誕境界，那個地方就有點跳躍，有點跨越。但是前面那些，也是關於死亡、埋葬儀式的問題，我想那需要比《群山之巔》那個地方要嚴重得多。整個河南，我們也知道有一個大規模的平墳。地委書記帶頭平自己家的墳，不論新舊，一座

墳都不剩，恢復為耕地。這大概是前兩年發生的，是一件
很大的事情，而且是在河南，中原之地。所以他必須用荒
誕來呈現這樣一個其實是民憤極大的一件大事件。我覺得
他轉換得很好，他用夢遊來呈現一個時代的黑暗。另一樣
比較好玩的當然就是把閻連科自己顛三倒四地嘲弄。

鍾：他把自己寫進去，把自己寫得不堪，最後還出家做和尚了。

黃：蠻好玩的！也不知道那出家的是不是他（笑）。

鍾：請陳老師。

思：我是把他放在第一。是這樣的，其實我們這六本書選出來
就很不容易，每一本都很有特點，但這裏我們可以看出一
個歸類性的東西。閻連科是五十年代出生的主角，遲子建
是六十年代出生，其他大概是七零後，年紀都比較輕；陳
冠中也是五零年代作家。我們來看，五零的作者基本上還
堅持了原來文學中的批判理念，對現實的批判。他們是有
意要強調文學的這種力量，但這個力量現在已經很弱了。
一方面當然因為受到各方面的壓抑，但另一方面就是說，
九零年代以後，文學的批判功能被作家慢慢放棄了，作家
不想這樣做了。所以就出現了我們剛才討論時都說到的，
這些作品都寫得很好，但就是比較平庸，或是作家好像沒
有甚麼感情色彩或衝擊力。這都是與作家對現實的投入深
度有關的。好多作品寫得都不壞的，技巧都寫得很好，但
是作家對文學擔當的一種責任是越來越淡漠了。但，應該
說閻連科是一個始終堅持文學的批判立場的。所以每一次

讀到他的書，我都期待他下一步還可以怎麼寫，好像覺得他都寫不下去了，但是下一部他又翻出新的局面來。中國的故事很多，他也確實寫出很多可以被他講說的事。這不稀奇，一個認真的作家都可以找到，但他還找到一個獨特的表達形式，每次都不一樣，從《日光流年》、《受活》開始至現在，他幾乎每一部的形式表述都不一樣，維持很奇特的想像力。他的批判立場是不變的，但是他的敍述方式一直在變。

其實他前面參評的《四書》寫得很好，但是那次碰到了王安憶的《天香》。第二次是《炸裂志》，《炸裂志》某種程度上是有點概念化，就給黃碧雲刷下去了，雖然我想主要還是《炸裂志》寫得太簡單，就是寓言體的東西，就拿着「炸裂」的概念不斷擴大，意識上表達上都太簡單，難度不高，但這部《日熄》就覺得他又回到《日光流年》的那個時代。閻連科其實寫得最好的是他早期的小說，《日光流年》、〈耙耬天歌〉、〈年月日〉，這類的小說是一種神神鬼鬼變形的。他寫這類是最好的，但後來他又太多關注現實的批判故事，所以他後來慢慢慢慢……這種創作方法有點變調了，可是這部小說他是有點回過去了，所以裏邊寫的一些人鬼不分的，人又是夢遊又是甚麼的，他會把很多這種古怪的想像都放進去。而且我覺得這部小說你可以說是批判現實，也可以說它就不像是《炸裂志》那麼明確的跟現實的批判關係。你可以說這完全是一個寓言故事，所以我很同意羅鵬〔Carlos Rojas〕在小說的序論裏把它跟魯迅的〈狂人日記〉作比較。當然這個不是絕對的，但他對這樣一個古古怪怪

的故事，然後對這種夢遊……整個市鎮的人都是在夢中一樣的。

當然這些也都不重要。更重要的是，其他幾部參評小説，作家缺乏敍事的熱情——就是敍事的那種衝擊力，情感投入少，這都是很典型的。還有，這部小説是用否定性的角度來表現這個社會的，但小説裏還是刻畫了一個正面的形象，這是我很喜歡的。那個李天保，他自己是個告密者，但是因為他有良心，所有夢遊的人都是把自己良心當做一個壞的東西……有的是殺人，有的是搶劫，就本來理性壓抑的東西到了夢遊裏都表達出來了，可這個人理性上做的是壞事，夢遊時展示的是懺悔。我們説文學寫人，最重要就是要寫到一個人的靈魂，這個東西現在已經很難得了……你看我們讀的其他幾部小説，讀不出這個東西，可以做到文字非常優美，可以做到內容非常豐富，知識非常淵博，但是寫不出那種讓人震動的、心靈會被揪住的東西。這部小説還是有這種震撼人的靈魂的力量。

這本小説的語言也好。它的語言好不是説跟《邦查女孩》比，《邦查女孩》比較純淨。這本書的語言好就好在亂七八糟，但是亂七八糟裏你會發現它的語言非常有力量，你讀起來會感到有點語無倫次的，人物説話都是顛三倒四的、反反覆覆的，但是這些語言會推進你往前，去感受一種令人恐怖的東西。

總的來説，不能説這是閻連科最好的小説，但總體是在水準之上。他也有一些作品寫得比較粗糙，但這部應該説是

目前我們參評小說中比較優秀的。

鍾：閻連科這本小說就像剛才陳〔思和〕老師所講的，他跳脫以
　　前那種一對一的寓言小說。例如說《炸裂志》可能影射深圳
　　那樣的城市。可是你很難講《日熄》是寫內地哪一個鎮、哪
　　一件政治事件，好像沒有辦法把它一對一地聯起來。我剛
　　剛才聽黃老師講跟平墳可能有一點關係。但是外面人就看
　　不出，因為我們不知道內地有平墳這個事件，我們就把他
　　看成是純粹的寓言小說，或者是他寫了像卡夫卡一樣夢魘
　　式的小說。閻連科拿過卡夫卡獎，我們大家都已經知道他
　　的這種卡夫卡風格。

　　他這篇小說其實就是顯現出它的「不亂」。不管是《邦查女
　　孩》，或者是《單車失竊記》，在台灣好像流行雜亂，越雜越
　　好，但《日熄》就是單純，它的單純是在整體結構上。時間
　　是下午五點到第二天九點半，連時序都排印出來了。他在
　　這個時序中又玩了一個小把戲，就是說，大家以為早上六
　　點會天亮的時候，天還是陰着，六點繼續了好幾個小時。
　　在時序上它的結構很完整。

　　在空間上，先從念念這小孩在山上的空間，寫到他的家的
　　空間，寫到鄰居、他村子的空間，然後夢遊跟這動亂由一
　　個村子擴散到它周圍很多村莊。那騷亂的空間是層層擴
　　大，作者着意一層一層寫的。

　　類似剛剛陳〔思和〕老師所講的，本來負面的李天保轉變成
　　正面人物，小說的主題含有因果觀念，是一個人做了這件

事情，他需要承擔；承擔的意思就是他要還債。這不是基督教的原罪跟贖罪觀念，雖然這篇小說最後有一個像基督升天那樣的畫面，就是李天保用樹枝跟草做了一個十字架模樣的木架子，自己燒自己，其實背後不是基督教觀念。小說講的是中國人的因果觀，還不是佛教的因果觀，只是「我欠了債，我要還」的這個概念，李天保因為這個觀念而改變。又比如說李天保一家燒的一種水，能讓村民醒過來，就一直派給大家。有一家人喝完水，沒多久由夢遊中醒過來，就跟李天保說以前你做甚麼事我都不追究了，因為你有恩於我。這是中國人報恩的觀念。閻連科不再用甚麼基督教的思想來講救世了，就是用中國最簡單的這種報恩、還債的觀念。

小說講到太平天國的事，也講到歷代土匪的事，也有講到在鎮公所扮朝廷的事，蠻有鬧劇的意味。小說的主角有三個，第一個就是李天保。這個人做了錯事，不斷地受良心的責備——可能是現在內地好像想要重新找回一種道德觀。人做了錯事，他就替自己更正，追求道德上的完美。他最後的殉死可能也是意味着是要找回道德觀。

第二個主角念念。這小孩為甚麼叫念念，就跟佛教有關。《壇經》中說：「念念不愚。」每一念都很重要，你起一個念頭，你就要把它反省，然後把這個行為更正。這其實就是李天保做的事情，兒子名字叫念念，應該有這一層意思。念念看起來傻，其實很聰明，越到後來越聰明，他爸爸要做甚麼他也瞭解。另外念念也會救人，也顯現出壞的動機

可以做好的事情。到最後他爸爸要把那些油桶推到山上去的時候，就騙那些人說，我給你十五塊，你來推。先是爸爸騙那些人去做好事，結果他兒子也騙人，上百個人被騙去做好事情。這也是肯定人性的善念，因為那些人後來做了，沒有拿到錢，也沒有甚麼不高興。

除了陳〔思和〕老師剛才所講的，就是主角是正面人物，此外念念也是一個正面人物，念念媽媽也是一個正面人物，還有第三個主角小娟也是。閻連科作為小說家，他真的是連最離譜的也能合理化，像是屍體的油這麼噁心的東西也能成合理的文學素材。他在屍體的油燃燒轉化成太陽之前，已經開始給你一些預告。第 296 頁，倒數最後兩行：「倒多了那黑的烏的油，那上就有了一層褐的光。在燈的下邊像一湖水的碧藍青光了。」這用顏色的象徵來比喻，表現一種道德境界的上升，由污穢的黑顏色變成青天的藍色。這個手法用了兩次。最後天保犧牲他的生命來製造一個太陽，讓人間恢復正常，很高尚的節操。

黃：普羅米修斯。

思：人是最重要的。閻連科在這個故事裏還是強調人是最重要的，人死了剩下的屍油看起來感到噁心，但還是人體的一部分，最後還是用人的力量拯救人的生命，還是有人的因素在其中，把油燒掉變太陽，才能解救大家。以前我們認為在大自然裏，太陽是救人的，人是渺小的，所以，我覺得這部小說寫得很悲壯的，因為批判現實，往往把人看得很黑暗的，都是壞人。這部小說不一樣，寫的是怎麼把人

的力量提升上去。

黃：比較絕望的時候你怎麼知道這個敍述者念念不是在夢遊呢？如果念念從頭到尾都是在夢遊裏説這一套，你怎麼相信他呢？

鍾：這不是信不信的問題，作者想要製造正面的夢遊人物，他釋放的東西是正面的。如果你是負面的，你釋放出來的就是負面的。不管念念是夢遊，還是在真實地生活，他釋放出來的都是正面的東西。他這部小説蠻正面，他每部小説總留一點正面的影子，這本就更強烈了。

投票

鍾：現在我們進行投票吧。每個人先寫兩本心目中最好的作品，然後從得分最高的兩本中再選一本當首獎。

〔投票〕

黃：《日熄》已經全票了。

思：按票數也可以把其他獎項也確定下來了。

鍾：不，還是要請各位再確定一下，因為有些人可能不是想要《日熄》得首獎。各位有誰反對《日熄》得首獎嗎？（各委員逐一表示不反對。）那就確定《日熄》得到首獎了。

除了首獎，我們還要決定「決審團獎」和「專家推薦獎」。「決審團獎」就是我們給的獎，「專家推薦獎」就是初審選的獎。

黃：按這個投票結果來決定「決審團獎」和「專家推薦獎」蠻好
　　的：《邦查女孩》和《耶路撒冷》得「決審團獎」，《單車失竊
　　記》、《建豐二年》和《群山之巔》得「專家推薦獎」。

義：每一本入圍的書都有獎項，這個設計真巧妙。

雲：每一部作品其實都很用心。

鍾：我們不用五分鐘就決定了，真好！

　　這一屆的結果一致通過：《日熄》獲得首獎，《邦查女孩》和
《耶路撒冷》得「決審團獎」，《單車失竊記》、《建豐二年》和《群
山之巔》得「專家推薦獎」。

贊 助

紅樓夢獎：世界華文長篇小說獎張大朋基金

第六屆「紅樓夢獎」決審及初審委員名單

決審委員

召集人

林幸謙博士　　　香港浸會大學　中國語言文學系

主席

鍾玲教授　　　　小說家及詩人；澳門大學鄭裕彤書院院長

委員（按姓氏筆畫排序）

白睿文教授
(Michael BERRY)　中文小說英語翻譯家；加州大學聖塔芭芭拉分校東亞語言文化系教授

陳思和教授　　　中國現當代文學專家；復旦大學圖書館館長

陳義芝教授　　　詩人；國立台灣師範大學國文系

黃碧雲女士　　　小說家；第五屆「紅樓夢獎：世界華文長篇小說獎」首獎《烈佬傳》作者

黃子平教授　　　中國現當代文學專家；香港浸會大學中國語文文學系榮譽教授

初審委員

召集人

林幸謙博士　　　　香港浸會大學　中國語言文學系

委員（按姓氏筆畫排序）

文潔華教授　　　　香港浸會大學　人文及創作系

王良和博士　　　　香港教育大學　文學及文化學系

何杏楓教授　　　　香港中文大學　中國語言及文學系

吳有能博士　　　　香港浸會大學　宗教及哲學系

張志和先生（梅子）香港《城市文藝》主編

陳德錦博士　　　　作家

陳麗芬教授　　　　香港科技大學　人文學部

黃淑嫻教授　　　　嶺南大學　中文系

楊慧儀博士　　　　香港浸會大學　英國語言文學系（翻譯學課程）

熊志琴博士　　　　香港公開大學　人文學科

劉劍梅教授　　　　香港科技大學　人文學部

蔡元豐博士　　　　香港浸會大學　中國語言文學系

蔡嘉蘋女士（舒非）作家

盧偉力博士　　　　香港浸會大學　電影學院

顏純鈎先生　　　　天地圖書公司　顧問

羅貴祥教授　　　　香港浸會大學　人文及創作系

第六屆「紅樓夢獎」籌委會名單

籌委會委員

主席

林幸謙博士　　　　香港浸會大學　中國語言文學系

委員（按姓氏筆畫排序）

吳有能博士　　　　香港浸會大學　宗教及哲學系

張志和先生（梅子）　香港《城市文藝》主編

熊志琴博士　　　　香港公開大學　人文學科

蔡元豐博士　　　　香港浸會大學　中國語言文學系

美術顧問（首獎獎座設計者）

王鈴蓁博士　　　　香港浸會大學　視覺藝術學院

秘書

區麗冰小姐　　　　香港浸會大學　文學院

第六屆「紅樓夢獎」活動進程

2015 年 12 月 4 日	第一次籌委會會議
2015 年 12 月	邀請合資格出版社及籌委會委員提名作品參選
2016 年 1 月 31 日	截止提名
2016 年 2 月 15 日	第二次籌委會會議
2016 年 3 月 15 日	第一次初審委員會會議
2016 年 5 月 20 日	第二次初審委員會會議
2016 年 6 月 6 日	公佈第六屆「紅樓夢獎」的入圍作品
2016 年 7 月 18 日	決審委員會會議
2016 年 7 月 19 日	公佈首獎新聞發佈會
2016 年 9 月 20 日至 25 日	「紅樓夢獎」得主《日熄》作者閻連科出席頒獎典禮及活動
2016 年 9 月 22 日	第六屆「紅樓夢獎」頒獎典禮
2016 年 9 月 23 日	公開講座「香港於我的文學意義」
2016 年 9 月 24 日	公開講座「現實：給想像留下的空間」

索引

(外國人名以漢譯姓氏為條目。)

二十畫

懺悔（意識）：見「救贖」

二十二畫

贖罪：見「救贖」

主編：蔡元豐

顧問：第六屆「紅樓夢獎：世界華文長篇小説獎」籌委會

　　　香港浸會大學文學院

　　　香港九龍塘

　　　香港浸會大學善衡校園

　　　溫仁才大樓西翼

　　　11樓OEW1100室

第六屆紅樓夢獎評論集　閻連科《日熄》

編者：香港浸會大學文學院

出　　版：匯智出版有限公司

　　　　　香港九龍尖沙咀赫德道2A首邦行8樓803室

　　　　　電話：2390 0605　　傳真：2142 3161

　　　　　網址：http://www.ip.com.hk

發　　行：香港聯合書刊物流有限公司

　　　　　香港新界大埔汀麗路36號中華商務印刷大廈3字樓

　　　　　電話：2150 2100　　傳真：2407 3062

印　　刷：陽光(彩美)印刷有限公司

版　　次：2018年7月初版

國際書號：978-988-78987-3-3